AF402952

Angelika Monkberg wurde 1955 in Münchberg geboren. Sie lebt mit ihrem Mann und gefühlt zwanzigtausend Büchern in der Nähe von Bayreuth. In ihrer Freizeit arbeitet sie gern im Garten und versucht sich in freundlicher Koexistenz mit dessen eigentlichen Besitzern – Vögeln, Mäusen und Insekten. Oft zeichnet sie auch oder malt. Die Nächte gehören dem Schreiben und dem Lesen. Dabei liegt ein Schwerpunkt auf dem Phantastischen, aber damit endet es bei Weitem nicht.

Die Rückkehr nach Eldridge Hall

ANGELIKA MONKBERG

Erstausgabe Dezember 2020

© 2020 dp DIGITAL PUBLISHERS GmbH

Made in Stuttgart with ♥
Alle Rechte vorbehalten

Die Rückkehr nach Eldridge Hall

ISBN 978-3-96087-376-4
E-Book-ISBN 978-3-96087-315-3

Covergestaltung: Buchgewand
Umschlaggestaltung: ARTC.ore
Unter Verwendung von Abbildungen von
shutterstock.com: © Triff, © randy andy,
© Oleksandr Kostiuchenko, © Nahlik, © Viktoria Bondarenko
depositphotos.com: © olegbreslavtsev
Lektorat: Astrid Rahlfs
Satz: dp DIGITAL PUBLISHERS
Druck und Bindung: Books on Demand GmbH, Norderstedt

Kapitel 1

Julia: Anfang Oktober 2019

Morning has broken ... ich wusste nicht, was Cat Stevens vor Augen hatte – aber als ich meine aufschlug, blinzelte ich in die grün leuchtende Digitalanzeige des Radioweckers. Sechs Uhr dreißig, draußen war es noch stockfinster, und der Moderator musste natürlich sofort in den Song hineinquatschen – wer ihn alles gecovert habe, dass es eigentlich ein irisches Weihnachtslied sei und der neue Text von einer zu ihrer Zeit bekannten englischen Dichterin stammte. Ich vergaß den Namen sofort wieder und bei den ersten Tönen von *Sun of Jamaica* hieb ich dann entnervt auf den Off-Knopf. Der Hit der Goombay Dance Band war fast so alt wie ich. Ich wurde am Sankt Andreastag neununddreißig, doch wenn überhaupt, gefiel mir Pink Floyd weit besser. Es gab ein Foto im Album meiner Großmutter, das mich mit vier Jahren vor einer schrecklichen Tapete mit froschgrünem Rautenmuster zeigte, laut *Another Brick in the Wall singend*. Behauptete wenigstens die Bildunterschrift. Aber ich verband die Top Ten der Achtziger und Neunziger tatsächlich bis heute mit der Küche meiner Großmutter. Bei ihr lief auch jetzt, in ihrem Zimmer in der Seniorenresidenz, noch ständig das Radio, und in meiner Kindheit wäre ohne gar nichts gegangen.

Gleichgültig, ob wir gemeinsam gekocht, im Garten Kräuter, Gemüse und Blumen geholt hatten oder ob sie mich und ein komplettes kalt-warmes Büffet für eine Hochzeitsfeier oder einen runden Geburtstag in ihren Pick-up gepackt hatte und mit mir zu einem Kunden gefahren war – immer hatte sie sofort ihren Lieblingssender eingeschaltet. Sie erkannte auch heute, nach zwei Worten, sämtliche Sprecher an der Stimme, wusste ihre Namen und lauschte mit Begeisterung ihren Kommentaren. Ich selbst mochte nach der ständigen Musikberieselung in Hotelfluren und Lifts eher Stille.

Oder ich bildete mir das wenigstens ein, während ich mich schniefend aus dem Bett hievte. Weichspüler-Pop linderte nachweislich Aggressionen. Man fragte sich, warum diese Art Musik dann nicht auch in den Küchen von Profis zum Einsatz kam. Ich konnte nicht behaupten, dass mir das Macho-Gehabe einiger Alphatiere, die ich im Lauf der Jahre kennengelernt hatte, oder das schlechte Arbeitsklima in meinem neuen Job als Ernährungsberaterin in New Haven, Schottland, gerade fehlten.

Draußen glühte der Morgen hinter den noch nachtschwarzen Bergen der Range herauf. Es war herbstlich kühl, die Außenthermometer behauptete fünf Grad über null, dafür herrschte ausnahmsweise kein Nebel. Meine Kollegen hatten mich bemitleidet, als ich ihnen vor sechs Monaten erzählt hatte, dass ich zurückgehen wollte. Schottland, das hieße doch ständig schlechtes Wetter und damit Trübsinn. Das konnte ich nicht bestätigen, mir setzte mehr die Muße zu. Ich war es auch nach einem halben Jahr noch nicht gewöhnt, dass ich nun in Ruhe dem brennenden Saum der Sonne dabei zusehen konnte, wie er sich langsam aus der Nacht über der Range hinter New Haven erhob. In meinem letzten Job in New York hätte ich um diese Zeit in einer der Suiten gestanden, mit einem Namensschild an der Jacke eines dunkelblauen Hosenanzugs.

Guten Morgen, Madam, Sir! Ich bin Julia McLean, Ihr persönlicher Butler. Darf ich Frühstück servieren?

Mir reichte heute fürs Erste Tee. Viel Tee! Ich putzte mir die Nase, tappte in die Küchenzeile und füllte den Wasserkocher. Es war schon die zweite Erkältung dieses Jahres, wahrscheinlich wollte jetzt alles aus mir heraus, das ich jahrelang mit Tabletten und Willenskraft unterdrückt hatte. Krank zu sein, das hatte ich mir in keinem meiner Jobs leisten können. Wie hatte einer meiner Ausbilder an der Schweizer Hotelfachschule noch so schön gesagt?

In unserem Beruf stehst du auf deinem Posten, bis sie dich mit den Füßen voran aus dem Haus tragen. Oder du bist hier falsch.

Ich ging ins Bad. Gott, ich sah wirklich ziemlich fertig aus. Kein Wunder, dass mich meine neue Chefin gestern, mit dem strengen Befehl zum Arzt zu gehen, nach Hause geschickt hatte.

„Schon dich ein paar Tage, um Himmels willen! Nicht dass daraus noch eine Lungenentzündung wird!"

Ein Schelm, wer Schlechtes bei dem Rat dachte, ich wurde pro Beratungsgespräch und abgeschlossenem Kochkurs bezahlt. Aber die Gute hatte recht, leichenblass, mit dunklen Ringen unter den Augen, überzeugte ich niemanden von gesunder Ernährung.

Hi! Mein Name ist Julia McLean. Wir werden die nächsten drei Tage zusammen eine Menge Spaß dabei haben, eine Reihe köstlicher Mahlzeiten aus der Vollwertküche zuzubereiten. Sie werden mit Ihrem Zertifikat, dass Sie an diesem Kurs teilgenommen haben, eine ganze Palette an Menüvorschlägen mit nach Hause nehmen, die Sie mühelos selbst nachkochen können.

Neunzig Prozent der Teilnehmer befolgten meine Vorschläge natürlich *nicht*. Tiefkühlpizza in den Backofen zu schieben oder gleich irgendwo ein Take-out mitzunehmen, ging leichter. Kochen verlangte wie jedes Handwerk vor allem zwei Dinge: Übung und Disziplin. Weshalb ich die einmal eingestellte Weckzeit gestern auch ohne Not beibehalten hatte. Außerdem wäre ich ohnehin hochgeschreckt. Mit Herzklopfen und dem deutlichen Gefühl, irgendwo zu spät zu kommen. Jahrelange Selbstprogrammierung löste sich nicht innerhalb von ein paar Monaten in Wohlgefallen auf.

Ich verließ das Bad mit den rotbraunen Kacheln, die in den Siebzigern bestimmt der letzte Schrei gewesen waren, und zog mich an. Die Ausstattung war nicht mein Geschmack – im Schlaf- wie im Wohnzimmer nachgemachtes Chippendale vor unsäglichen Tapeten, in einem Raum braune, im anderen grüne Bambuszweige. Gleich würde Tarzan um die Ecke springen, aber ich hatte schon schlimmer gewohnt. Das möblierte Appartement war sowieso nur eine Übergangslösung. Ich konnte mir noch nicht vorstellen, mich irgendwo wirklich niederzulassen. Ich hatte lediglich den Dauerstress satt.

In meiner Branche war es ab einem bestimmten Level ziemlich egal, ob man in der Küche arbeitete, im Housekeeping, an der Rezeption oder als Butler. Nahezu jedes Hotel war knapp an Personal und das bedeutete für die, die einen Job hatten, Wechsel durch alle Posten und wenigstens phasenweise sieben Tage die Woche Dienst, oft mit sechzehn, manchmal sogar achtzehn Stunden Schicht am Stück. Hatte man frei, lag man nur noch irgendwo platt herum.

Mercer und Val, meine beiden letzten Assistenten, hatten behauptet, das mache nur eine Verrückte wie ich so lange mit. Aber sie hatten das in keiner Weise böse gemeint. Wir träumten alle den Traum vom eigenen Hotel, dem eigenen Restaurant. Ich wusste nur nach einem ausgedehnten Ausflug ins Controlling, dass es besser einer blieb.

Draußen hellte sich langsam der Himmel auf. Eine Schar Möwen zog kreischend landeinwärts. Wenn das Wetter hielt, wollte ich später einen Spaziergang zum Hafen machen. In meiner Kindheit hatten dort noch große Trawler ihren Fang angelandet. Schon nicht mehr für die örtliche Fischfabrik, die war schon vor dem Krieg geschlossen worden, und jetzt fuhren überhaupt nur noch einige hartnäckige alte Männer mit ihren Kuttern hinaus.

Ich schaltete den brodelnden Wasserkocher aus und brühte schwarzen Tee auf. Salbei oder Thymian wäre in meinem Zustand sicher vernünftiger gewesen, aber ich war morgens ohne meinen geliebten Broken Orange Pekoe zu nichts fähig. Ich trank ihn immer

Englisch, mit Vollmilch und einem Teelöffel Zucker pro Tasse. Auch wenn ich mit Begeisterung Vollwertkost kochte, vegetarisch und vegan, und nicht nur, um meinen Klienten zu beweisen, dass auch noch etwas anderes als Fastfood schmeckte: Man musste es nicht übertreiben. Alles mit Maß und Ziel. Deshalb hatte ich nach meiner Rückkehr auch sofort diesen Job als Ernährungsberaterin angenommen. Finanziell war es ein Abstieg. Ich wusste allein in Schottland aktuell von mindestens vier High-End-Hotels, die händeringend Personal suchten. Jeder einzelne Personalchef in Edinburgh oder Aberdeen hätte mich mit meinen Referenzen ohne mit der Wimper zu zucken eingestellt. Aber ich ließ mich nicht noch einmal vom Stress auffressen. Damit war ich durch.

Ich trug das Teetablett zur Couch und machte es mir unter der Wohndecke der Vermieterin gemütlich, die Gott sei Dank nur auf einer Seite mit einem Leopardenmuster bedruckt war (ich Jane). Ich drehte es nach innen und spielte auf meinen nun dunkelbraun eingewickelten Knien mit dem Tablet *Was wäre wenn*.

Wenn ich ein eigenes Bio-Hotel eröffnen wollte, wer würde mich dann mit regionalen Lebensmitteln beliefern? Welcher Landwirt baute im Umkreis von fünfzig bis maximal hundert Kilometern Kräuter, Gemüse oder Obst an, wer war bio-zertifiziert? Ich hatte nicht wirklich vor, mich selbstständig zu machen, dazu wusste ich zu genau, wie schnell sich Fixkosten zu einem Albtraum entwickelten, sobald die Kunden ausblieben, aus welchen Gründen auch immer. Dass selbst renommierte Häuser in manchen Jahren knapp am Bankrott vorbeischrammten. Die Spitzengastronomie

ließ sich ohne weiteres mit einem der großen Fußball-
clubs vergleichen: Manchester United konnte ohne
eine stetige und vor allem verlässliche Geld-Pipeline
durch einen Sponsor nicht mehr existieren.

Gut, ich besaß ein finanzielles Polster, das ich in die
sprichwörtliche Waagschale werfen konnte, wenn ich
mich doch in dieses Abenteuer stürzte. Aber dann nur
als Einzelkämpferin. Personalkosten fraßen einen auf.

Ich schenkte mir Tee nach. Draußen durchkreuzten
jetzt breite himbeer- und erdbeerrosa Kondensstreifen
das immer heller werdende Blau. Der Himmel war wolkenlos, hoch und klar. Über New Haven kreuzten die
Routen nach Dublin, Edinburgh und London. Mich
überfiel bei dem Anblick Fernweh. Hier steppte nicht
gerade der Bär, doch ich hatte meine Zelte auch nicht
dafür wieder in der kleinen Hafenstadt an der Westküste Schottlands aufgeschlagen, in der ich geboren
war. Meine Grandmère wurde demnächst fünfund-
achtzig. Sie kurvte zwar immer noch mit Begeisterung
in der Weltgegend herum, versäumte keinen Gesell-
schaftsabend, den ihre Seniorenresidenz anbot, ging
ins Theater und ins Konzert. In Rock-Konzerte wohlge-
merkt, sie war die Generation Elvis. Aber sie war alles,
was ich noch an Familie besaß, und ich wollte in ihrer
Nähe sein. Auch wenn sie meinen Entschluss, meine in-
ternationale Karriere zu beenden, zuerst nur sehr un-
gnädig aufgenommen hatte.

„Geh mir bloß nicht damit auf die Nerven, Liebes!
Wenn ich aus der Schnabeltasse trinken muss, kannst
du dich immer noch um mich kümmern, und dann
überlässt du das auch besser den Pflegern hier. Wir haben hier ein paar echt knackige.“

Ich lächelte in Erinnerung an das Gespräch still vor mich hin. Das Personal war durchgehend nett und sehr professionell, doch die Aussage „knackig" unterschrieb ich nicht. Das war aber auch nicht der Punkt. Ich wollte einfach nicht mehr achtzehn Stunden im Flieger verbringen, um sie einmal im Jahr besuchen zu können. Ich blies auf meinen Tee.

Das zarte Zitronengelb und der Hauch Orange über der Range verblassten immer mehr. Im Zenit überwog schon tiefes Blau, in dem winzige Verkehrsmaschinen strahlend weiße Kondensstreifen hinter sich herzogen.

Ich wandte mich wieder dem Tablet zu. Ich hatte nichts zu tun und keinerlei Zeitdruck, zum ersten Mal seit Jahren, und wenn ich auf der gemieteten Couch von einem eigenen Bio-Hotel träumte, schadete das niemandem.

Es durfte nichts Großes sein. Eher ein Bed & Breakfast als ein Hotel, höchstens sechs Doppelzimmer, die Möbel natürlich schadstofffrei, Kapok-Matratzen und die Wäsche aus Baumwolle oder sogar Leinen. Alle Mahlzeiten marktfrisch zubereitet, aus der Region, täglich wechselnde Menüs, aber kein À la carte-Service. Wer zu mir käme, würde essen müssen, was auf den Tisch kam. Ich würde natürlich auf Sonderwünsche eingehen und mich vorher nach Allergien der Gäste erkundigen. Und da bei meinem Budget garantiert nur ein Altbau drin war, konnte ich gleich auf Vintage-Stil setzen, mit Geschirr und Gläsern vom Flohmarkt. Richtig eingesetzt sah das sehr schick aus.

Gegen zehn war ich bei der zweiten Kanne Tee angelangt und steckte tief in Google. Puh, es gab wunderschöne Tapeten. Aber neunhundertachtzig Euro für eine einzige Wand, das war natürlich schon eine Hausnummer.

Ich wollte gerade trotzdem eine Bookmark speichern – für alle Fälle – als es an der Wohnungstür klingelte. Um diese Zeit konnte es nur die Post sein, ich erwartete keinen Besuch. Auch keine Briefe oder Päckchen, wahrscheinlich suchte der Zusteller nur ein Opfer, dem er eine Sendung für einen der Nachbarn aufdrängen konnte, die alle berufstätig waren. Ich wickelte mich aus der Decke und ging öffnen. Es brachte bestimmt gutes Karma, wenn ich die Sendung entgegennahm.

„Sie sind Julia McLean?" Der Zusteller musterte mich.

„Ja."

„Ich habe hier eine Zustellung erster Klasse, die nur dem Empfänger persönlich ausgehändigt werden darf. Ihren Personalausweis, bitte."

„Moment …"

Der Ausweis steckte zum Glück in meiner Tasche, die an der Garderobe hing. Ich drehte mich um, angelte ihn heraus und wollte ihn dem Postboten geben. Dummerweise wurde mir dabei schwindelig. Ich musste mich am Türrahmen festhalten.

„Hier."

„Sie sind ganz schön kurzatmig. Grippe? Stecken Sie mich bloß nicht an." Der Zusteller nahm meinen Ausweis mit spitzen Fingern entgegen und tippte auf seinem Lesegerät herum.

„Hier bitte, unterschreiben."

Er hielt mir das Display hin, ich kritzelte meine Signatur darauf und damit hatten wir es beide hinter uns. Der Zusteller händigte mir den Brief aus, ich schloss die Tür und zog mich wieder auf die Couch zurück.

Der Absender auf dem Umschlag lautete Notare Connolly, White & Carmichael, New Haven. Ich konnte mir nicht denken, was die Herren von mir wollten, und als ich das Schreiben las, wurde meine Verwunderung sogar noch ein Stück größer. Es besagte kurz und knapp, dass ich zur Eröffnung des Testaments von Doktor Kenneth Albert McLean eingeladen wurde. Termin war der vierzehnte Oktober, der Montag in zwei Wochen.

Nun, ich wusste natürlich, dass es sich bei dem alten Herrn um meinen Großvater väterlicherseits handelte. Viel mehr jedoch nicht. Die Ehe meiner Eltern war schon kurz nach meiner Geburt geschieden worden und danach hatte bei uns zu Hause über dieses Thema totale Funkstille geherrscht. Ich erinnerte mich noch gut an das Gesicht der Sekretärin bei meinem Wechsel auf die Boarding School in Glasgow, in der meine Mutter Musik lehrte, als sie ihre Mutter, also meine Grand-mère, als zweite Ansprechpartnerin für mich vorschlug.

Das ging nicht. Die Sekretärin äußerte Verständnis für die ganze Situation. Doch sie bräuchte den Namen und die Anschrift meines Vaters. Das sei Vorschrift.

Ich war total überrascht. Nicht so sehr, weil ich in einer richtigen Ehe geboren worden war. Das hatte ich mir schon zusammengereimt, schließlich hießen meine Mutter und ich McLean, anders als meine Großeltern, deren Nachname Hollander lautete. Aber ich hatte mit meinen neun Jahren geglaubt, mein Vater sei tot. Nun erfuhr ich, dass er höchstens verschollen war. Meine Mutter nannte der Sekretärin auch nur sehr widerwillig seinen Namen: Alec McLean, aber sie kannte seine Adresse nicht.

Ich schenkte mir eine neue Tasse ein. Nun war mein Großvater Kenneth McLean, der Vater meines Vaters, also gestorben. Ich machte mir keine Illusionen, dass er mir etwas hinterlassen hatte. Wahrscheinlich war einfach nur gesetzlich vorgeschrieben, dass ich bei der Testamentseröffnung anwesend sein musste. Welche Ironie, nun lernte ich meinen Vater also doch noch kennen. Nach beinahe vierzig Jahren! Das musste ich meiner Grandmère erzählen! Ich griff zum Smartphone.

„Aber Liebes!" Meine Großmutter lachte herzlich. „Alec ist doch schon seit fünf Jahren tot! Habe ich dir das etwa nicht erzählt? Ich hoffe, du hast es nur vergessen, sonst habe ich Alzheimer. Doch halt! Ich weiß, warum das unterging. Der Unfall war in dem Jahr, als du auf den Philippinen nach diesen beiden furchtbaren Tropenstürmen über einen Monat lang verschollen warst. Ich hatte damals schreckliche Angst, dass ich dich nie mehr wiedersehe." Ihre Stimme zitterte, doch sie fing sich wieder. „Weißt du, du wärst ohnehin nicht rechtzeitig zur Beerdigung gekommen. Ich habe auch keine Ahnung, wo die war, ob in New Haven oder London, wo er gelebt hat. Schließlich habe ich auch erst nach Wochen zufällig davon erfahren. Du weißt doch, wie die Dinge stehen ..."

Wir schwiegen beide kurz. Dann räusperte sich meine Großmutter. „Vielleicht war es besser so. Dass du den alten Kenneth und Lady Elinor nie kennengelernt hast, meine ich. Die besonders nicht! Aber wenigstens erbst du jetzt Eldridge Hall."

„Wie bitte?“

„Na, den Landsitz über der Stadt! Du wolltest doch schon immer ein eigenes kleines Hotel. Jetzt hast du es!“

Kapitel 2

Kathleen: Ende Juli 1979

Wenn man sich in New Haven abends treffen wollte, konnte man das eigentlich nur in einem Pub tun. Vor der Fischereikrise hatte es angeblich mehr als ein Dutzend allein rund um den Hafen gegeben, das behauptete wenigstens Barrys Cousin. Der wieder einmal nuschelte, als habe er heute schon alle vier besucht, die jetzt noch existierten. Aber das *George's* war nach Kathleens Meinung und auch der ihrer Clique der einzige Pub, der sich lohnte. Obwohl man dort immer Gefahr lief, auch den eigenen Eltern zu begegnen. Sie heute zwar nicht: Ihr Dad und ihre Maman waren bei den Carmichaels eingeladen, einem älteren Ehepaar, mit dem sie seit ewigen Zeiten befreundet waren. Aber dafür stand Pauls Mutter an der Theke und die interessierte sich mit Leidenschaft für alles und jeden – Kathleen konnte sich darauf verlassen, dass sie allen heute nicht anwesenden Eltern bis spätestens morgen Mittag detailgenaue Berichte über das Betragen ihrer Sprösslinge ins Haus liefern würde. Ihr Dad nannte Pauls Ma nicht umsonst die *Ich-will-aber-nichts-gesagt-haben*. Und gab in der Regel erst einmal nichts auf ihre Berichte.

Wenn du etwas angestellt hast, wirst du es mir schon selbst erzählen, Kathy-Kind.

Sie trank einen Schluck Cola. Es war Freitag und der Pub war brechend voll. Sie hatten nur noch direkt beim Eingang einen Barhocker ergattert, den sie nun als Abstellfläche für ihre Gläser benutzen. Mit ihr, Barry und seinem Cousin standen Matt, Bernard, Will und Anne darum versammelt. Heute waren sogar die Tische besetzt, die Gordy Whittaker normalerweise für die Gäste reservierte, die in seinem Pub etwas essen wollten. Das Angebot im *George's* änderte sich nie, aber Gordys Frau frittierte jede Portion Fisch und Chips frisch, ihre Fleischpastetchen waren berühmt und für Wagemutige bot sie sogar einen Shrimps-Cocktail an, über den Kathleens Maman allerdings die Augen rollte.

Mon dieu! Meeresfrüchte, Mayonnaise, Ketchup und Dosenmandarinen, furchtbar!

Aber den Gästen schmeckte es. Gordy trug schon das zweite Tablett mit hohen, mit einem Salatblatt ausgelegten Kelchgläsern aus der Küche zu den Tischen. Meist stellte er sie vor Leute, die Kathleen noch nie im *George's* gesehen hatte. Sie waren sicher für den Gig gekommen. Freitags gab es bei Gordy Whittaker immer Livemusik, rechts und links der kleinen Bühne waren auch schon die Scheinwerfer eingeschaltet. Kathleen hoffte nur, dass er nicht wieder eine Gruppe eingeladen hatte, die traditionelle Folkmusik spielte. Wenn die Band, Gott behüte, einen Reel spielte, wollten Bernard und Will todsicher wieder mit ihr tanzen und dann wurde es peinlich. Die Jungs grinsten sie über ihre Biergläser hinweg schon wieder an. Sie war zwar in New Haven geboren, aber das war es dann auch schon, was sie mit Schottland verband. Kathleen hatte mit dem altmodischen Reihentanz nichts am Hut. Ihre Eltern waren auch keine Einheimischen, beide hatte es nach dem Krieg eher zufällig nach New Haven verschlagen. Ihr Dad war eigentlich Amerikaner und ihre Maman stammte gar aus La Baule. Das lag auf der anderen Seite des Ärmelkanals, in der Bretagne, und wenn sie beide allein waren, sprachen sie miteinander Französisch.

Die Tür des Pubs ging auf, brachte neue Gäste und einen Schwall nasskalter Luft in Haus. Kathleen schloss ihren Sweater. Es stimmte nicht, dass es in Schottland dreihundert Tage im Jahr regnete, aber draußen ging gerade wirklich ein Wolkenbruch nieder, der beinahe den Geräuschpegel im Pub toppte. Kathleen hoffte, dass es bald wieder aufklarte. Paul, der ein genauso furchtbarer Besserwisser war wie seine Mutter, behauptete, nach der Sperrstunde würden Sternschnuppen fallen und wenn sie sich dabei etwas wünschte, würde es in Erfüllung gehen. Sie dürfe den Wunsch nur niemandem verraten. Kathleen glaubte nicht an solche Märchen, aber die Sternschnuppen hätte sie tatsächlich gerne gesehen. Sie zog den Kragen ihres Sweaters noch ein bisschen höher. Hoffentlich war der ältere Herr, der mit seiner Begleiterin in der offenen Tür des Pubs stand, bald mit dem Ausschütteln seines Schirms fertig. Es zog.

Nicht nur sie und ihre gesamte Clique, sondern auch andere Gäste seufzten erleichtert, als er das tropfende Ding zusammenklappte, im Schirmständer deponierte und endlich die Eingangstür schloss. Er reichte der Dame ritterlich den Arm. Beide gingen dicht an Kathleen vorbei in den Pub.

„Wollen wir uns an einen der Tische vor der Bühne setzen, Ellie?“

„Meinetwegen.“

Kathleen streifte ein gleichgültig-hoheitsvoller Blick. Die Dame schien direkt von einer Fuchsjagd zu kommen. Sie trug die typische rote Jacke für einen Parforceritt, Breeches mit ledernem Hosenboden, hohe Stiefel und eine Schirmkappe mit Kinnriemen. Fehlten nur noch Jagdhorn und Peitsche, meine Güte! Beide, die Dame und ihr Mann schienen aber wichtige Persönlichkeiten zu sein. Kathleens Musiklehrerin, Miss Ortiz, ließ Pauls Mutter an Gordys Tresen stehen, mit der sie bis zum Eintreffen des älteren Paars geplaudert hatte, und ging ihnen zur sichtbaren Empörung der *Ich-will-aber-nichts-gesagt-haben* bis zur Mitte des Pubs entgegen. Sie befanden sich damit zu weit entfernt, als dass Kathleen etwas von der Begrüßung verstanden hätte. Aber sowohl ihre Musiklehrerin wie Gordy verhielten sich fast unterwürfig.

„Wisst ihr, wer die sind?“

„Nein. Auch eine?“ Matt, der neben ihr stand, fischte ein Päckchen Zigaretten aus seiner Brusttasche und bot ihr daraus an.

„Danke. Du weißt doch, dass ich nicht rauche.“

„Stimmt.“ Matt zündete sich die Zigarette an und blies Rauch in die blaue Wolke hinauf, die dick und träge über den Tischen hing. Hier, in der Nähe des Eingangs, war der Qualm zu ertragen. Aber an der Bar musste die Luft zum Schneiden sein.

„Du trinkst auch nicht, wie?“

„Keinen Alkohol.“ Sie schüttelte den Kopf. Ihr Dad und ihre Maman sagten, das sei eine schlechte

Angewohnheit, mit der sie besser nicht anfing. Außerdem schadete es der Stimme. Kathleen sang im Kirchen- und im Schulchor, und Miss Ortiz hatte ihre Eltern davon zu überzeugen versucht, sie Gesang studieren zu lassen. Aber davon wollte ihr Dad nichts wissen.

Sie darf meinetwegen gern nach Glasgow aufs Lehrerseminar. Sängerin, das ist nichts Solides. Das haben Sie doch selbst erfahren, Miss Ortiz!

Kathleens Musiklehrerein zog sich nun von dem älteren Paar zurück, das seinerseits an dem Tisch Platz nahm, zu dem Gordy Whittaker beide geleitet hatte. Er verabschiedete sich auch, mit einer Verbeugung, und stieg die zwei Stufen zur Bühne hinauf. Dort klopfte er gegen das Mikrofon. Der Besitzer des *George's* beugte sich vor.

„Liebe Freunde, liebe Gäste! Wir freuen uns, dass wir endlich einmal wieder unseren Freund Alec mit seiner Combo bei uns begrüßen dürfen. Er lebt und arbeitet in London, aber er ist noch immer einer von uns! Bühne frei für Alec McLean!"

Will, der zwei, wenn nicht sogar drei Jahre älter war als sie alle, weil er nach einem schweren Autounfall mehr als ein Jahr nicht zur Schule hatte gehen können und darum erst mit ihnen den Abschluss gemacht hatte, stieß Kathleen mit dem Ellenbogen an. Er sagte dicht an ihrem Ohr: „Alec arbeitet in London, in einer Baufirma. Ich weiß das, weil mein alter Herr drüben in Glasgow mit seinem Golf spielt."

„Ah ..."

Wills Eltern konnten sich dieses Hobby leisten. Seine Mutter hatte Kathleen unlängst diskret zu verstehen gegeben, dass ihr Sohn nichts für sie sei. Ihr Dad hätte nur eine Tankstelle mit Reparaturwerkstatt, das ließe sich nicht mit der Tätigkeit ihres Mannes als Immobilienmakler vergleichen. Eine überflüssige Warnung: Kathleen mochte Matt, mehr aber nicht. Sie schielte trotzdem zur Sicherheit nach der *Ich-will-aber-nichts-gesagt-haben*. Es fehlte ihr noch, dass ihr Pauls Mutter andichtete, sie hätte es auf Will abgesehen. Die alte Klatschbase konzentrierte ihre Aufmerksamkeit aber völlig auf das ältere Ehepaar.

„Er hätte eigentlich Arzt werden sollen wie sein alter Herr." Will sprach weiter. „Aber Alec hat nach dem Physikum hingeschmissen und zum größten Kummer seiner Mutter auf Bauingenieur umgesattelt. Er spielt sagenhaft gut Klarinette. Musik haben sie ihn ja leider nicht studieren lassen."

Ein warmes Gefühl breitete sich in Kathleen aus. Sie wusste nicht genau, ob sie wirklich gern Sängerin geworden wäre. Das blieb vielleicht wirklich besser ein Wunschtraum. Aber dass auch dieser Alec von seinen Eltern zu einer vernünftigen Entscheidung gedrängt worden war, verband sie beide irgendwie. Auch wenn er das wahrscheinlich nie erfahren würde. Sie richtete gespannt den Blick auf die Bühne, die drei Männer mit Blasinstrumenten in den Händen von der Seite her betraten. Sie spielten Trompete, Tuba und Posaune, und Kathleen kannte sie zu ihrer Enttäuschung. Alle drei waren über fünfzig und gehörten zur Feuerwehrkapelle von New Haven, die von der Beerdigung bis zur Bürgermeisterwahl alles begleitete. Gordy Whittaker streckte dramatisch einen Arm Richtung Seitenbühne aus.

„… einen donnernden Applaus für Alec McLean!"

Seine Frau zog den Vorhang beiseite und ein noch junger Mann schritt durch tosenden Beifall in die Mitte der Bühne. Alec McLean sah aus wie John Travolta, nur in blond. Er trug knapp schulterlange, leicht lockige Haare und lange Koteletten, einen sauber gestutzten Vollbart und die elegantesten Hosen, die Kathleen je gesehen hatte. Londoner Schick eben, cremeweiß, mit einem hohen Torerobund und weiten Schlägen, die dazu passende Weste stand genau wie bei Travolta in *Saturday Night Fever* offen. Anders als im Film hielt Alec McLean sein weinrotes Hemd aber bis auf den obersten Kragenknopf geschlossen. Eine haarige Männerbrust, auf der eine Kette und eine Goldmünze baumelten, wäre für New Haven auch mit Sicherheit zu wagemutig gewesen. Die Dame im Reitanzug, die mit ihrem Mann am Tisch vor der Bühne saß, wirkte selbst so schon einigermaßen angefressen. Alec McLean zwinkerte ihr zu und hob lächelnd eine schwarze Klarinette an die Lippen.

Das Instrument begann jubelnd die *Rhapsody in Blue* und Kathleen stieg am ganzen Körper Gänsehaut auf. Gershwin war ihr Lieblingskomponist. Sie besaß die *Rhapsody* zweimal auf LP, einmal als Klavierkonzert und einmal in der Fassung für großes Orchester, von der dieses Arrangement für Bläser höchstens eine stark abgespeckte Version darstellte. Aber das tat dem Zauber keinen Abbruch. Leider gefiel Gershwin den Gästen im Pub nicht so gut wie ihr, der Geräuschpegel der Gespräche schwoll wieder an. Doch nach drei, vier Takten steigerte Alec McLean das Tempo und die Bläser glitten geschmeidig aus der *Rhapsody in Blue* in eine gänzlich andere Melodie: Glenn Miller, *In the Mood*.

Tosender Beifall brach aus. Der Rhythmus ging in die Beine, Kathleen wippte mit dem Fuß. Matts Eltern, die heute Abend natürlich auch hier waren, eilten mit mehreren anderen Paaren nach vorne auf die kleine Tanzfläche vor der Bühne. Auch Bernard hielt es nicht mehr auf seinem Platz, er forderte Sharon aus der Klasse unter ihnen auf, die ein paar Meter weiter bei ihrer eigenen Clique stand. Doch leider endete *In the Mood* schon nach kurzer Zeit. Kathleen klatschte wie wild, und beim *Chattanooga Choo Choo* sang sie dann laut mit.

Pardon me, boy, is that the Chattanooga Choo Choo
Yes, yes! Track twenty-nine
Boy, can you gimme a shine...

Swing war verdammt altmodisch, aber sie liebte ihn. Matt und die anderen hielten sie bestimmt für komplett durchgeknallt, aber es riss sie einfach mit. Sie wiegte sich im Takt und war so ins Singen und Tanzen vertieft, dass sie zuerst gar nichts begriff, als ihre Musiklehrerin nach dem Song quer durch den Saal direkt auf sie zusteuerte.

„Hi, Kathleen! Ich möchte gerne, dass du mit mir auf die Bühne kommst. Alec hat mich vorhin gefragt, ob ich nicht eine Leadsängerin für die *Moonlight Serenade* wüsste."

Ihr Lieblingslied von Glen Miller! Kathleens Herz tat einen harten Schlag.

„Miss Ortiz, ich weiß nicht ..."

„Nur keine Angst, du bekommt ein Notenblatt mit unterlegtem Text. Du wirst das großartig machen. Außerdem ist Gordys Pub nicht die Royal Albert Hall. Hier nimmt es dir niemand übel, wenn du nicht jede Note triffst."

Die Combo machte gerade eine kurze Pause – oder vielmehr der ältere Herr war von seinem Platz neben der Dame aufgestanden und zu Alec McLean auf die Bühne getreten. Scheinbar wollte er ihm zu seinem Spiel gratulieren.

„Aber ..."

„Kathleen, ich bin ja auch noch dabei."

Ihre Musiklehrerin nahm sie bei der Hand. Es hätte nicht gut ausgesehen, wenn sie sich jetzt noch gewehrt hätte, deshalb ging sie widerspruchslos mit. Kathleen klopfte das Herz bis zum Hals. Miss Ortiz führte sie die Stufen hinauf auf die Bühne. Ihr Griff war ziemlich fest.

„Hi, Alec! Hier, ich stelle dir meine beste Schülerin vor. Kathleen Hollander hat einen wunderhübschen Sopran!"

„Das habe ich gerade eben schon gehört." Alec McLean drückte ihr lächelnd ein Notenblatt in die Hand. „Deine Stimme ist außergewöhnlich tragfähig."

Gott – hatte sie zu laut gesungen? Aus der Nähe sah er fast noch besser aus. Allerdings war er doch nicht mehr ganz so jung, wie sie zuerst gedacht hatte. Sie schätzte, dass er mindestens sechs Jahre älter war als sie. Wenn er ein Medizinstudium abgebrochen und danach Bauingenieur studiert hatte, war er vielleicht schon dreißig. Aber er lächelte sie immer noch an. Kathleen zitterten die Knie.

„Keine Angst, du schaffst das! Wir wiederholen zum Eingewöhnen den *Chattanooga Choo Choo*. Als nächstes kommt *Pennsylvania Six-Five Thousand* da singen wir alle zusammen nur den Refrain, der Marsch *American*

Patrol ist ein reines Instrumental, und du bist dann erst wieder zum krönenden Abschluss mit *Moonlight Serenade* dran. Okay?"

Ihre Kehle war wie ausgetrocknet, ihr Herz hämmerte, doch Alec lächelte immer noch. Sie nickte wie unter einem Zwang.

„Dann los!" Er hob die Klarinette an die Lippen, nickte der Combo zu und gab den Einsatz.

„Pardon me, boy ..."

Die erste Zeile war eine Katastrophe, doch dann siegte Kathleens Ehrgeiz. Sie würde sich nicht vor allen Leuten blamieren. Das Scheinwerferlicht blendete, sie nahm die Menge im Pub nur sehr undeutlich wahr. Sie schwitzte und fror gleichzeitig, es zog scheußlich auf der Bühne. Außerdem wurde ihr von der Mischung aus Zigarettenqualm und Frittierfett schlecht, die hier aufeinandertraf. Der *Chattanooga Choo Choo* zog sich endlos. Alec wiederholte ihn zweimal. Kathleen fürchtete schon, dass sie ihn bis zur Sperrstunde singen musste. Aber der Song endete schließlich doch. Es folgte *Pennsylvania Six Five Thousand* und sie brauchte sich mit Miss Ortiz wie besprochen einfach nur in den Chor der Männer einzuhängen, die für den Refrain die Instrumente absetzten und laut mitgrölten. Oh je, so wunderbar Alec spielte, seine Stimme war nicht besonders ...

American Patrol besaß dann gar keinen Text, und Kathleen überlegte, ob sie unauffällig zur Seite gehen, oder die Bühne sogar verlassen sollte. Einfach herumzustehen kam ihr dumm vor. Aber auf einmal fasste Miss Ortiz sie um die Taille und zog sie in eine Art Exerzierübung. Es war ein bisschen peinlich, doch die Bewegung hielt sie vom Nachdenken ab. Sie musste mitzählen, damit sie beim Marschieren mit ihrer Musiklehrerin im Takt blieb. Die Leute klatschten, der Schlager verklang und Alec nickte ihr für ihren Einsatz in *Moonlight Serenade* zu.

Kathleen konzentrierte sich, strengte sich an, und legte Gefühl in die Melodie. Sie war fast überrascht, als der letzte Ton der Klarinette verklang.

Das Publikum klatschte. Es war vorbei. Mitten unter den Leuten stand die *Ich-will-aber-nichts-gesagt-haben* und Kathleen bekam Panik. Sie wollte nur noch von der Bühne, aber Alec McLean und Miss Ortiz packten sie bei den Handgelenken und zogen sie ganz nach vorn an die Rampe. Alec schubste sie sogar ein bisschen.

„Verbeug dich. Das gilt dir."

„Nein, dir. Sie klatschen, weil du super gut spielst."

„Danke! Ohne dich hätte es aber nicht so gut funktioniert. Du singst toll. Nicht jede hätte sich getraut, vor allen Leuten zu singen, und dabei bist du doch höchstens sechzehn."

„Achtzehn! Ich gehe im Herbst nach Glasgow, aufs Seminar. Ich will Musiklehrerin werden."

„Warum nicht gleich Sängerin? Das Zeug dazu hast du!"

„Danke." Kathleen platzte heraus: „Miss Ortiz sagt es auch, aber meine Eltern lassen mich nicht."

Das hatte sie überhaupt nicht sagen wollen. Sie wurde rot. Alec streckte eine Hand aus, drückte ihre Schulter. „Ich verstehe dich gut. Aber schau, du kannst nach dem Seminar jederzeit umsatteln. Sie rechnen dir die Semester an, wenn du ein Musikstudium anhängst."

„Ja?“

„Ja. Wie auch immer ...“ Er schien zur Besinnung zu kommen. „Lass dir von mir nicht den Abend verderben. Gordy schließt um elf zu. Bleibst du dann noch? Die Jungs und ich wollten noch eine Swing-Session anhängen. Ich fände es klasse, wenn du weiter mit uns singst.“

„Ich bleibe auch da.“ Ihre Musiklehrerin berührte sie am Arm. „Gordy ruft bei den Carmichaels an, damit das mit deinen Eltern in Ordnung geht. Nicht dass du Schwierigkeiten bekommst.“

Miss Ortiz zwinkerte Kathleen zu und wies auf Pauls Mutter. Die *Ich-will-aber-nichts-gesagt-haben* neigte den Kopf schief wie ein Vogel und beobachtete weiter das ältere Ehepaar, das gerade aufstand und offenbar gehen wollte. Der ältere Herr zahlte mindestens mit einer Zwanzigpfundnote. Kathleen sah nur zwei Gläser auf dem Tisch stehen, und Gordy kramte endlos in seiner Geldbörse, bis er das Wechselgeld zusammen hatte.

Miss Ortiz seufzte.

„Weißt du, ich bin ganz froh, dass Doktor McLean und Lady Elinor gehen. Sie ist immer so steif. Dabei muss sie eigentlich froh sein, dass er sie geheiratet hat. Ihr Urgroßvater hat zwar die Fabrik aufgebaut, aber die ging schon vor dem Zweiten Weltkrieg pleite. Es ist ein Wunder, dass sie den alten Kasten halten können.“

„Was, Lady Elinor ist eine geborene Eldridge?“

„Ja. Von Eldridge Hall. Hast du das nicht gewusst?“

Kapitel 3

Julia: Anfang Oktober 2019

Was machst du, wenn sich dir unerwartet eine Chance eröffnet, von der du nie zu träumen gewagt hättest? Ich jedenfalls fühlte mich zuerst ziemlich davon erschlagen. Natürlich wollte ich meiner Grandmère gerne glauben, kritisch betrachtet hielt ich es aber für wahrscheinlicher, dass ich in nicht mehr ganz zwei Wochen beim Notar erfuhr, mein unbekannter Großvater hätte Eldridge Hall der Stadt, dem Tierschutz oder meinetwegen Greenpeace vermacht. Schließlich hatte er sich sein ganzes Leben nicht um mich gekümmert. Ich saß auf der Couch, schnäuzte immer noch wie ein Weltmeister und betrachtete missmutig den Bambusdschungel an der Wand. Mir fiel langsam die Decke auf den Kopf. Eine fette Erkältung und ein Sturmtief waren eine Scheißkombination. Das Wetter wechselte normalerweise hier an der Küste schnell, aber das aktuelle Tiefdruckgebiet hatte offensichtlich beschlossen, sich über Schottland häuslich niederzulassen. Ich war schon in der Nacht mehrmals von heftigem Regen aufgewacht, und das Klopfen gegen mein Fenster wollte und wollte auch jetzt noch nicht nachlassen. Schwere graue Wolken hingen über New Haven, Sturmböen pfiffen ums Haus und gerade stülpte unten ein heftiger Windstoß den Schirm eines Passanten zur Parabolantenne um. Er beschleunigte seine Schritte. Armer Teufel, der Wettergott öffnete gerade alle Schleusen. Das Rauschen ging in ein gemeines Trommeln und dann sogar in Donnern über. Wasservorhänge stürzten vom Himmel, und es wurde so dunkel, dass ich aufstand. Ich schaltete das Licht ein, und weil ich schon einmal unterwegs war, ging ich auch gleich zum Herd.

Vielleicht lag es an der Sintflut draußen, aber ich bekam Lust auf die Hühnersuppe, die ich mir gestern trotz meines Erkältungselends gekocht hatte. Im Fallrohr der Regenrinne, die direkt neben der Küchenzeile die Außenwand hinabführte, gurgelte es gefährlich und dann lief sie über. Ein Wasserfall platschte auf den Gehsteig. Es spritzte, und alles war furchtbar laut und lenkte mich genug ab, dass ich nur aus den Augenwinkeln mitbekam, wie die Suppe hochwallte. Jesus! Ich zog sie schleunigst vom Ceranfeld. Puh, wenn sie eingebrannt wäre! Den Gestank hätte wahrscheinlich sogar ich mit meiner Schnupfennase gerochen.

In einer Profiküche verstieß man nur einmal gegen den obersten Grundsatz auf jedem Posten:

Keiner lässt den Blick vom Herd, solange dort etwas in seiner Verantwortung kocht oder brät!

Ich schämte mich gründlich und fischte das Leinensäckchen aus dem Topf. Es enthielt einen Zweig Rosmarin, zwei getrocknete Limetten aus dem Iran, fünf Gewürznelken und ein großes Stück frischen Ingwer. Es war nicht das klassische Rezept, traditionell hätte ein Bouquet garni aus Möhre, Lauch und Sellerie hineingehört. Aber ich hasste Sellerie. Außerdem hätte jeder

Küchenchef, unter dem ich gearbeitet hatte, uns, die Brigade, angewiesen, die Schnittflächen der halbierten Zwiebel beinahe schwarz zu rösten, bevor sie mit Schale und etlichen Knoblauchzehen zu den Hühnerteilen in den Topf kamen. Das gab dem Endprodukt eine goldene Farbe, und wir hätten die Suppe zuletzt mithilfe von Hackfleisch und geschlagenem Eiweiß zu einer glasklaren Flüssigkeit geläutert. Vom Geschmack her war das Schnickschnack, Trubstoffe führten aber im Restaurant zu Minuspunkten und Panik beim Chef. Vor allem, wenn das Gerücht umging, Tester des *Guide Michelin* seien unterwegs. Herrlich, endlich durfte ich kochen, wie es mir schmeckte!

Ich goss einen Schöpflöffel heiße Suppe in eine große französische Kaffeetasse und wollte sie gerade kosten, als meine Grandmère anrief. Der Wolkenbruch prasselte munter weiter, und ich stellte die Tasse ab und stopfte mir einen Finger ins Ohr.

„Hallo, Mémère! Regnet es bei euch auch wie verrückt?"

„Ja, furchtbar, der reinste Weltuntergang! Aber deshalb rufe ich nicht an. Julia, ich habe nachgedacht: Es ist vielleicht doch besser, du übernimmst Eldridge Hall nicht. Das Haus ist ein schrecklicher alter Kasten. Kohlrabenschwarz. Dein Großvater Kenneth konnte Lady Elinor zwar überreden, dass sie den Landsitz wenigstens an den Abwasserkanal anschließen ließ. Aber wenn sich in den letzten dreißig Jahren nicht alles geändert hat, liegen die Stromleitungen immer noch auf Putz. Von der mittelalterlichen Heizung nicht zu reden. Als du geboren warst, musste dich deine Mutter in der Küche baden."

„Was – hatten sie kein Badezimmer?“

„Doch. Aber Lady Elinor hielt es für unnötig, extra für dich kleines Baby den Badeofen anzuschüren.“

Weiß Gott, eine liebende Großmutter! Ich sagte es nicht, weil mich die Kehrtwende meiner Grandmère wesentlich mehr beschäftigte.

„Gestern warst du doch noch ganz euphorisch, dass ich Eldridge Hall erbe. Was hat sich geändert, dass du mir jetzt abrätst?“ Ich ging zum Fenster. Der Regen hatte fast aufgehört. „Hörst du, es tröpfelt nur noch. Wollen wir uns das Haus nicht wenigstens einmal ansehen? Ich bekomme einen Lagerkoller, wenn ich weiter hier auf der Couch festsitze.“

„Du bist es nur einfach nicht gewöhnt, die Füße stillzuhalten.“

„Mémère, du würdest auch zu viel kriegen, wenn du ständig Bambuswälder vor Augen hättest!“ Und alle Zweige giftgrün … „Wenn es noch länger dauert, tritt Solomon Linda aus der Wand und singt *In the jungle, the mighty jungle, the lion sleeps tonight.*“

Meine Grandmère lachte herzlich. „Liebes, du kannst dich demnächst nach Herzenslust mit dem Aussuchen schönerer Tapeten austoben. Vergiss meine Bedenken. Du hast völlig recht, eine Chance wie diese bekommst du nicht noch einmal. Und falls es doch schiefgeht, bist du noch jung genug, um wieder irgendwo in einem anderen Hotel anzufangen.“

Nur, dass ich dann, im schlimmsten Fall, einen Berg Schulden mit mir nahm. Herzlichen Dank, außerdem … noch besaß ich den Landsitz nicht.

„Gut, Mémère! Ich hole dich in spätestens zwanzig Minuten bei dir ab. Ciao!“

Ich legte das Smartphone weg, trank die Brühe, die mehr Salz vertragen hätte, und wickelte mir einen Schal um den Hals. Es gab nur ein kleines Problem: Ich wusste nicht genau, wo Eldridge Hall lag. Irgendwo am südlichen Stadtrand, aber an mehr erinnerte ich mich nicht. Wir waren aus New Haven weggezogen, als ich neun gewesen war, und seitdem hatte sich die Stadt natürlich stark verändert. Sie war zum Beispiel bis fast an die Hänge der Range herangewachsen, was mir aber in den Jahren, in denen ich immer nur schnell am Bahnhof in ein Taxi gesprungen war, um meine Grandmère zu besuchen, nie recht bewusst geworden war. Ich war auch oft zu nachtschlafender Zeit angekommen. Mit Eldridge Hall verband ich nur ein verschwommenes Bild, den Eindruck eines dunklen Gebäudes hinter Bäumen auf dem Hügel oberhalb von Onkel Bobs Gärtnerei. Die es auch nicht mehr gab. Sie war ebenso verschwunden wie die verwilderten Parzellen der Arbeitergärten, die sich hinter seinen Blumen- und Gemüsebeeten angeschlossen hatten. Onkel Bobs Enkel Ray, eigentlich Raymond, und ich waren schon im Kindergarten unzertrennlich gewesen. Wir hatten nur über den Zaun hinter dem großen Gewächshaus klettern müssen, um in unser bevorzugtes Abenteuerspielgelände zu gelangen. Dort, in diesem Gewächshaus, war auch das Unglück geschehen. Ich sah den Berg aus verbogenem, ausgeglühten Metall und die Glasscherben noch heute vor mir. Genau wie die Blumen, die wir nacheinander dort abgelegt hatten, meine Mutter, meine vor Weinen zitternde Grandmère und zuletzt ich.

„Mein Gott!"

Die Erkenntnis, *wo* sich meine Grandmère für ihren Lebensabend eingemietet hatte, traf mich wie ein Schlag in die Magengrube. Ich wusste, wo Eldridge Hall lag, hatte den Landsitz, oder besser gesagt den Hügel, auf dem er lag, sogar jedes Mal gesehen, wenn ich sie hier besucht hatte. Nur bis gerade eben den Zusammenhang zwischen der Straßenbezeichnung Old Garden Road und den aus Büschen, alten Apfelbäumen und hohem Gras bestehenden Brachflächen meiner Kindheit nicht begriffen. Sie waren längst verschwunden, auf dem gesamten Gelände standen nun Häuser. Aber wir mussten auf dem Weg nach Eldridge Hall unvermeidlich auch an dem Unglücksort vorbei. Ich griff zum Smartphone.

„Ich bin es noch einmal, Mémère. Entschuldige. Es tut mir so leid. Du musst gedacht haben, ich habe total vergessen, was damals passiert ist. Wenn es für dich zu schmerzlich ist, fahre ich allein hin."

Sie lachte. „Liebes, mach bitte kein Drama daraus. Ob du es glaubst oder nicht, hier zu leben, gibt mir Frieden. Ich habe mich in Glasgow nie richtig wohlgefühlt."

So wenig wie ich. Der Neuanfang war für uns alle schwierig gewesen. Meine Mutter hatte plötzlich jeden Tag mit uns zusammengelebt, statt wie vorher nur an den Wochenenden. Sie war an meiner neuen Schule nun auch meine Musiklehrerin gewesen und an meinem Talentmangel beinahe verzweifelt. Wenn ich alles konnte, wunderschön singen wie sie, das war mir nicht gegeben. Dazu kam, dass meine Grandmère durch ihren neuen Posten als Hausmutter des Schulinternats dort die meiste Zeit für mich unerreichbar gewesen war. Und zu allem Überfluss hatte ich auch noch Ray verloren.

„Ihr habt mir nie gesagt, warum ihr eigentlich umgezogen seid."

„Wir hielten es für die einzig richtige Entscheidung. Ich konnte die Werkstatt nicht weiterführen und die Rezession, weißt du, mir brach damals auch das Catering massiv ein. Außerdem hast du uns so leidgetan. Du wirst es nicht mehr wissen, aber du hast damals immer voller Hoffnung zur Tür geblickt, wenn du draußen auf dem Flur Schritte hörtest."

„Mémère, ich wusste, dass Grandpa nicht wiederkommen konnte."

„Es war einfach ein bisschen zu viel für dich, Julia. Wir haben nur den Fehler gemacht, deine Mutter und ich, und dir nie erzählt, was damals alles abgelaufen ist. Du warst schließlich noch ein Kind. Aber Lady Elinor hat nicht wenig zu dem Gerede beigetragen, das nach dem Unglück entstanden ist. Sie hat jedes Mal demonstrativ die Straßenseite gewechselt, wenn sie deine Mutter mit dir oder mir kommen sah."

„Was? Hat sie das wirklich getan? Sie kann nicht geglaubt haben, wir wären an dem Unglück schuld gewesen!" Mir blieb die Spucke weg.

„Oh, ich weiß nicht, was sie dachte." Groll klang aus den Worten meiner Grandmère. „Ich für meinen Teil war hinterher jedenfalls sehr froh, dass Miss Baker dich und Raymond ausgerechnet an diesem schrecklichen Tag nach dem Unterricht dabehalten hatte."

„Sie hat uns eine donnernde Strafpredigt gehalten. Weil wir Betty Froschlaich in die Jackentasche gefüllt hatten und so lachten, als sie schrie."

Heute fand ich das auch nicht mehr komisch.

„Ihr wart zwei kleine Teufelsbraten, du und Raymond. Ständig habt ihr beiden irgendetwas ausgeheckt! Trotzdem muss euch den Streich damals euer Schutzengel ins Ohr geflüstert haben. Nicht auszudenken, wenn ihr wie immer nach der Schule als Erstes in die Gärtnerei gerannt wärt!" Sie seufzte. „Liebes, es ist lange her, aber es tut mir trotzdem nicht gut, darüber zu reden. Sei so gut, fahr los und hol mich hier ab. Jetzt brauche ich auch frische Luft."

„Natürlich, Mémère. Bis gleich."

Von meiner Wohnung zur Seniorenresidenz fuhr ich normalerweise keine zehn Minuten. Aber schon in der Auffahrtsrampe der Tiefgarage setzte neuer Regen ein, und kurze Zeit später wusch mir der nächste Wolkenbruch die Frontscheibe. Es goss wie aus Kübeln, die Scheibenwischer schafften es nicht mehr, und ich musste anhalten und warten, bis aus den bunten Schlieren vor der Windschutzscheibe wieder violette Herbstastern, rosa Anemonen und goldgelbe Chrysanthemen wurden, deren Blütenstängel sich schwer vor Nässe fast zu Boden neigten. Ein zitronengelbes Gingkoblatt klatschte auf die Windschutzscheibe. Wenn das Sturmtief noch länger wütete, würde es die Bäume kahlfegen, bevor sich das Laub noch richtig herbstlich färbte. Aber der starke Wind hatte auch sein Gutes, mit einem Mal rissen die Wolken auf. Sonne brach durch, und als ich vor der Seniorenresidenz bremste, zeigte sich am Himmel schon verstreutes Blau.

„Wenn Engel reisen!" Meine Grandmère klappte ihren Schirm zu und stieg ein. Sie war durch den Ruhestand ein bisschen fülliger geworden und ihr Haar war jetzt eisgrau. Aber ihr Blick war genauso scharf wie früher. „Du siehst ziemlich angegriffen aus, Liebes!"

„Dagegen hilft frische Luft."

„Hoffen wir das! Fahr los." Sie schaltete das Autoradio ein und suchte den Lokalsender. Aus dem Lautsprecher drang Gene Kelly und *I'm Singing in the Rain.*

„Wie in alten Zeiten, hm?"

„Nur dass jetzt du das Steuer in der Hand hältst. Du musst da vorne abbiegen."

Seltsamerweise hatte ich mir vorgestellt, dass Eldridge Hall am Ende einer langen, geraden Allee liegen müsste. Stattdessen führte der Weg zwischen hohen Hecken um eine weite Kurve den Hügel hinauf. Wir holperten über einen Schotterweg, den der heftige Regen der letzten vierundzwanzig Stunden ziemlich ausgewaschen hatte. Tiefe Rinnen durchfurchten ihn. „Hier müssen wahre Sturzbäche abgegangen sein."

Aber von Allee keine Spur, auch nicht, als die Steigung nach einer letzten Kurve abflachte und sich zu einer Art Auffahrt verbreiterte. Vor mir erschien zwischen weiteren Hecken ein imposantes schmiedeeisernes Tor mit barocken Verzierungen. Dahinter lag Wald.

„Du kannst dort vorne links beim Gärtnerhaus parken."

„He, das kenne ich doch! Da haben früher Onkel Bob und Tante Edna gewohnt!"

„Die Carmichaels, ja."

Ich schlug das Lenkrad ein und erblickte im Abbiegen hinter dem Torgitter flüchtig eine mächtige Blutbuche im vollen Schmuck ihrer purpurnen Herbstfärbung. Der Parkplatz vor dem Gebäude, das meine Grandmère das Gärtnerhaus genannt hatte, war sehr schattig. Es roch nach Moos und nasser Erde, als ich ausstieg. Große Tropfen aus den Bäumen platschten auf das Autodach. Irgendwo knarrte Holz.

„Wie alt ist Eldridge Hall eigentlich?"

„Das Haupthaus muss um achtzehnhundertsechzig herum erbaut worden sein. Kurz nachdem dein Ururgroßvater von Queen Victoria geadelt worden war."

„Sie sind also gar kein altes Geschlecht?"

„Woher denn! Lady Elinors Großvater hat ein Vermögen mit Kolonialwaren gemacht, bevor er sich auf Heringskonserven verlegte. Er ließ die Fabrik errichten, aus der New Haven erst entstanden ist. Heute machst du mit Dosenfisch natürlich keinen Gewinn mehr, aber damals reichte es locker, um genug Land für eine Baronie zu kaufen. Gehen wir hinein?" Sie zog einen Schlüsselbund aus der Jacke. „Ich habe mir die hier von Linda geben lassen. Sie war die letzte Freundin von Robbie Carmichael. Du kennst ihn nicht oder bist ihm als Kind höchstens ein-, zweimal begegnet. Er war der Vater deines Kinderfreunds Raymond und der beste Freund deines Vaters. Aber er verließ New Haven, als du ein Baby warst. Irgendetwas passte Lady Elinor nicht mehr und sie entließ ihn."

„Raymonds Vater war hier Gärtner?"

„Ja. Aber seine erste Ehe, aus der dein Kinderfreund Ray stammt, ging zur gleichen Zeit schief. Er kam mir ziemlich niedergeschlagen vor, als ich ihn zum letzten Mal gesehen habe. Er kehrte erst vor wenigen Jahren wieder hierher zurück und ist gleich darauf gestorben. Eine traurige Geschichte! Seine letzte Freundin, eben Linda, blieb hier. Sie hat dann nach dem alten Herrn gesehen. Deswegen hat sie noch die Schlüssel zum

Gärtnerhaus. Was jetzt unser Glück ist. Wir kommen damit nur leider nicht ins Haupthaus." Meine Grandmère stieß die Tür auf und ging mir durch den Flur voraus.

„Du und Grandpa, ihr wart oft hier, nicht?"

„Dein Onkel Bob und Edna waren zwar ein gutes Stück älter als wir, aber wir waren wirklich eng befreundet. Ich fürchte, das war einer der Gründe, warum Lady Elinor von Anfang an gegen deine Mutter eingestellt war. Ihr kostbarer Sohn Alec und der verliebt sich ausgerechnet in die Tochter von Freunden ihres Gärtners! Dabei war sie die treibende Kraft."

„Was? Das musst du mir jetzt erklären!"

„Ach Liebes, dein Vater war kompliziert. Ich glaube, wenn ihm seine Mutter keinen Tritt in den Hintern gegeben hätte, hätte er sich meiner Kathleen nie erklärt. Trotzdem hätten deine Eltern besser nie geheiratet. Das einzig Gute, das bei dieser Ehe herauskam, bist du."

Der Flur roch nach abgestandener Luft und Staub. Hier war lange nicht mehr geputzt worden. Geradeaus lag das Wohnzimmer, daran erinnerte ich mich. Aber meine Grandmère bog nach links ab, in die Küche, die ich als Kind nie betreten hatte. Sie öffnete die Verandatür. „Hier hinauf. Das ist der kürzeste Weg."

Ich stand am Fuß eines ziemlich steilen Hanges, über dem die Giebel von Eldridge Hall aufragten. Der Landsitz war reinstes Scottish Baronial, ein dunkler, neugotischer Traum mit Zinnen und Türmchen. Links entdeckte ich sogar einen Turm.

„Wahnsinn! Das Haus sieht aus wie die kleine Schwester von Balmoral Castle."

„Lady Elinor hat immer behauptet, der Architekt sei William Burns gewesen, der auch an den Entwürfen für den Sommersitz Königin Victorias beteiligt war."

Wir stiegen langsam miteinander nach oben. Der Hügel entpuppte sich dabei immer mehr als Buckel, der das tiefer gelegene Gärtnerhaus zuletzt völlig dem Blick entzog. Als wir auf dem breiten geschotterten Platz vor Eldridge Hall standen, war nichts mehr davon zu ahnen.

„Ganz wie man sich einen herrschaftlichen Landsitz vorstellt. Dass dort unten dienstbare Geister leben, siehst du von hier aus nicht."

Eine pompöse Freitreppe führte zu einem Eingangsportal mit Tympanon und Figurenschmuck hinauf. Ritterfiguren schmückten das Giebelfeld, aber sie waren vom Alter genauso schwarz geworden wie das ganze Gebäude. Ich zählte insgesamt sechzehn Fenster.

„Wie viele Zimmer hat es?"

„Liebes, da fragst du mich zu viel. Ich bin nie weiter als bis in Speisezimmer und Salon gekommen. Lass uns auf die Gartenseite gehen. Von dort aus hatte man einen schönen Blick ins Tal. Es müsste durch diesen neuen Golfplatz sogar gepflegter aussehen als früher. Als Lady Elinor deinem Grandpa und mir notgedrungen die Ehre erwies, mich zum Hochzeitsempfang deiner Eltern einzuladen, lagen dort nämlich nur Äcker."

Ich folgte ihr nachdenklich. Da ging er hin, der Traum vom kleinen Bio-Hotel. Diesen schwarzen Kasten konnte ich nie und nimmer allein führen. Eldridge Hall verlangte nach Personal und vor allem nach einer gründlichen Renovierung. Die hölzernen Fensterrahmen zeigten Spuren starker Verwitterung, und das galt auch für die Fassade. Sie bestand wahrscheinlich aus Granit, den gab es in der Gegend. Ray und ich hatten als Kinder in einem aufgelassenen Steinbruch gespielt, der unterhalb des Landsitzes lag. Doch die Blöcke der Fassade waren vom Alter und den Abgasen aus den Schornsteinen der Fischfabrik und der Trawler schwarz geworden. Der Park hingegen gefiel mir auf Anhieb. Man konnte noch ahnen, dass er ursprünglich von den im neunzehnten Jahrhundert so beliebten, verschlungenen Wegen durchzogen gewesen sein musste. Aber es war kaum noch ein Durchkommen. Der Wald hatte alles zurückerobert. In die Rasenflächen hatten sich junge Birken, Haselnusssträucher, Holunder und Heckenrosen hineingewagt. Es war ein Feenreich, in dem jetzt, nach dem Regen, Spinnennetze in der Herbstsonne funkelten. Da und dort leuchteten rote Hagebutten vor alten, sehr mächtigen Rhododendren, die im Mai hoffentlich farbenprächtige Blüten zierten. Der Baum mit der breiten Krone und dem kupfernen Laub konnte eine japanische Zierkirsche sein. Wahrscheinlich blühte sie rosa. Daneben breitete ein Tulpenbaum seine Äste aus.

„Schau, Mémère, sie haben einen Liriodendron."

„Dass du die Namen aller Bäume kennst ..."

„Dank Onkel Bob." Raymonds Großvater hatte neben Obst und Gemüse auch ausdauernde Stauden angeboten und eine kleine Baumschule betrieben.

Wir bahnten uns vorsichtig einen Weg die fensterlose Schmalseite des Hauses entlang. Hier schien jemand vor nicht allzu langer Zeit eine Schneise durch den Wildwuchs geschlagen zu haben. Brennnesseln und Brombeerranken säumten den schmalen Pfad. Ich wusste, wie schnell Gärten verwahrlosten, und dieser hier hatte schon Jahre keinen Gärtner mehr gesehen. Die von meiner Grandmère angekündigte schöne Aussicht war verschwunden. Wir fanden auf der Südseite nur tiefen Schatten und ein verunkrautetes Rasenviereck, in dem kränkelnde Rosenstöcke vor einem übermannshohen Wall aus wuchernden Brombeerranken ums Überleben kämpften.

„Meine Fresse!" Es sah alles nach so viel Arbeit aus, dass ich verrückt gewesen wäre, mich darauf einzulassen. Ich drehte mich frustriert um und war schockverliebt. Die gesamte Südseite von Eldridge Hall nahm ein eleganter viktorianischer Wintergarten ein. Klar, die gusseisernen Verstrebungen waren verrostet und die Glasscheiben blind, aber ich konnte mir nichts Schöneres als Frühstückssalon für mein Hotel denken. Meine Gäste würden beim Speisen zusehen können, wie die Sonne rot in der Irischen See versank. Es gab nichts Romantischeres als ein Diner bei Kerzenschein in einem schottischen Herrenhaus. Aber als Erstes würde ich die vermaledeiten Brombeerranken niedermachen.

Kapitel 4

Julia: Die zweite Oktoberwoche 2019

Eine Woche später stand ich, wieder topfit und durchaus motiviert, in der Küche der Ernährungsberatung und versuchte, einer Gruppe Neueinsteiger gesunde Haute Cuisine schmackhaft zu machen. Der Kurs war ein Einfall meiner Chefin gewesen, die meine Stationen in der internationalen Hotellerie auf die Homepage des Instituts gesetzt hatte, in der Hoffnung, unseren Kundenkreis um eher kulinarisch Interessierte zu erweitern. Ich hatte meine Zweifel. Kochkurse mit Gourmet-Anspruch funktionierten meiner Erfahrung nach nur dann, wenn man sie als reine Show aufzog. Wenn der Koch sein Können vor gut gelaunten Gästen demonstrierte, die alle zusammen Prosecco süffelten. Es gab Experten auf diesem Gebiet, gnadenlose Selbstdarsteller, die unter munterem Geplauder sorgfältig von der Brigade vorgeschnittene und teils sogar vorgegarte Zutaten in Pfannen rührten. Viele zelebrierten dabei die Verwendung von Gewürzmischungen eigener Kreation, die man selbstverständlich nach Ende der Veranstaltung kaufen konnte. Meist zu unverhältnismäßig hohen Preisen. Trotzdem konnten solche Events ein echtes Erlebnis sein. Wenn alles gutging, empfanden sie ambitionierte Hobbyköche als Augenöffner und betrieben überall unter ihren Bekannten Mundpropaganda. Darauf hoffte meine Chefin natürlich.

Ich dagegen erinnerte ich mich leider zu gut an die Schattenseiten. Daran, wie oft wir blitzschnell und gerade außerhalb der Sichtweise der Gäste halb rohe, angebrannte, verwürzte oder sonst wie missglückte Gerichte gegen perfekt zubereitete ausgetauscht hatten. Natürlich wollte keiner der Chefs, für die ich bei solchen Veranstaltungen im Hintergrund gearbeitet hatte, Murks liefern. Oft lag es einfach daran, dass gerade Starköche irgendwann mehr vor der Kamera standen und in der Weltgeschichte herumreisten, als selbst am Herd Hand anzulegen. Kochen war meiner Meinung nach zwar keine Kunst, die man direkt verlernen konnte, aber sie verlangte gerade in der dünnen Luft der Sterne-Gastronomie viel Übung. Wer nicht täglich selbst kochte, verlor schnell an Präzision. Noch ein Grund, warum ein wirklich gut eingespieltes Team im Hintergrund einer Live-Kochshow wichtig war.

Heute, in New Haven, in der Ernährungsberatung, fiel das flach. Ich musste mich hier auf eine Speisenfolge beschränken, die Laien noch leicht selbst zubereiten konnten. Praktisch mühelos. Noch dazu ohne das in der Gastronomie nur allzu verbreitete Lockerungsmittel Alkohol. Wir servierten unseren Kunden als Einstiegsdroge immer nur Tee. Natürlich keinen Ceylon Broken Orange Pekoe, den betrachtete die Chefin ob seines Gehalts an Teein als problematisch. Stattdessen enthielt ihr Vorratsschrank eine breite Auswahl an Kräutertees. Auch in Geschmacksvarianten, mit denen man sogar mich erschrecken konnte. Aber mit der zartrosa leuchtenden Mischung aus Hagebutten und Malvenblüten mit etwas Zimt, die ich als Einstieg zu der heutigen Veranstaltung eingeschenkt hatte, machte man selten etwas verkehrt. An dem langen Tisch, an dem die Teilnehmer des heutigen Kurses saßen, duftete es wie Weihnachten. Vor den Fenstern deckte blaue Nacht ein frostkaltes Abendrot zu. Der Wind schüttelte die Bäume und am Himmel schimmerte der erste Stern.

„Kann ich vielleicht ein Tröpfchen Gin in den Tee haben?"

Ich hätte es ahnen können. Eine Teilnehmerin, ihr Namensschild lautete auf Mrs Felton, hatte, natürlich unangemeldet, ihren halb erwachsenen Sohn Leonard mitgebracht. Ich schätzte ihn auf höchstens sechzehn, und der bettelnde Hundeblick, mit dem er mir seine Tasse entgegenhielt, nützte ihm schon deshalb nichts.

„Bedaure. Wir sind nicht zum Servieren von Alkohol lizensiert."

„Was – habt ihr hier rein gar nichts? Noch nicht einmal Port oder Sherry für Soßen? Aber es gibt doch sicher wenigstens einen Cocktail?"

Scheinbar hatte sich mittlerweile herumgesprochen, dass ich in meinen Kursen welche servierte. Je nachdem, wie viel Erfahrung die Gruppe mitbrachte, konnte sich die Zubereitung der Speisen schon einmal über drei Stunden hinziehen, da brauchte es zwischendurch etwas zur Aufmunterung. Dem Jungen stand aber trotzdem eine herbe Enttäuschung bevor. Ich verwendete ausschließlich frisch gepresste Frucht- oder Gemüsesäfte, Mineralwasser und Eis oder servierte, wie heute Abend, vegane Milch. Die hatte ich in Anbetracht des eisigen Wetters während der Vorbereitungen für den Kurs aus frisch gemahlenem Bio-Hafer mit Wasser, Kurkuma, Ingwer, Zimt und etwas Honig zu Goldener Milch verkocht. Sie stand, aufgemixt und bei niedriger Stufe heiß gehalten, auf der Arbeitsfläche des vierten Küchenblocks, der nicht gebraucht wurde, weil wieder einmal nicht alle angemeldeten Teilnehmer erschienen waren. Einige derer, die es sich anders überlegt hatten, würden morgen garantiert anrufen und sich bei der Chefin beschweren, die sich ohne rechtzeitige Absage aus triftigem Grund natürlich auf nichts einlassen und ihnen trotzdem die Kursgebühr berechnen würde.

„Ich möchte Ihnen nun als Erstes die heutige Auswahl erläutern." Ich erhob mich und ging zum Whiteboard. „Wir werden zusammen ein herbstliches Menü zubereiten. Lesen Sie bitte die Rezepte, die an jedem Platz für Sie ausliegen."

Zwei Teilnehmerinnen setzten Brillen auf. Die Gruppe fing an zu blättern. Auf die Vorspeisen, Beluga-linsen-Salat und gebackene Kürbisscheiben an Walnussdressing und kleinem Keimsprossensalat, sollte Lauch-Möhrensuppe folgen. Der Hauptgang bestand aus Pilz-Kräuterragout an Kartoffel-Scones und als Dessert hatte ich ein Carpaccio aus Zitrusfrüchten mit Mandelgranita vorgesehen. Die Zutaten für alle Gerichte standen griffbereit und abgewogen auf den Arbeitsflächen der langen Kochblöcke, von denen jeder über ein Ceranfeld, einen Backofen und eine Spüle verfügte.

„In den Unterschränken finden Sie Töpfe, Schüsseln und Backformen, sowie alle nötigen Löffel, Messer und Schneidebretter. Abfälle geben Sie bitte in die bereitstehenden Behälter. Wenn Sie etwas nicht finden oder Fragen haben, stehe ich Ihnen gern zur Verfügung."

Pro Kochkurs konnten sich maximal sechzehn Personen anmelden. Meine Chefin hatte zwölf Teilnehmer auf ihrer Liste, aber gekommen waren nur neun. Leonard Felton zählte ich vorsichtshalber nicht mit. Er trank vorsichtig einen Schluck Tee und betrachtete danach die Tasse, als ob ich ihm Gift eingeschenkt hätte. Seine Mutter lächelte mich stolz an.

„Unser Sohn besitzt eine feine Zunge. Er isst so gern! Nicht wahr, Lennie-Darling?"

Das sah ich. Lennie-Darling trug eine solide Menge Babyspeck um die Hüften. Doch für die Zubereitung von Speisen schien er sich weniger zu interessieren. Er schob die Rezeptblätter zur Seite, ohne auch nur einen Blick darauf zu werfen. „Wann ist das Essen fertig?"

„Sobald es fertig ist. Wenn Sie mir nun bitte alle in die Küche folgen wollen ..."

Ich übersah seine Schnute, lächelte den Teilnehmern aufmunternd zu und ging in den eigentlichen Arbeitsbereich voraus, wo ich mich an die Wand zurückzog.

„Je vier Personen gehen bitte zu dem Küchenblock links und dem in der Mitte, zu dem Block rechts gehen bitte drei von Ihnen."

Viele, die zum ersten Mal einen meiner Kurse besuchten, wurden nervös, wenn sie feststellten, dass sie sich plötzlich in Kleingruppen sortieren sollten, um mit vier oder fünf völlig fremden Menschen gemeinsam zu kochen. Auch Lennie-Darlings Mutter bildete darin keine Ausnahme. Sie brachte sich eilig an der Fensterreihe vor dem linken Küchenblock in Sicherheit – so weit von der Arbeitsfläche entfernt wie nur irgend möglich – und ließ ihren Sohn unschlüssig im Quergang vor den drei Küchenblöcken zurück. Mit der Folge, dass die beiden Teilnehmerinnen, die sich für den rechten Küchenblock entschieden hatten, als Gruppe plötzlich stark unterbesetzt dastanden. Lennie-Darling zögerte einen Augenblick zu lange. Die etwas ältere der beiden Teilnehmerinnen trat vor und griff ihn energisch am Handgelenk.

„Dann kommst du eben zu uns!"

Er war so überrascht, dass er ihr widerspruchslos zum Küchenblock folgte.

„Und was soll ich hier?"

„Na, was schon! Kochen!"

Ich schmunzelte in mich hinein. Meiner Erfahrung nach fanden Teams am besten zusammen, wenn ich sie weitestgehend selbst machen ließ. Ich gab den Teilnehmern meiner Kurse natürlich fachliche Tipps und Ratschläge, beantwortete Fragen und zeigte auch schon einmal, wie etwas ging. Doch ich verfocht die These, dass das, was man selbst tat – mit den eigenen Händen – am besten im Gedächtnis gespeichert blieb. Ich verlangte auch nichts Unmögliches. Alle meine Rezepte waren darauf abgestimmt, dass sie funktionierten, wenn wenigstens eine Person an jedem Arbeitsblock die Grundtechniken beherrschte. Dass die beiden Frauen am rechten Küchenblock Lennie als Mitstreiter erwischt hatten, war allerdings wirklich Pech. Er stand sichtlich zum allerersten Mal in seinem Leben vor einem Herd. Die Energische drückte ihm die Möhren in die Hand.

„Hier! Ich kümmere mich um Lauch, Zwiebeln und Knoblauch."

Sie hätte genauso gut Chinesisch sprechen können.

„Aber..." Er betrachtete das Wurzelgemüse ratlos.

„Meine Güte! Rück mal zur Seite!" Die Energische zog die nächstliegende Schublade auf, genau vor seinem dicken Bauch, und fischte ein Schneidebrett heraus.

„Hier! Darauf kannst du die Möhren schneiden. Ein Sparschäler muss auch irgendwo liegen. Zieh einfach die Schubladen auf und sieh nach."

„Und dann?" Lennie-Darling suchte Blickkontakt mit seiner Mutter, die sich inzwischen dazu bequemt hatte, nach Bitte einer anderen Teilnehmerin, Wasser in einen Messbecher zu füllen.

„Wir konnten schließlich nicht damit rechnen, dass man hier selbst Hand anlegen muss."

Der einzige männliche Kursteilnehmer lachte.

„Haben Sie nicht gelesen, was auf der Homepage steht? Ich wette, Sie haben auch keine Küchentücher oder Restebehälter mitgebracht."

„Also bitte! So weit kommt es noch!" Lennie-Darlings Mutter schnaubte.

Oh weh, ihre Gruppe war mit ihr genauso schlecht beraten wie die beiden Frauen am rechten Küchenblock mit ihrem Sohn. Die Energische verlor die Geduld. Sie suchte und fand den Sparschäler selbst und führte ihm die Handhabung vor. Er betrachtete den langen Streifen Schale fasziniert, den sie von der Möhre abgezogen hatte – und steckte ihn dann in den Mund.

Ich wandte mich ab, damit sie mich nicht schmunzeln sahen, nahm eine Reihe Sektflöten aus dem

Hängeschrank an der Querwand und füllte sie mit Goldener Milch, die ich zu den Teilnehmern trug.

An allen drei Arbeitsblöcken kamen die Dinge langsam in Gang. Sehr langsam, alle waren im Augenblick noch zu sehr damit beschäftigt, die Zutaten und die Tätigkeiten zu sortieren, um mir Fragen zu stellen. Aber mir ging selbst auch eine Menge durch den Kopf.

Falls ich Eldridge Hall bekam und es wirklich zu einem Bio-Hotel umfunktionieren wollte, brauchte ich einen Existenzgründerkredit, einen finanzkräftigen Teilhaber und wahrscheinlich die Hilfe des National Trusts, um wenigstens die gröbsten Startkosten abzufangen. Außerdem musste ich mit allen Restaurantbesitzern der Stadt zu einer Übereinkunft kommen. Ich wollte Gästen Alternativen nennen können, wenn ihnen zwar mein Haus gefiel, aber nicht meine Menüs. Wenn ich die Idee, Vollwertköstliches anzubieten, bei dieser Sachlage überhaupt halten konnte. Der Landsitz schrie nach Gästen, die niemals unter fünf Sternen buchten, und die wollten meist die traditionelle Haute Cuisine, sprich Fleisch.

Es war natürlich kein Ding, jemandem schnell ein Steak zu braten. Raus aus dem Tiefkühlfach, rein in die Mikrowelle, rauf auf den Grill. Ich verabscheute es zwar, gutes Fleisch so barbarisch zu behandeln, aber der Kunde war König, und viele, vor allem Männer, erwarteten einfach ein ordentliches Stück totes Tier auf dem Teller. Ich hatte im Service oft genug erlebt, dass Gäste ein vegetarisches oder veganes Gericht wählten und sich dann, wenn es auf den Tisch kam, beschwerten, dass der Fisch fehlte. Fisch betrachteten erstaunlich viele Menschen nicht als Fleisch, somit – logisch –

musste er einfach vegetarisch sein. Was sonst. Himmel, nach einem Fischhändler musste ich mich auch noch umsehen.

Ich fand es erschreckend, dass man hier in New Haven, direkt am Meer, zwar fangfrischen Fisch kaufen konnte, aber nur direkt vom Kutter, und lediglich das, was eben hereinkam. Muscheln oder Krustentiere hatte ich leider noch keine gesehen. Für den Shrimps-Cocktail, der in der Jugend meiner Mutter in den Pubs der Renner gewesen war, hätte ich heute Tiefkühlware verwenden müssen, und das kam natürlich nicht in Frage. Unabhängig davon, dass mich meine Grandmère für die unelegante Kombination aus Salatblatt, Mayonnaise, Ketchup und Shrimps wahrscheinlich gesteinigt hätte und das mit Recht. Nein, wenn überhaupt, dann Garnelen oder Shrimps vom Grill und aus Bio-Zucht, genau wie das Fleisch. Gott sei Dank gab es im Umkreis von zwanzig Kilometern mehrere Betriebe, die auf ökologische Landwirtschaft setzten und ihre Tiere teils sogar ganzjährig auf der Weide hielten. Wer sagte denn, dass Vollwertküche immer fleischlos sein musste? Ich liebte Braten, eigentlich alle Gerichte, für die Fleisch geschmort wurde. Aber damit blieb immer noch das Problem Nose-to-Tail. Der Trend ging zwar international wieder dorthin und auch stark Richtung regional, aber das bedeutete hoffentlich nicht gerade Haggis. Ugh, ich kannte das Traditionsgericht nur aus meinem Ausbildungsbetrieb in Aberdeen, und da hatte es niemandem von uns geschmeckt. Womöglich brauchte ich selbst einen Kochkurs, wenn schottische Küche von mir erwartet wurde!

Auf allen drei Kochfeldern dampften jetzt Töpfe. Die Belugalinsen dauerten noch einige Minuten, aber die Kürbisscheiben konnten schon aus dem Ofen, und die Teilnehmerin am mittleren Küchenblock, die sich auf die Zubereitung des Teigs für die Kartoffel-Scones gestürzt hatte, fragte, ob sie die weichen Brötchen jetzt schon backen sollte.

„Ja, es ist besser, wenn sie nicht dampfend heiß auf den Tisch kommen."

Ich schaltete die Absaugungsanlage an. Auf dem rechten Kochfeld, direkt neben Lennie-Darling, kreischte und brutzelte sehr heißes Öl im Suppentopf. Lauch und Zwiebeln rochen für meinen Geschmack fast schon angebrannt, der Junge hätte umrühren, die Temperatur herunterregeln und Brühe angießen müssen. Aber er war auf die Möhren konzentriert und sich der Gefahr überhaupt nicht bewusst. Dafür wurde die Energische, die ihn zu seiner Tätigkeit abkommandiert hatte, aufmerksam, und sie war schneller als ich. Sie setzte den Mixstab ab, mit dem sie die in kaltem Wasser eingeweichten Mandeln für die Granita pürierte, lehnte sich quer über die Arbeitsfläche und goss den Liter Gemüsebrühe an, den ich zu diesem Zweck bereitgestellt hatte.

„Kannst du nicht aufpassen, Mann?" Sie ging auf die Herdseite des Küchenblocks und schnappte die beiden von Lennie bereits fertig geschälten Möhren. Von einer hatte er schon abgebissen.

„He! Ich habe Hunger!"

„Nichts da! Die sind für die Suppe, und die gehört uns allen!"

Sie würfelte die Möhren in Windeseile, schälte den Rest, würfelte auch den und gab alles in die Lauch- und Zwiebelbrühe, die jetzt nur noch leise köchelte.

„Kann ich mal probieren?" Lennie-Darling hatte einen Löffel gefunden.

„Himmel, nein! Sie ist doch noch gar nicht fertig!"

„Dann eben nicht." Er zuckte mit den Schultern und marschierte zum mittleren Küchenblock. Die vier Teilnehmer dort arbeiteten sehr harmonisch Hand in Hand. Es gab keinerlei Kompetenzgerangel. Ich sah die Frau, die für die Kartoffel-Scones verantwortlich zeichnete, das Muldenblech gerade halb aus dem Ofen ziehen. Sie hielt ein hölzernes Spießchen in der Hand und wollte offensichtlich in eines der weichen Brötchen stechen, um festzustellen, ob sie schon gar waren.

„Scones!", rief Lennie-Darling. „Endlich!"

Bevor sie auch nur Vorsicht sagen konnte, schnappte er sich schon einen Scone, biss gierig hinein und schluckte. Er ließ das ofenheiße Gebäck natürlich sofort fallen. Lennie-Darling presste die Hände auf den Magen, brach in die Knie und stieß einen markerschütternden Schrei aus. Ich rannte zum Wasserhahn, riss ein Glas aus dem Schrank, füllte es in aller Eile und brachte es ihm. „Hier! Trink!"

Seine Mutter schlug es mir aus der Hand. „Hände weg von meinem Sohn! Einen Arzt! Holen Sie sofort den Notarzt, Sie dumme Kuh!"

Ihr Sohn röchelte und die energische Teilnehmerin fuhr Lennie-Darlings Mutter an, dass sie ihren Sohn hätte trinken lassen sollen. „Dann wäre der Schmerz längst wieder vorbei!"

„Wie – sind Sie Ärztin?"

„Zufällig ja!" Die Energische seufzte.

Aber ich hatte schon die Notrufnummer gewählt. Ich gab mein Smartphone der Ärztin, die der Notrufzentrale die Sachlage erklärte und schließlich Lennie-Darlings Mutter anschnauzte, die ständig dazwischenredete und sogar versuchte, ihr das Smartphone zu entwinden.

„Geben Sie endlich Frieden! Oder lassen Sie mich wenigstens Ihrem Sohn helfen!"

„Sind Sie überhaupt eine richtige Ärztin? Ich will zuerst Ihre Approbation sehen!"

„Heiliger Gott im Himmel!"

Die Scones-Bäckerin stand kreidebleich und zitternd am Herd, die Energische gab mir mein Smartphone zurück und zog Lennie vom Boden hoch. „Mach bitte den Mund auf, lass mich den Schaden ansehen."

Sie zog eine Stabtaschenlampe aus ihrer Hosentasche und leuchtete ihm in den aufgesperrten Rachen. „Nur gerötet, du hast noch einmal Glück gehabt."

„Aber es schmerzt!"

„Haben wir zufällig Speiseeis hier?" Sie sah mich an.

„Das Granita! Ich kann es in einer Minute fertig haben."

„Tun Sie es!" Sie schüttelte Lennie-Darlings Schulter, der leise wimmerte. „Wie alt bist du?"

„Sechzehn!" Seine Mutter antwortete. „Wie gehen Sie mit meinem Sohn um? Er ist verletzt!"

„Durch seine eigene Schuld! Mit sechzehn sollte man so viel Verstand haben, nicht in feuerheiße Scones direkt aus dem Ofen zu beißen."

Ich füllte die pürierten Mandeln in den Blender um, gab Agavendicksaft, zwei reife Bananen und reichlich

Eiswürfel dazu und schaltete das Messerwerk ein. Es war nicht ganz das Rezept, das ich für das Menü dieses Abends im Sinn gehabt hatte, aber Lennie-Darlings wunder Kehle tat Softeis sicher gut. Ich gab es in eine Dessertschale und brachte sie ihm. Der Junge fing an zu löffeln. Wir hörten von ihm keinen Mucks mehr, er lächelte mich sogar an. Aber der Schaden war geschehen. Seine Mutter hing schon am Telefon und berichtete irgendwem. Selbst wenn sich alle anderen Kursteilnehmer an die Tatsachen hielten, blieb an der Ernährungsberatung hängen, dass es in meinem Kurs zu einem Unfall gekommen war. Das fehlte mir noch! Die Eröffnung meines Hotels stand noch absolut in den Sternen, aber die schlechte Presse hatte ich schon. Wundervoll!

Ich räusperte mich. „Ich bedauere den Vorfall außerordentlich. Falls Sie den Kurs jetzt abbrechen möchten, habe ich dafür vollstes Verständnis. Auf der anderen Seite sind die Gerichte, die für heute auf dem Plan standen, fast alle gegart oder kurz davor. Wenn Sie einverstanden sind, schlage ich vor, dass wir von der üblichen Vorgehensweise abweichen. Ich koche das Menü für Sie und Sie sind heute Abend alle meine Gäste. Die Kursgebühren bekommen Sie selbstverständlich erstattet!“

Mir war speiübel. Auf dem Fußboden lagen Glasscherben, und die Wasserpfütze musste ich auch noch beseitigen. Ich musste meine Chefin anrufen, ihr noch heute von dem Unfall berichten und wahrscheinlich ein Protokoll schreiben. Ich zitterte innerlich, aber ich lächelte alle Teilnehmer der Reihe nach an. Die Ärztin war die Erste, die zurücklächelte.

„Also, ich bin dafür! Wer noch?" Sie blickte sich um, fast alle Teilnehmer nickten ebenfalls. Nur Lennie-Darlings Mutter verzog den Mund.

„Wir gehen! Komm, mein Schatz! Das wird ein Nachspiel haben!"

„Aber jetzt gibt es endlich Essen! Ich habe Hunger!"

Er sträubte sich, aber seine Mutter zog ihn hinter sich her aus dem Raum, und ich ging zu den drei Küchenblöcken und tat das, das ich am besten konnte. Ich kochte.

Kapitel 5

Kathleen: Der erste Samstag im August 1979

Um halb neun war sie ziemlich angefressen. Alle ihre Freunde saßen im Kino und sahen sich Rocky II an, und der feine Herr tauchte nicht auf. Sie gab zwar gern zu, dass sie Boxen nicht so wahnsinnig interessierte, und sie war auch kein großer Fan von Sylvester Stallone. Aber sie hätte sich wenigstens hinterher mit Bernard und Anne über den Film unterhalten können, während sie hier nur allein versauerte. Wobei das fast noch ein Glück war. Wenn nicht die TV-Techniker aller drei wichtigen Sender gestreikt hätten, wären viele Ehemänner vor dem Lieblingsprogramm ihrer Frauen in den Pub geflüchtet und halb New Haven hätte ihr beim Warten auf Alec McLean zugesehen. Die Enttäuschung brannte richtig.

Was verabredete er sich mit ihr hier, schlug ihr vor, mit ihm für den nächsten Gig zu proben, wenn er gar nicht die Absicht hatte, Gott verdammt! Sie nippte an ihrer Cola, die längst schal schmeckte. Gordy Whittaker dachte sich bestimmt seinen Teil. Es war so peinlich! Wie hatte sie auch glauben können, Alec McLean könnte sich für sie interessieren. Er war mindestens zehn Jahre älter als sie und hatte garantiert eine Freundin. Ach was: ein Dutzend!

„Er kommt schon noch, Liebes!" Gordy Whittaker nahm ihr lächelnd das Glas ab und stellte eine frische Cola vor sie, in der Eiswürfel klangen. „Geht aufs Haus."

„Oh, danke! Aber ich kann sie gern zahlen."

„Macht mich nicht pleite. Außerdem – da kommt er." Der Wirt deutete zum Eingang.

Alec stand ihn der Tür. Sein Gesicht hellte sich auf, als er sie sah. Er ging ihr mit raschen Schritten entgegen, sein Mantel stand offen und er sah mindestens so elegant aus wie Roger Moore als James Bond. Diner-Jackett, makelloses weißes Hemd, schwarze Fliege. Bei allen Heiligen, er trug sogar Lackschuhe!

„Hallo, Kathleen! Entschuldige, aber ich konnte mich nicht früher loseisen."

Er war also eingeladen gewesen. Ihr fiel eine Last von der Seele. Wahrscheinlich kurzfristig, obwohl es sie wunderte, dass sie nichts von einer Feier in New Haven wusste, die einen dunklen Anzug erfordert hätte. Sie erfuhr sonst meistens lange vorher davon. Wenn ihre Maman nicht als Köchin für das ganze Menü engagiert wurde, bestellten die Leute wenigstens eine Platte eleganter Hors d'Œuvres für den Cocktail vorneweg oder Petit Fours zum Mokka hinterher.

„Ich hoffe, sie waren nicht böse, dass du dich so früh verabschiedet hast?"

„Nein, warum?" Er blickte auf die Uhr. „Wie lange hast du Zeit?"

„Ich weiß nicht. Zwei Stunden?" Sie zuckte mit den Schultern. Das Kino war um elf aus, und anschließend zogen sie alle meistens noch zu Bernard und saßen im

Partykeller seiner Eltern zusammen. Vor Mitternacht erwarteten sie ihre Eltern sicher nicht zurück. Darüber hinaus glaubte Kathleen nicht, dass Alec heute wirklich so lange proben wollte. Die Band hatte gestern erst um drei zusammengepackt. Sie selbst war auch erst um halb vier ins Bett gekommen.

„Wo ist deine Klarinette?" Seine Hände waren leer.

„Äh … die brauchen wir hier nicht. Du kannst doch Klavier spielen?"

„Ja." Sie sah ihn an, unsicher, worauf er hinauswollte. In Gordys Pub stand kein Klavier. Überhaupt kein Instrument. Die Bühne war leer.

„Dann schlage ich vor, wir proben bei uns."

„Er will damit sagen, dass ihn seine Mutter nur unter dieser Bedingung aus ihren Klauen gelassen hat." Gordy polierte Whisky-Gläser. Er hielt eines gegen das Licht. „Dass du sie mir aber hinterher nach Hause fährst, Alec! Vor die Haustür! Du kannst sie nicht nachts mutterseelenallein durch die Stadt laufen lassen, wie einen von deinen Kumpels."

„Werde ich nicht."

„Dann ist es ja gut." Gordy Whittaker stellte das polierte Glas auf den Tresen. „Hast du sie überhaupt nach ihrem Nachnamen gefragt?"

Kathleen blickte von einem zum anderen. Sie fasste es nicht. Gordy und Alec sprachen über ihren Kopf hinweg. War sie auf einmal unsichtbar geworden?

„He! Ich bin auch noch da!"

„Sie heißt Hollander." Gordy zwinkerte ihr zu. „Ihrem Dad gehört die Garage."

„Sie ist die Tochter des Tankstellenpächters? Das wusste ich nicht."

„Dann weißt du es jetzt." Gordy Whittaker griff nach der Flasche und schenkte sich zwei Fingerbreit Single Malt ein. Er nahm einen Schluck und rollte den Whisky mit sichtlichem Genuss einen Augenblick auf der Zunge. Dann räusperte er sich. Er sah ihr direkt in die Augen.

„Du kannst unbesorgt mit ihm mitgehen, Kathleen. Jede Frau ist bei Alec sicher wie bei ihrem Bruder."

„Das weiß ich, aber danke." Sie trank die Cola aus und schob ihm das leere Glas zu.

Er wollte ihr offensichtlich irgendetwas zu verstehen geben. Aber sie hatte nicht den leisesten Schimmer, was er meinte. „Danke auch für die Cola. Gute Nacht!"

„Gute Nacht, ihr beiden! Treibt es nicht zu wild." Whittaker grinste.

Dass Alec sie in eine Ecke drängte, konnte sich Kathleen im Leben nicht vorstellen. Dafür war er einfach zu reserviert. Jetzt hielt er ihr auch noch den Parka zum Hineinschlüpfen hin. Mein Güte, er konnte sich die Gentleman-Manieren wirklich sparen. Sie lebten nicht mehr im letzten Jahrhundert, und sie war auch weder schwach noch hilflos. Aber das würde sie Alec ganz sicher nicht unter den Augen von Gordy Whittaker klarmachen. Sie ging mit Würde durch die Tür, die ihr Alec aufhielt.

„Kannst du die paar Schritte laufen? Mein Wagen parkt am Kai."

„Natürlich."

Sie ärgerte sich für den Augenblick so über ihn, dass sie einfach stumm, mit gesenktem Kopf, neben ihm ging. Die Nacht war finster und regnerisch. Wind zerrte an Kathleens Haar. Ihr Dad sagte immer, es gebe kein schlechtes Wetter, nur unpassende Kleidung. Ihr Parka war aus schwerer Baumwolle und gegen Regen imprägniert, und die Kapuze schützte zusätzlich. Man konnte sie zur Not sogar mit einer Schnur eng um den Kopf zusammenziehen, aber das sah einfach nur dämlich aus. Kathleen überlegte, ob sie stattdessen das Palästinensertuch über die Haare legen sollte, das sie um den Hals trug. Nur lohnte der Aufwand für die paar Meter wahrscheinlich nicht.

„Wo warst du eigentlich eingeladen?"

„Eingeladen? Ach so, weil ich einen Anzug trage. Nein, Mutter ist ein bisschen konservativ. Wir ziehen uns immer zum Abendessen um."

Meine Fresse! Sie verdaute das noch, als er ihr die rechte Tür seines Wagens öffnete. Alec fuhr einen Import-Mercedes mit Linkssteuerung.

„Konntest du keinen umgebauten bekommen?" Kathleen wusste, dass in vielen Ländern Rechtsfahrgebot galt. Ihr Dad reparierte eine Menge ausländischer Autos, auch Daimler, er war über New Haven hinaus dafür bekannt. Sie war auch schon rechts als Beifahrerin mitgefahren, aber ein bisschen unbehaglich war ihr doch. Alec nahm die Kurve aus der Ireland Road hinauf in die Stadt ziemlich flott.

„Du bist so still, Kathleen."

„Du sagst schließlich auch nichts."

„Zugegeben. Aber ich höre dich gern reden. Du hast sogar beim Sprechen eine schöne Stimme. Das ist selten."

„Wusste ich nicht. Danke."

Sie überquerten die Kreuzung Church Street und Cemetery Road und bogen Richtung aufgelassene

Arbeitergärten ab. Es war hier ohne Straßenlaternen, jenseits der Lichtkegel der Scheinwerfer, wirklich finster. Schotter knirschte unter den Reifen des Daimlers, das Gelände stieg an, und sie begriff, dass sie den Hügel von Eldridge Hall hinauffuhren.

„Sag jetzt nicht, du lebst in dem Landsitz." Sie war früher ein paarmal dort gewesen, im Gärtnerhaus, wenn ihre Eltern bei den Carmichaels eingeladen gewesen waren.

„Ich dachte, das weißt du." Sie hörte ihm die Verwunderung an.

Kathleen fühlte sich zwiespältig. Auf der einen Seite war sie neugierig. Niemand aus ihrer alten Klasse hatte Eldridge Hall je betreten. Die meisten kannten nicht einmal den Park. Sie selbst war auch nur ein, zwei Mal im unteren Teil herumgewandert – als Kind. Und sowohl ihre Eltern als auch beide Carmichaels hatten sie ermahnt, sich ja nicht den Hügel hinauf zum Haupthaus zu wagen. Es ragte vom Gärtnerhaus aus betrachtet wie eine Ritterburg auf, mit Zinnen und Türmchen, und kohlrabenschwarz.

„Da sind wir." Alec bremste weit vor dem hohen schmiedeeisernen Tor, dessen Schnörkel im Schein der Laternen auf beiden Steinpfosten wie ein Scherenschnitt wirkten. „Es macht dir hoffentlich nichts aus, ein paar Meter zu Fuß zu gehen. Die Tore zu öffnen und hinter dem Auto wieder zu schließen, ist immer ein ziemlicher Akt. Deshalb parke ich meistens gleich hier."

„Okay." Sie zuckte mit den Schultern und stieg aus. Schließlich war sie keine Prinzessin.

„Du bist aber fix auf den Beinen!" Alec umrundete das Auto, versperrte und kontrollierte systematisch alle Türen, einschließlich der Klappe des Kofferraums.

„Wenn ich dich nun bitten darf, mir zu folgen?"

Sie kämpfte gegen einen unbändigen Drang zu lachen. Er schritt ihr einen halben Schritt voraus – wie ein Butler einer Herzogin. Das schmiedeeiserne Tor quietschte tatsächlich zum Erbarmen in den Angeln, als er es für sie ein Stück weit aufzog. Nun wusste jeder auf Eldridge Hall, dass er mit ihr kam.

Sie liefen auf feinkörnigem, stark verdichtetem Sand die Auffahrt hinauf. Das Haupthaus wirkte nachts noch viel schwärzer und massiger, als sie es in Erinnerung hatte. In kaum einem Fenster schimmerte Licht, und die Freitreppe, die zu einer Art Portal hinaufführte, war auch stockfinster. Dafür sorgte schon der vorspringende Dreiecksgiebel. In seinem Fries kämpften irgendwelche Figuren miteinander. Kathleen konnte es beim besten Willen nicht genau erkennen. Sie suchte nach einer Fußmatte. Ihre Boots hatten auf dem kurzen Wegstück eine Kruste aus feuchtem Sand bekommen.

„Ich werde euch Schmutz ins Haus tragen."

„Stimmt." Alec betrachtete seine ruinierten Lacklederschuhe. „Ich kann meine Slipper in der Garderobe wechseln. Es wird das Einfachste sein, du ziehst dort auch deine Stiefel aus, und ich läute Mrs Norton und bitte sie, dir Hausschuhe zu bringen."

„Wem willst du läuten?"

„Mrs Norton. Unserer Haushälterin. Sie ist die gute Seele von Eldridge Hall."

„Du wirst die arme Frau doch nicht jetzt noch stören wollen! Es ist halb zehn! Ich laufe einfach in Socken."

Außerdem zog Kathleen nicht gerne Hausschuhe an, die vor ihr schon jemand anderer getragen hatte. Das war unhygienisch.

„Wenn du meinst …“

„Ja!“

„Dann komm.“

Er öffnete ihr die Haustür und führte sie in eine mittelalterliche Eingangshalle mit Treppenaufgang, Wappenschild und allem Drum und Dran. Kathleen war die Dimensionen der Garage ihres Dads gewöhnt, die in Wirklichkeit eine Reparaturwerkstatt mit Hebebühne und zwei Schächten für Arbeiten unter den Autos war. Alles zusammen hätte locker in die Eingangshalle von Eldridge Hall hineingepasst. Vielleicht nicht ganz in der Breite, aber garantiert in der Höhe. Huh! Alec wohnte in einem riesigen Haus.

Sie folgte ihm leicht verstört nach rechts in die erwähnte Garderobe. Im Inneren füllte eine lange Kleiderstange mit genügend Holzbügeln für mindestens fünfzig Gäste eine ganze Wand. Ihr gegenüber stand ein bodentiefer Spiegel in einem geschnitzten und vergoldeten Barockrahmen, den zwei verschnörkelte Wandlampen flankierten. Sie sahen aus, als hätte man alte Kerzenhalter, womöglich wirklich aus dem Barock, nachträglich mit elektrischen Birnen bestückt.

„Falls du auf die Toilette musst … sie ist dahinter.“ Alec reichte ihr einen Kleiderbügel für den Parka und deutete auf die Tür neben dem Spiegel. Er wartete geduldig, bis sie ihre Boots aufgeschnürt und ausgezogen hatte. Sie bewegte ihre Zehen. Der Marmorfußboden fühlte sich unangenehm kalt an und nach zwei Schritten wusste sie, dass er auch spiegelglatt war. Sie tappte vorsichtig neben Alec quer durch die Halle, ziemlich sicher, dass sie keine gute Figur machte. Er öffnete ihr die Tür zu einem großen, sehr großen Salon und ließ sie eintreten.

„Mama, hier bringe ich dir Kathleen Hollander.“

Lady Elinor erhob sich. Alecs Mutter trug genauso formelle Kleidung wie ihr Sohn: eine Art kleines Schwarzes mit einem Bolerojäckchen, hochhackige Pumps und eine Perlenkette.

„Guten Abend, Miss Hollander.“

„Guten Abend. Nennen Sie mich bitte Kathleen.“ Sie lächelte, unsicher, ob sie Alecs Mutter als Lady Elinor oder Mrs McLean ansprechen sollte.

Der Blick ihrer Gastgeberin glitt über ihr schlichtes einfarbiges Shirt und blieb an ihren Jeans hängen. Alecs Mutter griff nach ihrer Perlenkette.

„Alec! Du kannst Miss Hollander – Kathleen – nicht barfuß gehen lassen! Sie wird sich erkälten! Bitte klingele Mrs Norton!“

„Danke. Aber das ist wirklich unnötig. Ich habe schon zu Alec gesagt, dass ich sehr gut ...“

„Davon will ich nichts hören, Miss Hollander! Solange Sie sich unter meinem Dach aufhalten, bin ich für Ihr Wohlbefinden verantwortlich.“

„Gut, Mama. Klingle bitte du Mrs Norton. Wir beginnen in der Zwischenzeit mit der Probe. Komm, Kathleen.“

Alec wies auf den schwarzen Konzertflügel, der linker Hand schon aufgeklappt wartete. Der Fußboden des Salons bestand aus Holzparkett, teilweise lagen Teppiche. Sie ging darauf entschieden sicherer als auf dem Marmor draußen in der Halle. Es war auch bitter nötig, der Weg zum Flügel glich einem Hindernisparcours. Um die beiden Couches standen acht Sessel und insgesamt sieben kleine Tische, auf denen eine Menge Schnickschnack wie Vasen und Bilderrahmen im Halbdunkel nur darauf warteten, dass sie dagegen rannte. Es hingen zwar zwei Kristalllüster von der hohen Decke, um die auch noch ein Stuckfries lief. Aber es brannten nur die elektrischen Kerzen des einen, der in etwa über dem Flügel schwebte, und davon auch nur die Hälfte. Lady Elinor begnügte sich mit der Birne einer Stehlampe neben der Couch. Sie nahm ein Buch auf und begann zu lesen.

„Nimm bitte Platz." Alec machte eine einladende Geste zur Klavierbank.

Kathleen setzte sich an den Flügel. Scheinbar beabsichtigte Alecs Mutter zu bleiben. Ihre Maman machte das nie. Sie hatte sie von Anfang an in ihrem Zimmer in Ruhe gelassen, wenn sie übte.

„Hier, Kathleen. Die Noten für das erste Stück."

„Danke." Sie nahm das Blatt und stellte es auf das Notenbrett über der Tastatur. Die Plakette daneben lautete *Steinway & Sons*. Wow!

„Ich dachte, wir studieren eine Reihe Songs aus Hollywoods goldener Ära ein. Zum Beispiel *The Man I Love* von George und Ira Gershwin. Es ist dein Lieblingskomponist?"

„Ja. Kann ich bitte die Klavierbegleitung einmal durchspielen, bevor du einsteigst?"

„Selbstverständlich. Gibst du mir bitte ein A?" Er ging zu einem achten Tischchen an der Seitenwand, auf dem seine Klarinette lag, und wartete darauf, dass sie das eingestrichene A anschlug, damit er die Klarinette stimmen konnte. Sie merkte, dass ihre Finger zitterten. Kathleen konnte vom Blatt spielen, und sie kannte auch die Melodie von *The Man I Love*. Doch es machte sie nervös, dass Lady Elinor wie festgenagelt auf der Couch saß und demonstrativ las. Sie schob den Gedanken beiseite und konzentrierte sich. Kathleen spielte den Song einmal durch, etwas langsamer als nötig, und wiederholte ihn dann im richtigen Tempo. Beim Refrain stieg Alec unvermittelt ein und auf einmal fiel jede Unsicherheit von ihr ab. Die Klarinette pushte sie, gab ihrem Spiel einen unglaublichen Drive. Sie musste einfach singen.

The Man I Love ...

Die Hausherrin applaudierte, und gleichzeitig brachte die Haushälterin die versprochenen Pantoffeln. Der Zauber brach.

„Bitte sehr, Miss." Sie stellte sie Kathleen vor die Füße und zog sich wieder aus dem Salon zurück.

„Es sind meine." Alec stand neben ihr. „Du kannst sie beruhigt anziehen."

„Danke. Später gerne. Ich habe in Pantoffeln kein Gefühl für die Pedale."

„Alec, auf ein Wort!" Lady Elinor erhob sich.

„Gut. Kathleen, spielst du in der Zwischenzeit bitte noch einmal den Song durch?" Er verließ mit seiner Mutter den Salon.

Beide gingen hinaus in die Eingangshalle. Die Tür ließen sie offen. Kathleen spielte. Leise, gedankenverloren. Vielleicht glaubte Lady Elinor, dass sie durch die Melodie hindurch sowieso nichts verstand. Es war auch wirklich etwas anstrengend. Der Hall verzerrte die Worte. Gleichzeitig sprach Alecs Mutter aber sehr laut. Als ob sie wollte, dass Kathleen mithörte.

„Was hast du dir dabei gedacht? Dieses Mädchen ist nichts für dich. Ständig widerspricht sie, und dann schau dir doch an, wie sie angezogen ist! Jeans!"

„Mama, jeder trägt heute Jeans. Außerdem will ich sie wirklich nur als Sängerin für die Band."

Reizend!

„Mein Lieber, du bist über dreißig. Du hast nicht mehr ewig Zeit."

„Mama! Ich habe dir mindestens ein Dutzend Mal gesagt, dass ich nicht heiraten will!"

„Mein Gott, begreifst du denn nicht! Du bist der Erbe von Eldridge Hall, Alec. Ihre Eltern werden sich die Finger danach lecken, dass du mit ihrer Tochter ausgehst."

„Wir gehen nicht zusammen aus! Wir proben lediglich für den Gig nächste Woche im *George's*. Kannst du mich nicht endlich mit dem ganzen Thema in Ruhe lassen?"

Kathleen war durch die dritte Reprise des Gershwin-Songs, und sie hatte genug. Sie stand auf, durchquerte den vollgestopften Salon und klopfte an die offene Tür.

„Ja, Kathleen?" Alec drehte sich zu ihr um.

„Ich möchte bitte gehen."

Kapitel 6

Julia: Der zweite Samstag im Oktober 2019

Drei Tage nach dem Gourmetkurs-Desaster, zwei Tage vor dem Notartermin, bekam ich einen Anruf – unbekannte Nummer. Ich dachte spontan an ein Callcenter, aber dafür war die Zahlenfolge wieder zu kurz. Von den Kunden konnte es meiner Meinung nach aber auch niemand sein. Die riefen eher zu Geschäftszeiten an oder kamen sogar persönlich. Außerdem stand meine Privatnummer, anders als die der Chefin, nicht auf der Homepage der Ernährungsberatung. Mir fiel nur noch ein, dass vielleicht der Anwalt von Mrs Felton anrief. Wir hatten bisher nichts von Lennie-Darlings Mutter gehört, aber wenn sie mich jetzt doch wegen Körperverletzung verklagen wollte, hatte die Chefin vielleicht den Anrufer an mich verwiesen. Obwohl – die Ankündigung einer Zivilklage am Wochenende hielt ich doch für sehr unwahrscheinlich. Anwälte verließen meiner Erfahrung nach am Freitagmittag ihr Büro und gingen zum Beispiel auf den nächsten Golfplatz. New Haven besaß ja mittlerweile einen. Davon abgesehen war es mir natürlich bedeutend lieber, wenn mich Mrs Fenton überhaupt nicht vor den Kadi schleppte.

Skandale dieser Art bedeuteten für jede Lokalpresse ein gefundenes Fressen. Hoffentlich gehörte die fremde Mobilfunknummer nicht einem Reporter, der über den Freundeskreis von Mrs Felton Wind von dem Ereignis bekommen hatte. Verflixt, ich sah die Negativschlagzeilen schon vor mir. Gesetzt den Fall, ich erbte das alte Haus, wuchsen dem Kreditberater der Bank doch schon graue Haare, wenn er mich nur sah – bevor ich ihm noch meinen Geschäftsplan überreicht hatte. Ich drückte den Anruf weg.

Hoffentlich lief am Montag beim Notar alles glatt. Aber ich wollte es auch dann langsam angehen. Selbst wenn ich den Landsitz tatsächlich bekam, kam Kündigen vorläufig nicht infrage. Es wäre meiner Chefin gegenüber sehr unfair gewesen. Das Kursprogramm der Ernährungsberatung stand bis in den kommenden März fest. Außerdem floss noch sehr viel Wasser die Range hinab in die See, bis auf Eldridge Hall ein geregelter Hotelbetrieb beginnen konnte. Ich würde mir einen solventen Partner suchen müssen. Meine über die Jahre mühsam angesparten Reserven reichten höchstens für neue Fenster. Ich würde mich wohl noch eine Weile mit dem Bambusdschungel abfinden müssen. Damit ich finanziell irgendwann Land sah, musste ich im Schloss jeden verfügbaren Winkel für Gäste, Küche und Service nutzen. Wahrscheinlich führte kein Weg daran vorbei, dass ich ins Gärtnerhaus zog und dort auch die Wäscherei installierte. Es wäre schließlich nicht zum ersten Mal, dass ich die täglich unvermeidlich anfallende Berge von Tisch- und Bettzeug sowie Hand- und Putztüchern mit dem Bollerwagen einen Hang hinunter- und wieder herauftransportiere musste. Vielleicht sollte ich auch gleich über zwei, drei Ponys und einen Stallmeister nachdenken.

Träume! Mein Blick fiel einmal mehr auf die grüne Hölle meines Appartements. Immer drei Stängel mit je fünf Blättern nach links geneigt und zwei nach rechts, sechzig Zentimeter Rapport. Leider hörte ich nicht auf den Namen Mowgli. Der hätte sich hier sicher wie zu Hause gefühlt.

Das Smartphone klingelte erneut. Der Anrufer war hartnäckig. Also schön!

„Ja?"

„Spreche ich mit Julia McLean? Der Julia McLean, die zuletzt in New York Souschef eines Sternerestaurants war?"

Fast. Der Artikel, den meine Chefin auf der Homepage der Ernährungsberatung verlinkt hatte, war über zwei Jahre alt. „Ich habe zuletzt als Butler gearbeitet."

Ich verkniff mir den Satz, dass ich zurückgekehrt war, um mich um meine Grandmère zu kümmern. Noch wusste ich nicht, mit wem ich sprach, außerdem wollte ich sie nicht als Ausrede benutzen.

Dass ich mit Alphatieren nicht zurechtkam, war mein Problem. Wir hatten damals alle Champagnergläser in der Hand gehalten und uns bemüht, freudig in die Kamera zu grinsen. Weil wir dem Restaurant durch beispiellosen, unermüdlichen Einsatz einen Stern errungen hatten. So die Lobesworte in der Ansprache des Chefs und die ersten, die ich von ihm gehört hatte. Er selbst hatte kaum einen Finger gerührt, uns ständig angeschnauzt, allen Servicekräften beiderlei Geschlechts routinemäßig an den Hintern gefasst und mich nach Erscheinen des Artikels überall schlechtgemacht. Weil mich der Fotograf trotz meines Protestes vorne Mitte an den Restauranttisch gesetzt hatte und den Chef mit dem Patron stehend dahinter. Ich wusste, warum ich gegangen war.

„Und hier kochen Sie jetzt Vollwertmenüs. Können Sie auch noch normal?"

„Wie bitte?"

„Oh Gott, das ist jetzt ein Missverständnis. Ich wollte Sie um Himmels willen nicht beleidigen. Aber ich bin fix und fertig. Es ist eine Katastrophe, uns sitzen in vier Stunden sechs Investoren am Tisch! Sie sind meine letzte Hoffnung!"

„Moment. Ganz langsam. Mit wem spreche ich überhaupt?"

„Habe ich das etwa nicht gesagt? Ich bin Julian King-Fisher, Manager des Golfclubs, und ich brauche dringend einen Koch!"

„So weit habe ich mir das zusammengereimt."

„Wundervoll! Julia – ich darf Sie doch so nennen?"

„Bitte."

„Unser Küchenchef hatte heute auf dem Weg zu uns einen schweren Motorradunfall. Ich fürchte, er wird wochenlang ausfallen. Normalerweise hätte ich Sie nicht damit belästigt, wir würden uns schon irgendwie behelfen. Der Barkeeper macht recht anständige Sandwiches. Aber ausgerechnet heute kommt der Chef mit einigen Bankern aus London. Sie wollen eine Erweiterung des Geländes zum Golf-Resort besprechen, mit Hotel, Ferienwohnungen und allem Drum und Dran."

„Ich verstehe. Lassen Sie mich einen Augenblick überlegen."

In Wirklichkeit stand mein Entschluss längst fest. Sechs Personen, das schaffte ich mit links. Ich half ihm gern aus der Patsche. Wenn ich irgendwann – hoffentlich schon Ende nächsten Jahres – selbst neu eröffnete, brauchte ich jeden Verbündeten, den ich kriegen konnte. Die Gastronomen und Hoteliers von New Haven würden mich natürlich alle als Konkurrenz betrachten, und die Neuigkeit, dass mir der Betreiber des Golfplatzes ein Hotel vor die Nase setzen wollte, war auch grandios. Mann, ich hatte schon ein Glück! Aber wenn wir uns gegenseitig unterstützten, konnten wir eigentlich beide nur gewinnen. Das Bio-Hotel, das ich auf Eldridge Hall im Sinn hatte, kam dem des Golfplatzbetreibers schon deshalb nicht in die Quere, weil sich mein Konzept grundlegend von seinem unterschied. Wer Investoren ins Boot holte, musste sich deren Vorstellungen beugen, und ich verwettete meinen kleinen Finger, dass sie auf konventionelle Gastronomie und eine hohe Auslastung des Hotels setzen. Es gab aber gerade unter der Klientel, die Golf spielte, genügend Menschen, die keinen Massenbetrieb mochten. Die nachhaltiges Wirtschaften schätzten und einen behutsamen Umgang mit Ressourcen, ein Leben im Einklang mit der Natur. Diese Gäste fanden in Eldridge Hall allen modernen Komfort und genossen gleichzeitig den altmodischen Flair der viktorianischen Zeit, eingebettet in der fast unberührten Natur eines zauberhaft verwilderten Parks.

„Okay. Ich mache es. Steht das Menü schon?"

„Sie helfen uns? Oh ich danke Ihnen! Das ist wunderbar. Warten Sie, ich lese Ihnen vor, was Mister Drumont wünscht."

King-Fishers Chef hieß also Drumont. Ich merkte es mir routinemäßig, für alle Fälle. Vielleicht wurde ich nach dem Essen an den Tisch gerufen. Es kam im Service immer gut, wenn man den Gastgeber mit Namen ansprach.

„Wildlachstartar mit Kartoffelchips und kleinem marktfrischen Salat, Rinderkraftbrühe mit feinen Gemüsestreifen, Involtini alla Saltimbocca, also Kalbsrouladen, gefüllt mit Parmaschinken und Salbeiblatt …“

Nicht ganz richtig: Für das Originalrezepte klopfte man kleine Kalbsschnitzel flach, legte eine Scheibe luftgetrockneten Schinken und ein, zwei Salbeiblätter auf eine Hälfte, klappte die andere darüber, fixierte mit einem Hölzchen und briet das Schnitzel kurz in der Pfanne. Aber wenn King-Fishers Chef Involtini haben wollte, hatte ich damit kein Problem.

„… an Weißweinsoße, Brokkoliröschen und Tomatenrisotto. Zum Abschluss Semifreddo al Basilico mit weißer Schokolade.“

„Fehlt da nicht noch eine fruchtige Soße und hinterher der Espresso? Und ein, zwei gute Single Malt?“

Hallo, wir waren in Schottland! Auch wenn Grappa zu einer italienisch angehauchten Speisenfolge besser gepasst hätte, die Investoren würden erwarten, dass ihnen das schottische Nationalgetränk wenigstens angeboten wurde.

„Oh Gott, natürlich! Augenblick, bleiben Sie am Apparat. Ich frage sofort nach …“

„Stopp!“ Ich blickte auf die Uhr.

Halb zwei, die Herren wollten um sechs essen. Das wurde knapp. „Ich sollte so schnell wie möglich mit den

Vorbereitungen beginnen. Das Semifreddo braucht zum Durchfrieren mindestens vier Stunden."

Davor lag noch die Zubereitung der Konditorcreme aus Milch, Sahne und Eigelb. Nachdem ich sie gekocht und mit der geschmolzenen Schokolade gemischt hatte, musste ich sie wieder kaltrühren, damit mir die geschlagene Sahne nicht zerfloss, wenn ich sie mit fein püriertem Basilikum und einem Hauch Zitronensaft einarbeitete. Ich rechnete. Normalerweise ließ man Halbgefrorenes, auch Semifreddo oder Parfait genannt, mindestens zwanzig Minuten vor dem Anrichten bei Zimmertemperatur antauen. Mikrowelle ging in der Not immer, aber auch das funktionierte nur, wenn das Dessert bis spätestens um drei Uhr im Tiefkühlfach landete. Das Servieren der einzelnen Gänge konnte ich ein wenig ausdehnen. Wenn die Investoren keine allzu schnellen Esser waren, brauchte ich das Dessert nicht vor halb acht oder sogar acht. Mit Glück bekam die Eismasse bis dahin gerade die richtige Konsistenz.

„Klären Sie das mit dem Whisky bitte später. Sind die Zutaten schon im Haus?"

„Ja, natürlich! Selbstredend!"

„Gut. Zweitens – habe ich Hilfe? Ich schaffe es allein, aber ich verliere Zeit, wenn ich nach jedem Gang die Küche verlassen muss, um den Herren zu servieren."

„Nein, keine Sorge, um Gottes willen! Den Service übernehmen Chris und Hugh, unsere Bedienung und der Barkeeper."

„Dann geben Sie mir bitte die Adresse Ihres Clubhauses. Ich sage nur noch meiner Grandmère Bescheid, dass ich sie heute Nachmittag nicht besuchen kann, und bin dann in spätestens zwanzig Minuten bei Ihnen."

„Gott! Ich bin Ihnen ewig dankbar. Ihr Sklave!"

„Sehr liebenswürdig. Aber Sie dürfen gerne ein freier Mann bleiben."

Vierzehn Minuten später band ich mir in der Küche des Golfclubhauses die Schürze um. Die Bewegungsfreiheit zwischen Herd und Arbeitsflächen reichte für meinen Geschmack gerade so, aber der Koch arbeitete allein und schob nur in seltenen Fällen mehr als zwanzig Tellergerichte pro Abend über den Tresen. Sagte King-Fisher.

„Wir haben nur zur Jahreshauptversammlung richtig viele Gäste."

„Gut." Ich schlang ein Kopftuch um und packte meine Messer aus.

„Wahnsinn, Sie sind aber professionell!" King-Fisher griff nach einem, und ich hielt den Atem an. Ich hatte die Messer erst kürzlich zum Schleifen gebracht. Sie waren alle höllisch scharf. Aber King-Fisher deutete meinen Blick richtig und zog die Finger nach einem winzigen Moment des Zögerns wieder zurück.

„Kann ich Ihnen noch irgendwie helfen, Miss McLean?"

„Ja. Indem Sie mich arbeiten lassen."

„Ich verstehe. Dann lasse ich Sie mal besser mit Chrissy und Hugh allein." Er zwinkerte nervös und ging.

Seine beiden Servicekräfte, die in respektvollem Abstand gewartet hatten, traten grinsend näher. Wir schüttelten uns die Hände.

„Danke, dass Sie uns aushelfen, Miss McLean."

„Nennt mich einfach Julia. Stürzen wir uns in die Schlacht!“

Es war keine, nicht einmal ein Gefecht. Ich kümmerte mich um die Zubereitung des Parfaits und überließ Chrissy und Hugh das Putzen, Waschen und Schneiden der Gemüse und des Salats. Wieder mit einer kleinen Brigade zu arbeiten, gefiel mir. Es war nicht annähernd so hektisch wie in alten Zeiten in New York, aber die Betriebsamkeit dieses Nachmittags tat mir ausgesprochen gut. Wahrscheinlich stimmte, was meine Grandmère von mir behauptete: Ich war ein Arbeitstier. Wenn mir jemand eine Tretmühle zeigte, rannte ich nicht davon, sondern legte mich begeistert ins Zeug. Für sie hatte das früher aber genauso gegolten.

Ich bereitete aus purem Übermut nebenbei schnell noch einen Teig für Mandelbaiser. „Es wäre doch schade, das Eiweiß in den Ausguss zu kippen, das bei der Zubereitung des Semifreddo angefallen ist.“

In einer guten Küche wurde nichts verschwendet. Ich füllte die Baisermasse in einen Dressiersack, spritzte Kringel auf Backbleche und schob sie in den Ofen. Sie kamen um vier Uhr dreißig heiß und duftend auf den Tisch, und damit hatten wir es fürs Erste geschafft. Die Rinderkraftbrühe simmerte auf dem Herd, der Salat lagerte in der Kühlung, und alle anderen Zutaten standen abgewogen und kleingeschnitten griffbereit in Schüsseln auf der Arbeitsfläche. Ich füllte ein letztes Kalbsschnitzel mit einer hauchdünn aufgeschnittenen Scheibe Parmaschinken und Salbeiblättern, rollte es auf und packte es zu den anderen auf eine Platte. Das zarte Fleisch sollte erst später kurz angebraten und dann für vierzig Minuten auf Wurzelgemüse in Wein und Brühe geschmort werden. Also frühestens ab Viertel vor sechs.

„Folie darüber spannen, Chrissy, und ab damit in die Kühlung. Du bringst mir die Involtini um siebzehn Uhr dreißig, gleichzeitig mit Lachs und Salat. Und jetzt haben wir uns eine Teepause verdient."

Der Stress begann erst eine halbe Stunde vor dem Servieren. Hugh schenkte uns Tee ein, und ich bot die Mandelkringel an. Meine beiden Helfer verputzten sie mit sichtlichem Behagen und verschwanden dann in den Gastraum, wo sie den Tisch eindeckten. Ich nutzte die Stille, um ein wenig aufzuräumen und zu putzen. Es gab nichts Schlimmeres als eine unordentliche Küche.

„Meine Güte! Das riecht ja wahnsinnig gut!"

Ich drehte mich um. Vor mir stand sonnig lächelnd ein Fremder in verwaschenen Jeans und einem Flanellhemd. Er war vielleicht in meinem Alter, also Ende dreißig und kräftig gebaut. Gute Schultern und Arme und gepflegte Hände. Das machte mich vorsichtig. Ab einem bestimmten Level verriet die Kleidung selten etwas über den Mann. Er konnte genauso gut der Fahrer eines Investors sein wie einer der Abendgäste selbst.

„Was kriegen wir denn hier schon Gutes?"

Wenn er glaubte, dass er mich auf die Probe stellen konnte, war er schiefgewickelt. Ich legte den Kopf schräg.

„Ich weiß nicht, was *Sie* kriegen. Sprechen Sie bitte mit dem Manager. Wenn er sein Okay gibt, serviere ich Ihnen gerne einen Teller Suppe. Die Gänge werden alle erst kurz vor dem Servieren auf den Punkt zubereitet."

„Sie sind die Aushilfe?"

„Ja."

„Wow, allein vom Duft müsste man Ihnen fast einen Heiratsantrag machen." Er lachte und reckte schnuppernd das Kinn. „Keine Sorge, ich mache Ihnen schon keinen. Aber geben Sie sich bitte einen Ruck und schenken Sie einem hungrigen Mann wenigstens eine Tasse Brühe ein! Das ist doch Brühe, was ich hier rieche?"

„Ist es."

Die Suppe reichte ohne weiteres für eine halbe Kompanie, und wer mich so anlächelte, bekam als Nachtisch auch einen Mandelkringel. Es waren noch einige übrig. Fast alle Männer waren Süßschnäbel. Sofern Ihnen niemand eingeredet hatte, dass das unmännlich war. Und mit den Schultern konnte er die Kalorien vertragen.

„Na dann…"

„Okay. Sie bekommen Suppe. Die Zusammensetzung wird unüblich. Aber mögen Sie Pho?"

Wer immer dieser Typ war, es schadete grundsätzlich nicht, ihm etwas aus dem Hut zu zaubern, das er vielleicht nicht jeden Tag bekam. Im Kühlraum lagen frische Kräuter, die durch den Ausfall des Kochs wahrscheinlich sowieso verdarben. Petersilie, Dill, Basilikum und Minze waren nicht die klassischen Kräuter für die wohl bekannteste Suppe Asiens. Sie hätte eigentlich noch hauchdünne Scheiben Rinderfilet als Einlage gebraucht, aber wenn ich etwas von dem bereitgestellten Gemüse abzweigte, es kurz glasig briet, dazu noch Eierflocken, einen Hauch Zitronensaft …

„Pho?" Er schlug sichtlich begeistert die Hände zusammen. „Machen Sie Witze? Dafür sterbe ich!"

„Auf milde Art oder feurig?"

Auf dem Küchenfenster stand eine Zierpaprikapflanze. Sie trug kleine, orangefarbige Früchte, fruchtigscharfe Thai-Chilis. Der Koch wusste vielleicht gar nicht, dass man sie essen konnte.

„Alles, was Sie möchten ..." Das Lächeln wurde anzüglich.

Na warte! Ich suchte und fand in den Schränken eine Suppenschale und schaltete auf Turbogang. Eine Handvoll Chilis, Knoblauch und Kräuter waren rasch gehackt. Ich setzte einen Wok auf den Herd, briet Chili, Knoblauch und Gemüse an, goss mit Suppe auf und ließ das Ei ausflocken. Schließlich füllte ich die fertige Pho in die Suppenschale um und streute die gehackten Kräuter auf – fertig.

Ich nahm einen sauberen Probierlöffel aus der Schublade, legte meinem Gast eine Papierserviette auf die Arbeitsfläche, zum Glück lag ein ganzer Stapel griffbereit, und schob die Suppe zu ihm. „Bitte sehr! Pho, New Haven Style."

Er ließ sich nicht zweimal auffordern. Mein Gast tauchte den Löffel ein und probierte. Ich sah, wie seine Augenbrauen anerkennend zuckten. Im nächsten Augenblick nahm er die Suppenschale auf die Papierserviette, drehte sich um und lehnte sich mit dem Rücken gegen die Arbeitsfläche, sodass er mich ansehen konnte, während er löffelte.

„Die ist ausgezeichnet! Ich glaube, ich mache Ihnen doch einen Heiratsantrag. Eine so gute Köchin wie Sie lässt man nicht gehen."

„Danke für das Kompliment. Aber wie Sie vorhin sagten: Sie machen keine Heiratsanträge, und ich nehme keine an."

„Vergeben sind Sie aber nicht?"

Er blickte auf meine Hände. Ich hätte ihm sagen können, dass die wenigsten Köche Ringe trugen. Die Verletzungsgefahr war viel zu groß. Davon abgesehen ging ihn mein Beziehungsstatus nichts an. Aber ich zögerte einen Wimpernschlag zu lange und er lachte. Es war ein warmes Lachen.

„Sie müssen darauf nicht antworten! Vorschlag: Heute Abend haben Sie keine Zeit, klar. Aber was halten Sie davon, wenn wir uns morgen treffen? Ich werde eine so hervorragende Köchin wie Sie sicher nicht zum Essen einladen. Doch was denken Sie über einem Ausflug nach Glasgow? In zwei Stunden sind wir da. Ich kenne dort eine ganz hervorragende Patisserie."

„Da muss ich Sie enttäuschen. Ich kann morgen leider nicht. Ich musste meiner Grandmère schon heute absagen. Ich möchte sie nicht noch einmal enttäuschen."

Ganz davon abgesehen stieg ich nicht mehr zu einem mir völlig fremden Mann ins Auto. Wenigstens nicht gleich.

„Schade. Anderer Vorschlag: Reicht Ihre Zeit wenigstens für einen Spaziergang mit mir? Wann besuchen Sie denn Ihre Großmutter. Vormittags oder nachmittags?"

„Das steht noch nicht fest."

Okay, das war geschwindelt. Ich durfte sie zwischen zehn Uhr und zwei Uhr nicht stören und auch nicht nach halb fünf. Meine Grandmère war dem Personal in der Küche der Seniorenresidenz wahrscheinlich so lange mit Anmerkungen und Verbesserungsvorschlägen auf die Nerven gefallen, bis die Leitung aus der Not eine Tugend gemacht und sie ganz offiziell als

Beraterin eingesetzt hatte. Es machte ihr ungeheuer viel Spaß. Genauso, wie ab und zu in der Teeküche auf ihrem Stockwerk exklusiv für sich und ihre Mitbewohner zu kochen. Sie konnte es ebenso wenig lassen wie ich.

Mein Gast schüttelte den Kopf. „Mädchen, Sie machen es mir wirklich schwer!" Er sah auf die Uhr. „Ich muss allmählich wieder zurück. Aber wissen Sie was? Geben Sie mir doch bitte Ihre Telefonnummer. Ich rufe Sie morgen an. Wir finden sicher ein Zeitfenster. Ich würde mich wirklich sehr freuen."

Ganz schön hartnäckig der Kerl. Aber ich glaubte trotzdem nicht, dass er sich morgen bei mir melden würde. Männer redeten im Überschwang viel. Außerdem machte er keinerlei Versuch, sich mir vorzustellen. Oder glaubte er, ich konnte mir denken, wer er war? Ich seufzte. „Na gut. King-Fischer hat meine Nummer. Fragen Sie ihn!"

„Okay." Er lächelte. „Ich heiße übrigens Sean. Und Sie sind?"

„Julia McLean."

Kapitel 7

Kathleen: Der zweite Samstag im August 1979

„Also für mich hört sich das an, als sei er an dir nur als Sängerin für seine Band interessiert."

„Weiß nicht." Kathleen malte mit dem Fingernagel einen Apfel aus dem Ring Kondenswasser auf Gordy Whittakers Tresen. Sie buchtete ihn oben und unten etwas ein und zog aus dem Kopf einen Stiel heraus, der auch noch ein Blatt bekam.

„Er ist letzten Sonntag mit einem Riesenblumenstrauß bei mir aufgetaucht. Meine Maman hat fast der Schlag getroffen, als sie die Tür aufmachte."

Sie konnte gerade nicht vernünftig mit ihren Eltern über das Thema Alec reden, und Anne, die sie gerade zufällig vor dem Pub getroffen hatte, erwies sich auch nicht als große Hilfe.

„Rote Rosen?"

„Quatsch! Er wollte sich wirklich nur entschuldigen. Dabei war ich es, die am Samstagabend die Probe bei ihm zu Hause geschmissen hat."

„Ihr wart bei ihm? Dann ist es kein Wunder. Wie ich höre, ist Lady Elinor tatsächlich eine Klasse für sich.

Deine Mutter hat ihn natürlich auch sofort ins Kreuzverhör genommen, als er bei euch auftauchte, oder?"

„Zuerst gar nicht so sehr. Sie hat ihn zum Mittagessen eingeladen. Jedenfalls kam dabei heraus, dass wir künftig jeden Freitag im Musiksaal der Schule proben dürfen. Alec hat mit Miss Ortiz gesprochen."

„Und dem Direktor. Du glaubst doch nicht, dass sie das allein entscheiden konnte. Aber wenn natürlich ein McLean fragt..."

„Du tust, als ob sie mindestens dem Königshaus angehören würden."

„Natürlich nicht! Aber wenn Lady Elinor mit den Fingern schnippt, springen hier trotzdem alle. Dabei haben die alten Eldridge, der Baron und Lady Elinors Mutter, keinen Finger gerührt, als die Fischfabrik pleiteging."

Kathleen entschied, das zu übergehen.

„Nächsten Samstag treten wir wieder hier im Pub auf."

Gordy ließ sich im Augenblick nicht sehen. Er hatte ihnen die Cola hingestellt und war nach hinten verschwunden. Sie schätzte, dass er seiner Frau in der Küche half. Das *George's* öffnete offiziell auch erst um halb acht. Anne spielte mit ihrem Strohhalm.

„Aber außer Proben war zwischen dir und Alec McLean noch nichts?"

„Wie denn! Entweder sieht uns halb New Haven auf der Bühne zu oder eine unserer Mütter passt auf."

Kathleen zog mit dem Fingernagel weitere Striche aus dem Wasserring auf der Theke und verwandelte den Apfel in eine Sonne. Ihre eigene Stimmung war eher düster. Alec hatte die ganze Woche nichts von sich hören lassen, aber sie hätte an seiner Stelle vermutlich auch nicht angerufen. Er musste bemerkt haben, dass das Telefon bei ihr zu Hause mitten im Wohnzimmer stand. Kathleen verstand sich sonst gut mit ihren Eltern, wirklich. Doch sie hätten sie garantiert nicht allein gelassen, damit sie in Ruhe mit ihm reden konnte.

„Ich glaube, meine Maman kann ihn nicht leiden."

„Wundert dich das?" Anne schnaubte. „Er ist zehn Jahre älter als du!"

„Zugegeben! Aber wir teilen viele Interessen."

„Musik!"

„Alec kann mir im Studium helfen!"

„Oh ja! Erzähl das deiner Großmutter."

„Hab keine."

„Weiß ich, du Schaf!"

„Es stimmt aber!"

Alec wusste praktisch alles über Musik, nicht nur über Swing und Jazz. Er war offenbar neben seinem Hauptstudium Meisterschüler von Jack Brymer gewesen, dem Solo-Klarinettisten des Royal Philharmonic Orchestra. Alec hatte ihr am Sonntag erzählt, dass bereits Vivaldi und Händel Stücke für das Chalumeau komponiert hätten, ein Vorläuferinstrument der Klarinette, das ungefähr den Tonumfang einer Tenorblockflöte besaß. *Alles, was für dieses Instrument geschrieben wurde, kannst du auch mit einer modernen Klarinette spielen.*

Es gab natürlich bauliche und spieltechnische Unterschiede, je nachdem, ob man eine deutsche oder die sogenannte Boehm-Klarinette benützte. Kathleen fand es spannend, dass Alec beide beherrschte und Klavier dazu. Darüber hinaus hatte er aber auch über die

Ungerechtigkeit gesprochen, unter der viele Jazzmusiker wegen ihrer Hautfarbe gelitten hatten. Seine Stimme zitterte, wenn er darüber sprach.

Wenn man anders ist, hat man es schwer, Kath.

Er nannte sie immer Kath.

„Er ist sehr sensibel."

„Sensibel ist auch ein Kanarienvogel."

„Anne, mach dich bitte nicht über mich lustig. Ich brauche einen Rat."

„Das ist einfach: Lass ihn sausen. Geh heute Abend nicht hin. Sag, du bist krank."

„Kann ich nicht. Meine Eltern sind auch eingeladen."

„Dann führt die alte Schachtel irgendetwas im Schilde. Entweder sie sucht in deinen Eltern Verbündete, damit sie dir die Proben mit Alec vermiesen ..."

„Oder?"

„Oder sie hofft, dass er sich endlich für eine interessiert. Alec ist so ziemlich der dickste Fisch, den du dir hier angeln könntest. Aber du musst selbst wissen, was du tust." Ihre Schulfreundin blickte auf die Uhr. „Außerdem muss ich jetzt aufbrechen. Meine Alten essen um halb sieben, und du zahlst besser auch. Da kommt dein Dad."

Ja, Anne, danke für nichts.

Sie legte das Geld für die Cola auf den Tresen und ging ihrem Dad entgegen. Er setzte den rechten Fuß immer mit den Zehenspitzen auf, aber wer es nicht wusste, merkte es kaum. Eines seiner Beine war kürzer. Er hatte sich als Junge bei einem Sturz vom Pferd die Hüfte gebrochen und sich nicht getraut, das seinen Eltern zu gestehen. Oder es hatte damals in Oklahoma keine vernünftige medizinische Versorgung gegeben.

Sie wusste es nicht. Er sprach nie darüber. Ihr Dad sagte immer, er habe erst an dem Tag zu leben begonnen, an dem er ihrer Maman über den Weg gelaufen sei.

„Na, Kathy-Kind? Alles gut?" Er lächelte sie an und hielt ihr die Tür auf. Sein Pickup parkte verkehrswidrig direkt vor dem Pub. Sie konnte gleich einsteigen.

„War heute in der Tankstelle viel los?"

„Hat sich in Grenzen gehalten."

Ihr Dad setzte sich hinters Steuer. Er übernahm an den Wochenenden sonst meistens die Spätschicht selbst, damit er Fred Mulligan, der bei ihm als Tankwart angestellt war, keinen Nachttarif zahlen musste. Außerdem war ihre Maman freitags und samstags regelmäßig irgendwo in der Stadt als Köchin unterwegs. Kathleen wusste, dass sowohl die Einladung heute als auch der für den nächsten Samstag geplante Auftritt mit Alec zu einigen Turbulenzen in ihrem Terminkalender geführt hatten. Beide, ihre Maman und ihr Dad, wollten unbedingt bei dem Gig im Pub dabei sein, obwohl sie eher Elvis-Fans waren. Sie verstand wirklich nicht warum, es war geradezu mittelalterlich, völlig absurd. Sicher, Alec war viel älter als sie, aber er hatte sie noch kein einziges Mal geküsst. Sie war auch nicht sicher, ob sie das wollte. Sie bewunderte ihn, er sah toll aus und besaß eine unglaubliche Bühnenpräsenz. Alec zog mit seiner Klarinette jeden in seinen Bann. Aber im Alltag war er sehr zurückhaltend. Genauso scheu wie sie.

Sie wartete darauf, dass ihr Dad losfuhr. Er steckte auch den Schlüssel ins Zündschloss. Aber dann ließ er die Hand wieder sinken.

„Kathy-Kind, deine Maman und ich, wir haben uns lange über diese Einladung unterhalten. Schau … die McLeans sind nicht in dem Sinne reich wie meinetwegen der Herzog von Argyll, aber sie haben trotzdem Geld. Lady Elinor würde dich nicht mit dem Hintern ansehen, wenn sie die Fischfabrik noch hätten." Er seufzte. „Was ich eigentlich sagen will: Wir stehen hinter dir. Du kannst dich auf uns verlassen. Was immer auch geschieht."

„Das weiß ich doch, Dad." Sie blinzelte gegen Tränen an.

Ihre Eltern machten sich wirklich Sorgen, dabei war es jetzt schon so gut wie vorbei. Sie hatte die Aufnahmeprüfung für das Lehrerseminar bestanden und würde sich in einem Monat in Glasgow mit einer anderen Studentin ein Zimmer im Wohnheim teilen. Dass Alec sie dort besuchte, hielt sie für unwahrscheinlich. Kathleen schnäuzte sich. Sie hatte schon verstanden: Es war hoffnungslos. Aber wahrscheinlich glaubte Lady Elinor, sie müsste ihr das noch extra klarmachen.

Die Häuser der Church Street zogen an ihr vorüber und dann die der Elm Street, an deren Ende die Garage lag. Als sie aus dem Pickup stieg und ihrem Dad nach oben in die Wohnung über der Werkstatt folgte, fühlte sie sich seltsam leer. Der Weg die Treppe hinauf kam ihr viel länger vor als sonst.

Ihre Maman erwartete sie schon im Flur in ihrem schwarzen Theaterkleid. Sie spielte mit der gedrehten Goldkette, die sie zum Vierzigsten geschenkt bekommen hatte.

„Kathleen, du wirst dir die Haare waschen und föhnen wollen. Aber beeil dich, dein Dad muss auch noch ins Bad! Was ziehst du an? Bitte keine Jeans.“

„Warum? Es spielt keine Rolle, was ich anziehe! Lady Elinor genüge ich sowieso nicht.“

„Mon dieu!“ Ihre Maman warf die Hände noch. „Du musst ihre Vorurteile nicht auch noch bestätigen!“

Sie starrten sich eine Sekunde an. Kathleen bekam gute Lust, Annes Rat zu folgen und wirklich nicht hinzugehen. Ihr Dad räusperte sich.

„Das Kleid, das du zur Prüfung getragen hast, ist doch sehr hübsch?“

Es war schlicht und dunkelblau und besaß einen weißen Claudine-Kragen wie man ihn auch schon bei Prinzessin Diana gesehen hatte. Wenn ihn der Hof als passend erachtet hatte, musste sich Lady Elinor wahrscheinlich auch damit zufrieden geben.

„Also schön. Bevor ich mich schlagen lasse …“
„Niemand schlägt dich, mein Schatz.“
Zwanzig Minuten später saßen sie im Chevrolet, dessen Innenraum intensiv nach Apfelblütenpolstershampoo roch. Ihr Dad vermietete den Chevy oft an Brautpaare und reinigte ihn danach jedes Mal. Der cremefarbene und himmelblau lackierte Straßenkreuzer mit den nostalgischen Weißwandreifen war als Hochzeitsauto sehr beliebt. Hoffentlich nahmen die verchromten Radkappen auf dem Schotterweg, der nach Eldridge Hall hinaufführte, keinen Schaden.

Als ihr Dad vor dem schmiedeeisernen Tor bremste, spritzte der Splitt. „Eindrucksvoll, mein Lieber.“ Ihre Maman schüttelte den Kopf.

Die Auffahrt zum Haupthaus war heute so hell erleuchtet, dass Kathleen den schattenhaften Torwächter erst auf den zweiten Blick als Robert Carmichael erkannte, den Freund ihrer Eltern. Ihr Dad kurbelte sein Fenster herunter.

„Na, Bob, wie geht's? Grüße an Edna."

„Mach ich."

Carmichael salutierte zackig und ihr Dad lachte. Kathleen war es ein bisschen unangenehm. Ihr Dad hatte recht: Die McLeans betrachteten sie von oben herab. Sie erwarteten sie alle drei schwer in Schale geworfen auf der Freitreppe. Lady Elinor trug gegen die Abendkühle eine Nerzstola über ihrem kleinen Schwarzen, Alec und Doktor McLean beide ein Dinnerjacket. Sie standen eine Stufe tiefer.

„Sieh genau hin, Kathy-Kind, und du weißt, wer auf Eldridge Hall das Zepter in der Hand hält. Oder die Zügel."

„Bill!" Ihre Maman seufzte.

„Schon gut, Suzette." Ihr Dad gab Gas und steuerte den Chevy bis exakt vor die breite Freitreppe, wo er den Motor abstellte und eine Show daraus machte, den Wagen zu umrunden und ihrer Maman und ihr die Türen zu öffnen. Lady Elinor neigte hoheitsvoll den Kopf.

„Auf die Minute pünktlich. Herzlich willkommen auf Eldridge Hall. Mrs und Mr Hollander ... wenn ich bitten darf, mir ins Haus zu folgen ..." Sie drehte sich um und schritt wie eine Königin in die Eingangshalle hinein. Der Doktor und Alec folgten ihr.

Ihr Dad grinste. Er bot ihrer Maman den rechten Arm, streckte gleichzeitig den linken nach ihr aus und führte sie auf diese Weise beide an seiner Seite ins Haus.

Dort erwartete sie Lady Elinor. Sie stand im Zentrum der Eingangshalle auf einem großen Stern, der das Schachbrettmuster des Marmorfußbodens unterbrach. Er war Kathleen bei ihrem ersten, verunglückten Besuch überhaupt nicht aufgefallen.

„Legen Sie doch bitte ab. Bei Mrs Norton." Lady Elinor wies auf die Haushälterin, die in einem dunkelgrauen Kleid vor der Tür zur Garderobe wartete und ihre Mäntel entgegennahm. Sie sagte leise: „Sie finden in der Garderobe auch das Gäste-WC."

„Merci, Madame." Ihre Maman lächelte und richtete sich unter der Musterung durch Alecs Mutter sehr gerade auf. Das Theaterkleid bestand die Prüfung knapp, Kathleens wurde mit einem einzigen Blick abgetan. Aber ihr Dad schien Lady Elinors Beifall zu finden. Kathleen glaubte auch, dass er in seinem dunklen Anzug gut aussah. Mindestens so gut wie der Doktor. Sie war richtig stolz auf ihn.

„Darf ich nun zu Tisch bitten?"

Alecs Mutter ließ seinem Vater den Vortritt, der die Hand ihrer Maman in seine Ellenbeuge legte und sie in ein riesiges Speisezimmer mit einem langen Tisch führte. Ihr Dad zog amüsiert die Augenbrauen hoch, folgte aber diesem Beispiel und bot Lady Elinor den Arm. Alec hielt Kathleen zurück.

„Kath, Augenblick. Auf ein Wort." Er beugte sich zu ihr. „Meine Mutter hat vorhin eine seltsame Bemerkung gemacht. Vielleicht täusche ich mich. Aber falls sie davon anfängt – würdest du mich heiraten? Du musst jetzt nicht antworten."

Sie glaubte, dass ihr das Herz stillstand. Im nächsten Augenblick begann es hart zu schlagen.

„Das ist nicht dein Ernst!"

„Doch! Komm, sie warten."

Alec brachte sie zu ihrem Platz, der sich links von Lady Elinor befand. Er schob ihr den Stuhl unter und begab sich nach unten, ans Fußende der Tafel, wo er saß.

Kathleen war völlig durcheinander. Die schwere weiße Tischdecke verbarg zum Glück ihre Beine. Ihre Knie zitterten mehr als beim Vorspielen in Glasgow. Es rauschte so in ihren Ohren, dass sie kaum hörte, was Lady Elinor zu ihren Dad sagte. Die Hausherrin saß am Kopfende der Tafel und rechts von ihr Kathleens Dad. Danach blieben auf jeder Seite des langen Tisches zwei Stühle frei, während ihre Maman und Alec rechts und links von Doktor McLean am Fußende saßen. Kathleen runzelte die Stirn.

„Wäre es nicht geschickter gewesen, wir hätten uns alle an einem Ende der Tafel versammelt?"

Sie merkte an Lady Elinors nachsichtigem Lächeln sofort, dass sie eine sehr dumme Frage gestellt hatte.

„Der Platz der Hausherrin oder des Hausherrn ist immer am Kopfende, liebe Kathleen." Lady Elinor legte leicht den Kopf schief und sah ihren Vater an. „Ich hoffe, Sie haben den Weg zu uns problemlos gefunden, Mr Hollander?"

„Kathleens Eltern wären andernfalls kaum hier, Ellie." Alecs Vater faltete schmunzelnd seine Serviette auf.

Sie bestand aus schwerem Damast, war zur Bischofsmütze gefaltet und so hingestellt, dass das eingestickte Monogramm EE auf die Gäste zeigte. Alecs Vater zwinkerte ihr über den ganzen Tisch hinweg zu.

„Das, was du im Augenblick siehst, Kathleen, ist der sogenannte kleine Familientisch. Man kann ihn durch Einlegeböden für bis zu achtundvierzig Gäste erweitern."

Meine Fresse! Sie wusste durch ihre Maman, wie viel Arbeit eine so große Gesellschaft mit sich brachte.

Kathleen blickte sich verstohlen im Speisezimmer um. An der kurzen Seitenwand stand ein schweres Büffet mit altmodisch abgerundetem Rahmen. Es bestand aus dunklem Mahagoni oder sogar Kirschbaum, sie konnte es nicht genau erkennen. Lady Elinor hatte darauf verzichtet, den mehrflammigen Kronleuchter einzuschalten, der in einem Stuckoval aus Blüten und Früchten über der Tischmitte hing. Sie fand scheinbar das Licht der beiden Kandelaber ausreichend, die das Büffet flankierten. Oder, aber das war natürlich boshaft, sie machte es, damit man ihre Falten nicht so genau sah.

„Wollen wir beginnen?" Lady Elinor hob ihr Glas. „Noch einmal: Herzlich Willkommen auf Eldridge Hall. Der erste Toast gilt wie immer Ihrer Majestät. Der Königin!"

Sie erhoben sich alle und tranken auf die Gesundheit Elisabeths der Zweiten. Anschließend dankte Dad mit einem weiteren Toast auf die Hausherrin für die Einladung, und Mrs Norton brachte einen Krabbencocktail nach Gordy Whittakers Rezept.

Ihre Maman verzog keine Miene. Es war zum Glück auch nur sehr wenig Cocktailsoße daran.

Danach gab es Yorkshire-Pudding und Roastbeef. Kathleen fand ihre Portion einen Hauch zu lange gebraten, das Fleisch war nicht mehr rosig, sondern fast durch. Aber vielleicht hatte sie das Endstück erwischt. Das Stück Yorkshire-Pudding auf ihrem Teller war dagegen köstlich vollgesogen mit dem vom Rost getropften Bratensaft.

Lady Elinor aß nur wenige Stückchen und legte dann das Besteck überkreuz.

„Sie sind also der Pächter der Tankstelle, Mr Hollander?"

„Besitzer der Reparaturwerkstatt, Madam. Die Tankstelle läuft nur nebenbei. Ich habe mich auf amerikanische Wagen spezialisiert." Ihr Dad spießte ein Stück Roastbeef auf und kaute.

„Oh, nennen Sie mich doch bitte einfach Lady Elinor."

„Gerne. Wie Sie wünschen, Lady Elinor."

„Wo haben Sie Automechaniker gelernt? Im Krieg?"

„Nein, dafür war ich zu jung. Ich war erst in Korea dabei. Bis zum bitteren Ende."

„Wenn ich fragen darf – stammt Ihre Beinverletzung von dort?"

„Nein. Ich bin als Junge vom Pferd gefallen."

„Sie reiten!" Lady Elinors Züge hellten sich auf.

„Nicht mehr. Mir fehlt die Zeit."

„Das versteht sich. Aber Kathleen ..."

„Auch nicht. Aber sie kann Reifen und Zündkerzen wechseln."

„Und wunderschön singen. Mein Sohn ist ganz begeistert von der Stimme Ihrer Tochter, Mr Hollander! Ich habe mich wirklich sehr gefreut, als er sie uns ins Haus brachte und sofort beschlossen, Sie einzuladen, damit wir uns alle zusammen kennenlernen."

Kathleen traute ihren Ohren nicht. Ihre Maman legte das Besteck nieder.

„Das wundert Sie?“ Lady Elinor lächelte. „Sie müssen wissen, dass Ihre Tochter die erste junge Frau ist, die uns Alec vorstellt. Auch die erste, der er Blumen schenkt. Ich kann also annehmen, nein, ich weiß, dass es ihm ernst ist. Es wird auch allerhöchste Zeit.“

„Mutter!“ Alec stand halb von seinem Stuhl auf.

„Nein, mein Lieber, lass mich ausreden! Ich und dein Vater haben lange darüber nachgedacht. Kurz und gut ...“ Lady Elinor trank einen kleinen Schluck. „Ich weiß, dass das für Sie beide recht plötzlich kommt, Mr und Mrs Hollander. Doch ich halte es nach sorgfältiger Abwägung für das Beste, wenn unser Sohn Ihre Tochter heiratet.“

Alec erhob sich endgültig. Er war mit zwei Riesenschritten an Kathleens Seite.

„Bitte sag ja!“

Er nahm ihre Hand und sie las beinahe Verzweiflung aus seinem Blick. Was sollte sie tun?

Sie nickte.

Kapitel 8

Kathleen: Oktober 1979

Es ließ sich nicht verschieben. Alec war am Telefon ziemlich vage geblieben, warum. Das Baugeschäft, in dem er arbeitete, schien einen wichtigen Auftrag an Land gezogen zu haben. Die Flitterwochen fielen aus. Er hatte ihr zwar versprochen, dass sie es später nachholen würden. Sie konnten zum Beispiel eine Woche oder vierzehn Tage an die Côte d'Azur fahren, sie sprach doch perfekt Französisch. Aber in Kathleen wuchs der Verdacht, dass sie darauf lange warten konnte. Sie hatte Lady Elinors Gesicht gesehen, die natürlich mitgehört hatte. Ihrer Schwiegermutter gefiel der Plan ihres Sohnes nicht. Weiß der Teufel warum.

Das heißt doch, Kathleen wusste es. Die Idee war nicht auf Lady Elinor McLeans eigenem Mist gewachsen. Sie verstand Alec gut, dass er schon am letzten Montag, einen Tag nach ihrer Hochzeit, wieder nach London zurückgekehrt war. Er nannte es Sachzwänge, er könne Kathleen auch dieses Wochenende leider nicht hier besuchen kommen. Doch sie kannte ihn inzwischen ziemlich gut. Er war geflüchtet, und London war die Freiheit. Alec fühlte sich in dem großen Haus genauso wenig wohl wie sie.

„Nun, Kathleen, meine Liebe, dann müssen wir eben beide geduldig sein. Ich bin sicher, spätestens nächsten Freitag ist mein Sohn wieder bei uns.“

Typisch, sie sagte nicht *bei dir*, sie sagte *bei uns*. Und Alec war und blieb *ihr* Sohn, nicht etwa Kathleens Mann.

Ihre Schwiegermutter saß sehr aufrecht am Tisch und teilte ein Stück gebutterten Toasts mit Messer und Gabel in mundgerechte Happen. Anschließend griff sie zu Honigglas und Quirl und ließ auf jeden Happen einen präzisen Tropfen Honig fallen. Lady Elinor spießte zierlich ein Stückchen Toast auf und führte es zum Mund. Andere Leute, wie zum Beispiel Kathleens Maman und ihr Dad, mochten essen, ihre Schwiegermutter speiste. Alles mit Messer und Gabel, sie kaute jeden Bissen schweigend, tupfte sich danach die Lippen mit der Serviette ab. Wahrscheinlich verschanzte sich der Doktor deshalb auch immer hinter einer aufgeschlagenen Zeitung. Kathleens Schwiegervater Kenneth saß am Fußende der Tafel und las die *New Haven Morning Gazette*. Ihre Schwiegermutter faltete die Serviette und breitete sie wieder über ihren Schoß.

„Nun, Kathleen, meine Liebe, hast du schon Pläne für den Tag? Ich könnte mir vorstellen, dass du wieder in den Salon gehst und übst.“

Kathleen nickte. Sie begann in zwei Wochen ihre Ausbildung im Lehrerseminar in Glasgow, und die Mozartsonate und die Schubert-Lieder, die sie einstudierte, waren ein Teil der praktischen Vorbereitung, zu der sie in den Anmeldeunterlagen aufgefordert worden war. Lady Elinors Vorschlag deckte sich mit ihren eigenen Plänen für den Tag, aber ihre Schwiegermutter konnte sich wahrscheinlich auch nicht vorstellen, dass ihr jemals jemand widersprach. Kein Wunder, sie herrschte uneingeschränkt in dem großen Haus. Alec war unter der Woche in London, und ihr Schwiegervater verzog sich nach dem Frühstück in die Praxis und tauchte bestenfalls eine halbe Stunde vor dem Abendessen wieder auf.

„Möchtest du noch eine Tasse Tee? Nein? Dann lasse ich das Frühstück abservieren." Lady Elinor nickte Mrs Norton hoheitsvoll zu. Die Haushälterin wartete an der Wand neben der Tür.

Wie im achtzehnten Jahrhundert! Kathleen musste sich bei jeder Mahlzeit beherrschen, nicht die Augen zu verdrehen. Sie hatte an ihrem ersten Morgen auf Eldridge Hall den Fehler begangen, Teller und Tasse selbst vom Tisch abzuräumen und war damit gleich bei ihrem frisch angetrauten Ehemann angeeckt.

„Meine Mutter wünscht das nicht. Lass es bitte."

So war die ganze Woche gelaufen. Lady Elinor wünschte dies, sie wünschte das. Vielleicht kam sich Kathleen deshalb hier immer noch wie ein Gast vor. Noch dazu wie ein ziemlich ungeliebter, wie jemand, den man zwar einladen musste, aber nach einer Weile gern wieder von hinten gesehen hätte – im Heckfenster eines abfahrenden Autos. Sicher, sie wurde wie eine Prinzessin versorgt. Aber sie hatte ein schlechtes Gewissen, weil sie sich von der Haushälterin bedienen ließ. Hoffentlich machte Alec wenigstens dieses zweite Versprechen wahr. Kathleen verzichtete gern auf Flitterwochen, wenn sie dafür möglichst bald in London in eine eigene Wohnung zogen. Sie würde ihn dann zwar auch nicht öfter sehen, weil sie ja unter der Woche in

Glasgow studierte. Aber das musste sie in Kauf nehmen. Alec konnte seine gute Stellung in London nicht aufgeben. Er hatte ihr ein Geheimnis anvertraut: Der Inhaber der Firma, in der er arbeitete, hatte ihm angeboten, ihn zum Partner zu machen. Sie verstand, dass er da zugreifen musste. Aber es wäre genauso wahnsinnig gewesen, wenn sie das Lehrerseminar in Glasgow aufgegeben und sich in London neu angemeldet hätte. Miss Ortiz sagte, die Voraussetzungen wären in England ganz andere als in Schottland. Außerdem hätte sie ein ganzes Jahr verloren.

„Nun, meine liebe Kathleen – willst du dich nicht vom Tisch erheben?"

„Oh Verzeihung." Sie stand gehorsam auf, darauf bedacht, den Stuhl geräuschlos zurückzuschieben. Die Möbel waren im ganzen Haus alt und schwer. Mahagoni, teils dunkles Kirschbaum, und nicht wenige stammten noch aus der Zeit von Lady Elinors Urgroßvater. Es hingen auch vor allen Fenstern schwere Samtvorhänge und dichte Tüllgardinen. Die immerhin waren erst nach dem Zweiten Weltkrieg aufgehängt worden. Wahrscheinlich, weil die alten schon im neunzehnten Jahrhundert von den Motten zerfressen worden waren.

Lady Elinor sah auf die zierliche Damenuhr, die sie mit einer altmodischen Brosche am Kleid festgesteckt trug.

„Es ist bereits neun Uhr. Wir erwarten zwar heute keinen Morgenbesuch, aber du könntest zur Sicherheit trotzdem hinaufgehen und dich umkleiden."

Sie und Alec hatten von ihren Schwiegereltern, quasi als Hochzeitsgeschenk, ein kleines Apartment im ersten Stock eingerichtet bekommen. Lady Elinor hatte ihr erklärt, dass früher alle guten Zimmer nach Norden ausgerichtet gebaut wurden, weil die Möbel, Stoffe und Tapeten durch die geringere Sonneneinstrahlung weniger schnell ausbleichten. Das große Eckzimmer mit Blick nach Süden war Alecs Kinderzimmer gewesen und nun ihr und sein Schlafzimmer, und das angrenzende Mittelzimmer diente als Salon.

Sie musste aber damit rechnen, dass Lady Elinor zu jeder Tages- und Nachtzeit nach einem nur symbolischen Anklopfen hineinspazierte. Ihre Schwiegermutter erschien jeden Sonntagmorgen und hatte das auch direkt nach der Hochzeit getan. Als ob sie sich vergewissern wollte, dass die Nacht zur jeweiligen Zufriedenheit von Bräutigam und Braut verlaufen war. War sie nicht. Alec war ziemlich betrunken gewesen und hatte hinterher sofort zu schnarchen begonnen.

Aber sie würde sich hüten, ihr das zu verraten. Kathleen traute ihr nicht. Lady Elinor brachte es fertig, ihr noch die Schuld daran zu geben, dass ihre Hochzeitsnacht alles andere als romantisch verlaufen war.

„Ich habe Mrs Norton das Kostüm heraushängen lassen, das du bei der Ziviltrauung getragen hast. Schade, dass ihr nicht in der Kirche heiraten wolltet."

Kathleen schüttelte den Kopf. „Alec wollte nicht. Aber wenn du sagst, du bekommst keinen Besuch, warum soll ich mich dann umziehen?"

„Weil Jeans nicht das Richtige für dich sind, liebe Kathleen."

„Liebe Schwiegermutter, wir leben im zwanzigsten Jahrhundert! Sogar Prinzessin Anne trägt Hosen. Außerdem kennen mich deine Bekannten nicht. Wenn jemand kommt, werden sie mich kaum sehen wollen. Ich kann genauso gut weiter für Glasgow üben."

Ihr Schwiegervater räusperte sich und schlug die Zeitung zusammen. „Ellie, Kathleen – ich breche jetzt auf. Wir sehen uns heute Abend."

Doktor McLean nickte seiner Frau und ihr zu und stand auf. Das Frühstückszimmer hieß das grüne Zimmer, wegen der grün- und weiß gestreiften Tapeten. Es lag nach Süden. Das Dinner wurde immer nebenan im Speisezimmer serviert, selbst wenn sie nur zu viert waren. Komischerweise gab es im ganzen Haus kein Fenster, das den Blick nach Osten oder Westen eröffnete. Lady Elinor entließ ihren Gatten mit einer Handbewegung.

„Glasgow, gut, dass du mich erinnerst! Setz dich bitte wieder, liebe Kathleen."

Ihre Schwiegermutter wartete, bis sie der Bitte nachgekommen war.

„Wir werden kommenden Samstag eine Party geben. Du kannst leicht bis dahin eine Reihe Evergreens einstudieren und unsere Gäste nach dem Essen unterhalten. Wenn Alec bei uns wäre, könnte er den Solopart mit der Klarinette übernehmen, aber es muss eben dieses Mal ohne ihn gehen."

„Wenn du das wünscht, gerne."

Ihre Schwiegermutter stand auf.

„Gut, dass das jetzt geklärt ist. Ich finde es wunderbar, dass ihr ein gemeinsames Hobby teilt. Aber ich verlasse mich darauf, dass du auf ihn einwirkst, die Auftritte im Pub müssen natürlich jetzt aufhören. Es wird Zeit, dass er sich seiner Verantwortung stellt."

„Aber ... wie ... die Leute lieben es, wenn er im *George's* spielt."

„Meine liebe Kathleen, er ist jetzt ein verheirateter Mann. Spätestens wenn er eine eigene Familie hat, wird er sowieso keine Zeit mehr dafür haben. Ihr lasst mich sicher nicht lange auf meinen ersten Enkel warten."

„Und wenn es ein Mädchen ist?" Kathleen wurde innerlich ganz kalt. Alec wollte noch kein Kind. Nicht bevor sie mit dem Studium fertig war.

„... wird es beim zweiten besser klappen. Du bist jung und gesund, liebe Kathleen. Ich rechne fest damit, dass ihr spätestens nächstes Weihnachten zu dritt seid."

Bis jetzt fehlten dafür alle Voraussetzungen. Sie dankte Gott und allen Heiligen, dass Alec ein Kondom benutzt hatte.

„Ich wollte eigentlich erst nach dem Studium ein Kind."

„Das Lehrerseminar in Glasgow? Das brauchst du jetzt nicht mehr. Ich habe Freitag für dich hingeschrieben und in deinem Namen abgesagt."

„Was?!"

„Schrei mich nicht an, liebe Kathleen. Alec verdient gut. Du hast es nicht nötig, zu arbeiten. Warum willst du einer Anderen den Platz wegnehmen, die sich vielleicht nur auf diese Weise fortbringen kann, indem sie fremde Kinder unterrichtet? Du wirst deine eigenen Kleinen haben, die du erziehen musst. Und nun genug davon! Ich lasse dir die Noten für kommenden Samstag durch Mrs Norton in den Salon bringen."

Ihre Schwiegermutter stand auf und verließ den Frühstückssalon.

Kathleen wurde bewusst, dass Mrs Norton die ganze Zeit anwesend gewesen war. Röte stieg ihr in die Wangen. Aber die Haushälterin tat, als habe sie überhaupt nichts gehört. Sie stellte leise und effektiv das Geschirr auf einem Tablett zusammen. Ohne ein einziges Mal mit den Tassen zu klappern! Sie sah erst auf, als sie damit fertig war. Mitleid lag in ihrem Blick. Sie knickste leicht.

„Wenn ich Ihnen einen Rat geben darf: Dass Sie sich für das Abendessen umziehen, wird hier im Haus stillschweigend erwartet."

„Das ist so mittelalterlich."

„Sie werden sich sicher bald daran gewöhnen, Miss Kathleen."

Das war noch ein Punkt. Sie war Mrs Alec McLean, aber wozu? Niemand nannte sie so.

„Mrs Norton? Sagen Sie Lady Elinor bitte, ich gehe meine Eltern besuchen."

Alle Unterlagen für Glasgow lagen bei ihnen. Vielleicht ließ sich die Absage durch ihre Schwiegermutter noch rückgängig machen.

Kapitel 9

Julia: Der zweite Sonntag im Oktober 2019

„Das ist wirklich ein schönes Fleckchen für ein Picknick, Julia. Das Einzige, was ein bisschen stört, sind die Möwen."

„Du hättest sie nicht füttern dürfen."

„Nein. Wahrscheinlich nicht." Sean lachte.

Mein Überraschungsgast von gestern aus dem Golfclub hatte tatsächlich angerufen. Es freute mich wirklich, endlich einmal ein Mann, der zu seinem Wort stand. Ich faltete die fettige Tüte klein zusammen, legte den Kopf in den Nacken und schloss die Augen. Sonne wärmte mir die Lider, die Welt wurde rot. Fisch & Chips am Hafen, vor der Uferpromenade toste das Meer. Wir hatten sie bei *George's* geholt, dem Pub, in dem schon meine Mutter verkehrt hatte. Heute führte ihn nicht mehr der alte Wirt Gordy, sondern Georgie, eine von den vielen Carmichaels, die es in New Haven gab. Sie war eine ehemalige Helferin meiner Grandmère und führte die Tradition weiter. Georgie machte immer noch die besten Fisch & Chips, keine Tiefkühlware, frisch frittiert und nie mit altem Fett. Bezahlt hatte sie Sean. Er hatte darauf bestanden.

Ich wusste immer noch nicht, ob er der Fahrer des Golfclub-Besitzers war oder dieser selbst. Wir hatten uns darauf geeinigt, gegenseitig beim Vornamen zu bleiben. Er kannte meinen Nachnamen. Aber für ein Picknick brauchte ich seinen wirklich nicht zu wissen.

Ich atmete zufrieden den harschen Geruch von Algen, Salz und Rost ein, der alle Häfen umgab, und in New Haven nur ein bisschen deutlicher war. Die Docks waren ein Schandfleck, sie hätten längst abgerissen gehört, doch von hier aus sahen wir den Verfall nicht. Wir saßen geschützt, in einer grasbewachsenen Mulde zu Füßen des alten Leuchtturms, und spürten nichts von der steifen Brise. Auf dem Promenadendamm vor uns schlugen die Zugseile der Fahnen gegen die Stahlmasten, zing, zing, zing. Die meisten Flaggen waren schon eingeholt, einzig die der Europäischen Union und der Union Jack knatterten noch nebeneinander im Wind.

„Bezeichnend, dass euer Hafenmeister die Flagge des Vereinigten Königreichs hängen lässt."

„Du kannst das auch als Respekt interpretieren." Wir hatten auf dem Weg zu unserem Picknickplatz noch den Arbeiter mit den anderen Fahnen unter dem Arm zurückgehen sehen. Ich zuckte mit den Schultern, ohne die Augen zu öffnen. Es war sehr angenehm in der Mulde. „Außerdem, was willst du? Du bist hier in Schottland."

„Ich weiß! Ich zieh dich doch bloß ein bisschen auf." Eine warme, ziemlich kräftige Männerhand rieb meine Schulter.

Er zog sie schon nach kurzer Zeit wieder zurück, zu meinem Bedauern, doch das behielt ich fürs Erste für mich. Wir schwiegen. Ich döste behaglich auf seinem

Plaid, ausgestreckt in der Sonne. Das auf- und abschwellende Rauschen der Wellen erreichte mich nur noch wie aus weiter Ferne. Die Flut lief auf. Ich hatte nichts zu Sean gesagt, doch mit dem Wechsel der Gezeiten änderte sich meistens auch das Wetter. Weit draußen hing schon ein verdächtig dunkler Streifen über dem Horizont.

„He!“

Seans Schrei ließ mich hochschrecken. Ich schlug die Augen auf und sah gerade noch, wie eine Möwe mit seiner Chipstüte auf und davonflog. Er schüttelte seine rechte Hand. Seans Zeigefinger markierte eine scharfe, helle Linie, die sich langsam blau färbte.

„Um Gottes willen! Hat sie dich mit dem Schnabel erwischt?“

„Du hast mich gewarnt, dass ich hier keine Möwen füttern soll.“ Er zuckte mit den Schultern.

„Stadtkind! Möwen darf man nirgends auf der Welt füttern. Sie haben dir doch hoffentlich nicht dein ganzes Mittagessen entführt?“

„Nein. Die Chips und der Fisch sind schon gesichert.“ Er klopfte sich auf den Magen. Seans Lächeln war ansteckend. „Aber für den Nachtisch gehen wir wohl besser woanders hin.“

„Nachtisch? Fährst du eine ganze Campingausrüstung in deinem Wagen spazieren?“

„Nur wenn es sich lohnt.“ Er zwinkerte mir zu. „Sehr schade, dass du um zwei schon wieder gehen musst, Julia.“

Ja, es war schade. Sean gehörte zu der seltenen Spezies Mann, mit der man schweigen und einfach den Sonnenschein genießen konnte. Und, das war mir schon gestern bei der Schale Suppe aufgefallen, er aß genauso schnell wie ich. Was meine Frage, ob ihm die Möwen das Mittagessen geklaut hätten, zu keiner sehr intelligenten machte. Himmel, ich war drauf und dran, ihn *sehr* sympathisch zu finden und deshalb etwas neben der Spur. Aber ich rief mich sofort wieder zur Ordnung. Er brauchte offensichtlich jemanden, der ihm ein paar Stunden Gesellschaft leistete, und ich hatte Zeit. Mehr verband uns nicht. Wahrscheinlich sah ich ihn nach dem heutigen Tag nie wieder. Ich strich mir eine Haarsträhne aus dem Gesicht.

Story meines Lebens: Ich traf Menschen, verbrachte auf die eine oder andere Weise Zeit mit ihnen, und dann ging ich wieder. Oder sie gingen. Weil sie Sachzwänge riefen. Oder sie feststellten, dass sie lieber woanders sein wollten. Weil sich der Wind gedreht hatte. Wie gestern in der Nacht.

Ich war gegen zehn bei strömendem Regen und heftigen Böen in meinen Bambushain zurückgekehrt und um sechs Uhr dreißig bei Ebbe, strahlendem Sonnenschein und einem vollkommen blankgeputzten Himmel aufgewacht. Direkt über uns wölbte er sich immer noch tiefblau, wolkenlos und in so gläserner Klarheit, dass es beinahe wehtat, aufzublicken.

Wir hatten die ganze letzte Woche kalte Nächte, Stürme und feurige Sonnenuntergänge erlebt. Dieser Tag bescherte uns ein letztes Zwischenhoch, doch er täuschte mich nicht. Der Sommer war vorbei. Das zeigte auch die Schar Wildgänse, die in Keilformation über uns hinweg den Weg nach Süden einschlug.

„Sie sind dieses Jahr spät dran, oder?" Sean rieb seinen Finger. Er sah mich nicht an, als er weitersprach.

„Was ich dich fragen wollte: Ich habe leider morgen Vormittag einen Termin, und anschließend muss ich nach London zurück. Aber ich werde zum Wochenende wieder hier sein. Hast du kommenden Samstag Zeit?“

„Das weiß ich ehrlich gesagt noch nicht. Ruf mich einfach an.“

Ich hatte nichts dagegen, locker mit ihm in Verbindung zu bleiben. Warum auch nicht? Sean löste keine meiner inneren Alarmglocken aus, obwohl er bisher überhaupt noch nichts von sich preisgegeben hatte. Ich zwar auch nicht, aber Männer waren in dieser Beziehung anders gestrickt. Viele mussten wie unter Zwang sofort ihre Erfolge herausposaunen: *Mein Haus, mein Auto, meine Jacht.* Wahlweise zu ersetzen durch *mein wahnsinnig aufregendes Hobby* und in einigen Fällen sogar: *meine Frau.* Sollte ich das über Sean herausfinden, wäre Schluss. Aus, finito, vorbei! Mir ging es dabei nicht einmal um das siebte Gebot. Wenn mir ein verheirateter Mann Avancen machte, war es technisch gesehen zunächst nur er, der Ehebruch beging. Vorläufig konnte ich mir genau das bei Sean aber nicht vorstellen. Vielleicht war das Wunschdenken. Weil ich mich in seiner Gegenwart einfach wohlfühlte. Er strahlte die Ruhe eines Mannes aus, der mit sich selbst und seiner Rolle im Leben zufrieden war und das färbte auch auf mich ab. Was mir aber gar nicht gefiel, war die bleierne Tönung, die der Himmel in den letzten Minuten angenommen hatte. Ich sah, dass der Hafenarbeiter oben auf der Deichkrone auch noch die letzten Fahnen einholte. Sturm zog auf.

Ich stand auf, stieg zur Deichkrone hinauf und versenkte meine eigene Tüte sorgfältig in einem Abfallkorb. Weniger wegen der gefräßigen Möwen, ich wollte verhindern, dass der Wind das fettige Papier erfasste und davonwirbelte. Außerdem erlaubte mir mein Standort einen Blick aufs Meer, wo sich die weißen Schaumkronen häuften, und einen zweiten, unauffälligen zu dem schwarzen Mercedes Sprinter, den Sean unten am Kai geparkt hatte. Er trug keine Firmenaufschrift. Vielleicht hatte er ihn gemietet. Ich verschränkte die Arme vor der Brust. Die Wärme der Mulde hatte mich verleitet, meine Jacke unten zu lassen, aber auf der Deichkrone pfiff es unangenehm. Mein Shirt und meine Haare flatterten. Wir hatten schätzungsweise schon Windstärke sechs oder sieben und auffrischend, die See ging ziemlich rau, und es wurde immer dunkler.

„He, Hübsche!"

Ich drehte mich um und Sean stand vor mir. Er trug Plaids und Isoliermatten unter dem Arm und half mir in meine Jacke.

„In Anbetracht der Möwen schlage ich vor, wir essen den Nachtisch im Sprinter. Für mich sieht es außerdem aus, als ob es gleich zu regnen anfängt."

„Denke ich auch." Mir war trotz der Jacke kalt.

„Was hältst du dann von einem Schluck heißem Tee? Es ist nur ganz gewöhnlicher Ceylon Broken Orange Pekoe, aber ich habe Scones. Ich hoffe, du magst sie. Sie sind ganz frisch, von heute Morgen. Chrissy hat sie mir eingepackt, als ich ihr sagte, dass ich dich abhole. Soll dich übrigens von ihr grüßen."

„Natürlich mag ich Scones!" Ich freute mich ehrlich. Trotz des kleinen Stachels. Sean hatte seinen Charme offensichtlich auch bei Chrissy eingesetzt.

„Wunderbar."

Er legte mir den Arm um die Taille und führte mich umsichtig die Treppe hinab zum Kai, wo er mir höflich die Beifahrertür des Sprinters öffnete. Er verstaute die Plaids und die Isoliermatten im Laderaum und kehrte mit einem Picknickkorb zurück. Sean stieg ein und stellte ihn zwischen uns.

„Du bist wirklich auf alles vorbereitet!"

„Gut geplant ist halb gewonnen, Julia." Sean nahm eine Pappschachtel aus dem Korb. Er öffnete sie und bot mir die weichen, mit Clotted Cream gefüllten Brötchen an. Anschließend stellte er zwei rote Keramikbecher auf das Armaturenbrett, die den Aufdruck *Golfclub New Haven* trugen.

„Die hast du auch von Chrissy, aus der Küche des Clubhauses."

„Falsch! Von Hugh. Und der Barkeeper kriegt sie auch wieder zurück." Er reichte mir einen dampfenden Becher.

Sean bekam Grübchen, wenn er lächelte. Jetzt, da ich ihm im Führerhaus des Sprinters näher saß als im Freien, sah ich, dass die Einkerbung links entschieden tiefer war als rechts. Sie glich einem Halbmond und gab ihm ein bisschen das Aussehen eines Haudegens. Ich war nicht sicher, ob Scarlett Pimpernell oder doch lieber D'Artagnan, aber Sean hatte ganz zweifellos Bekanntschaft mit einem Degen, einem Bolzen oder dem Schnapper einer Gartentür gemacht. Jedenfalls mit etwas verflucht Hartem.

„Was hast du da angestellt?" Ich tippte gegen meine eigene Wange.

„Das?" Sean imitierte meine Geste. Sein Lachen wurde breiter. „Kindliche Dummheit. Ich war vier. In Finns Haus erreichst du den Dachboden über eine dieser Treppen, die du hochklappen kannst, wenn du sie nicht brauchst. Ich habe den Sperrhebel gelöst, weil ich sie herunterfahren wollte, war aber noch nicht Manns genug."

„Du hast den Holm ins Gesicht gekriegt."

„Aber volle Kanne! Meine Mutter wäre beinahe ausgerastet und das nicht zum letzten Mal. Ich habe ziemlich lange ziemlich viel Blödsinn getrieben."

„Und manchmal überkommt es dich immer noch. Santé!" Ich prostete ihm mit dem Golfclubbecher zu.

Wir saßen total entspannt nebeneinander, tranken Tee und aßen Scones. Es ließ sich gut mit Sean aushalten. Besonders wenn er mich anlächelte. Wärme breitete sich in mir aus.

„Reden wir lieber von dir. King-Fisher sagte, du seist ziemlich weitgereist. Verrätst du mir, wo du überall Station gemacht hast?"

„Zuerst in Aberdeen, dort habe ich die Ausbildung gemacht. Dann ging es in die Schweiz, auf die Hotelfachschule, und von dort nach Saint Nazaire, Paris und Monte Carlo." Ich strich mir einmal mehr eine Haarsträhne aus dem Gesicht.

„Eine schöne Stadt. Dort war ich auch schon."

„Wahrscheinlich kennst du Monte besser als ich. Wir sind praktisch keinen Schritt aus der Küche herausgekommen."

Frühschicht fünf Uhr dreißig bis vierzehn dreißig. Spätschicht fünfzehn Uhr bis Mitternacht. Manchmal auch Doppelschichten. Doch das brauchte Sean nicht zu wissen. Der Mitleidstrip war noch nie mein Ding gewesen.

„Aber du musst doch auch regelmäßig einen freien Tag gehabt haben.“

„Die üblichen zwei pro Woche. Aber die brauchst du zum Einkaufen, für Behördengänge oder um zum Frisör zu gehen. Und um Wäsche zu waschen. Deine eigene.“

Nicht dass das jetzt Thema gewesen wäre, aber mit sexy Unterwäsche konnte ich nicht aufwarten. Ich hatte es mir irgendwann abgewöhnt. Die meisten Airlines erlaubten in der Touristenklasse nur zwanzig Kilo, und die brauchte ich für Naturfaser. Sie zu tragen, war in allen Küchen Pflicht. Unfälle kamen selten vor, waren aber nicht vollkommen auszuschließen, und kochfeste Baumwolle brannte nur, während Synthetics sofort mit der Haut verschmolzen. Ich trank hastig einen Schluck Tee, um das Phantom des Gestanks verkohlten Fleisches wieder loszuwerden. Gott sei Dank war in keiner der Küchen, in denen ich gearbeitet hatte, etwas explodiert. Ich verstand auch nicht genau, was mich ausgerechnet jetzt getriggert hatte. Das hieß doch! Warum machte ich mir selbst etwas vor? Das Unglück war hier geschehen. In New Haven, nur ein paar Straßen weiter. Ich räusperte mir die Kehle frei.

„Die meisten Hotels – das heißt, die, in denen ich gearbeitet hatte – stellten natürlich eine Uniform. Um die musst du dich nicht kümmern, die reinigt die hoteleigene Wäscherei.“

„Du siehst in einem Businessanzug bestimmt superschick aus!“

„Danke.“

Hoffentlich sah das der Kreditberater am Dienstag auch so. Immer vorausgesetzt, dass ich ihm meine Pläne mit Eldridge Hall vorstellen konnte.

„Aber erzähl bitte weiter. Wo warst du noch? Wenn du magst."

„Kein Problem. Nach Monte Carlo kamen acht Monate in Sankt Petersburg."

Ich aß den letzten Bissen und leckte mir die Finger ab. Scones und Clotted Cream waren für ein Picknick nicht die ideale Wahl, aber sie schmeckten wirklich gut. Sean betrachtete mich mit einem seltsamen Blick.

„Du überraschst mich immer wieder."

„Ich kann nur ein paar Brocken Russisch, und das meiste habe ich sowieso wieder verlernt. Ich war für die Gäste zuständig, die Englisch oder Französisch sprachen."

„Trotzdem beeindruckend, aber das meinte ich nicht. Ich war mir nicht sicher, ob du die Scones gnädig aufnimmst. Ich dachte, dich kriegt man nur mit französischer Patisserie."

Holla, Sean, so weit waren wir noch lange nicht! Ich schüttelte den Kopf.

„Damit bin ich aufgewachsen. Meine Grandmère ist Französin. Sie hat mich praktisch mit Croissants, Eclairs und Petit Fours gefüttert."

„Dann ist es nur gut, dass ich auf dich gehört und dich nicht nach Glasgow entführt habe."

„Außerdem fängt es an zu regnen."

Tropfen klatschten auf die Windschutzscheibe. Sean griff nach vorn zum Display und schaltete die Klimaanlage an. Warme Luft blies sanft um meine Waden und die Knie. Ich saß gern mit ihm am Hafen. Das Picknick im Transporter war mir sehr viel lieber als zwei Stunden Fahrt zu einer mir unbekannten Patisserie nach Glasgow, in eine Stadt, mit der ich aus verschiedenen Gründen nicht die besten Erinnerungen verband. Meine Mutter war dort im Krankenhaus gestorben.

„Aber wenn wir schon bei Überraschungen sind. Es freut mich wirklich, dass du gekommen bist."

„Oho, jetzt tust du mir aber schwer unrecht. Wenn ich eine Verabredung treffe, muss mir schon sehr viel dazwischenkommen, dass ich sie nicht einhalte. Hast du so schlechte Erfahrungen mit Männern gemacht?"

Ich antwortete nicht. Das ging ihn nun wirklich nichts an. Davon abgesehen hatte ich noch keinem Mann von seinen Vorgängern erzählt. Die ich im Übrigen an einer Hand abzählen konnte.

Er lächelte reuig. „Entschuldige. Du hast vollkommen recht, es geht mich nichts an. Erzählst mir stattdessen, wo du noch warst – nach Sankt Petersburg?"

„Manila, Singapur ..."

„Hast du da Pho kochen gelernt?"

„Und jede Menge Currygerichte. Danach ging ich nach Dubai und Melbourne, Baton Rouge, Atlanta und zuletzt New York. Ich war so ziemlich überall."

„Hm."

Mir kam der Verdacht, dass mich Sean als Köchin für das geplante Hotel anwerben sollte. Aber wenn das sein Auftrag war, ging er ihn falsch an. Ich an seiner Stelle hätte längst die Frage einfließen lassen, ob ich mir nicht vorstellen konnte, aus der Ernährungsberatung in eine besser bezahlte Position überzuwechseln. Vielleicht schätzte ich ihn und die Situation aber auch komplett falsch ein, und er wollte tatsächlich nur ein paar Stunden totschlagen. Ich blickte auf die Uhr und stellte erschrocken fest, dass es höchste Zeit für mich wurde.

„Sean, ich muss aufbrechen. Danke, es war ein nettes Picknick."

Ich griff zum Hebel der Beifahrertür, aber er bremste mich.

„Ich fahre dich selbstverständlich zu deiner Großmutter."

„Ich kann sehr gut laufen."

„Durch den Regen? Sicher nicht. Außerdem – gut, es kommt jetzt vielleicht ziemlich plötzlich ..." Sean rieb sich den Nacken. „Julia, mein Termin ist morgen Vormittag. Ich muss aber nicht unbedingt sofort danach nach London zurückfahren. Ich könnte eine Nacht dranhängen und mit dir zu Abend essen. Vielleicht gibt es etwas zu feiern."

„Mach es, wie ich vorhin schon sagte: Ruf mich an, und dann sehen wir weiter."

„Keine Versprechungen."

„Nein. Keine. Und du brauchst mich auch nicht zu meiner Grandmère zu fahren. Schau." Ich zeigte zur Hafenmeisterei. „Dort steht ein Taxi."

„Gut. Wie du willst."

Wir saßen uns einen Wimpernschlag lang unschlüssig gegenüber. Dann schlang er die Arme um mich und küsste mich auf die Wange.

„Mach's gut, Julia. Grüß deine Großmutter von mir."

„Werde ich."

Seine Augen waren sehr blau. Er roch gut, nach frisch gewaschener Wäsche und sehr dezent nach einem Aftershave. Ich hatte das starke Bedürfnis, ihm den Kopf auf die Schulter zu legen. Aber ich tat es dann doch nicht.

Kapitel 10

Julia: Der vierzehnte Oktober 2019, ein Montag

Die Notare hatten ihre Kanzlei in der Maple Road, einer der vielen neuen Straßen unweit der Seniorenresidenz meiner Grandmère, und das Wetter spielte auch mit. Der Himmel war wider Erwarten noch genauso hoch und klar wie gestern, und der Sonnenschein und die herbstliche Wärme machten mich leichtsinnig. Ich trug nur einen eleganten Mantel, keinen wetterfesten, und lief in meinem besten Businessanzug, einer hellgrauen Seidenbluse, Pumps mit moderaten Absätzen und als Farbtupfer einem lachsrosa Schal zu Fuß zur Kanzlei. Aufgeregt war ich nicht. Wenn ich mit den Jahren eines gelernt hatte, dann dass sich irgendwo ein Fenster auftat, wenn mir die Tür vor der Nase zugeschlagen wurde. Eldridge Hall eignete sich mit Sicherheit ganz hervorragend, um daraus ein stylisches Hotel zu machen. Aber wenn ich es nicht erbte, fand ich ein anderes Haus – oder ich traf die intelligente Entscheidung, das Abenteuer ganz bleiben zu lassen. Denn der Landsitz würde mich viel Arbeit, Zeit und noch mehr graue Haare kosten, als ich jetzt schon hatte.

In den Schaufenstern des schmucklosen Gebäudes, in dessen erstem Stock *Connolly, White & Carmichael* residierten, präsentierten *Vincent & Jarvis* E-Bikes. Sie boten auch Reparatur- und Wartungsservice, ganz wie früher mein Grandpa für Autos. Ich öffnete die Nebentür und stieg die Treppe hinauf. Oben musste ich mich über eine Gegensprechanlage anmelden, deren Flachbildschirm und Kamera jedem hochklassigen Sternehotel zur Ehre gereicht hätten. Der Lautsprecher knackte. Das Logo verschwand, und vor mir erschien das Gesicht einer Vorzimmerdame.

„Was kann ich für Sie tun?“

Ich verneigte mich. Knapper als ich es im Service vor Gästen getan hätte, aber Höflichkeit kostete nichts.

„Guten Tag. Ich bin Julia McLean. Ich habe um elf Uhr einen Termin bei Notar Carmichael.“

„Sie werden erwartet. Bitte treten Sie ein.“

Die Tür schwang auf, und ich betrat ein weitläufiges Foyer in grau und burgunderrot, dessen Zentrum eine über Eck gebaute Rezeption einnahm. Die Winkelkombination bot Platz für mindestens drei Angestellte. Die Dame, die mit mir gesprochen hatte, erhob sich.

„Bitte Ihren Ausweis.“ Sie prüfte ihn kurz und wies mich mit einer eleganten Handgelenksdrehung in einen Wartebereich, der schräg rechts hinter dem Empfang lag und einem fünfeckigen Erker glich. „Nehmen Sie bitte Platz. Sie werden abgeholt.“

Ich hängte meinen Mantel an die Garderobe an der Wand und studierte das Angebot der Zeitschriften auf dem Tisch. Aber ich kam nicht dazu, mich zu setzen. Meine Sandkastenliebe Raymond Carmichael kam im feinen Nadelstreifenanzug auf mich zu.

„Ray! Wo kommst du auf einmal her?“

Er war natürlich längst nicht mehr der schmale Hering wie mit zwanzig, als ich ihn zuletzt gesehen hatte. Raymond brachte nun vermutlich zehn oder sogar fünfzehn Kilo mehr auf die Waage. Aber sonst hatte er sich kaum verändert. Grau war er geworden. Genau wie ich.

„Hast du den Briefkopf unserer Kanzlei nicht gelesen, Julie? Connolly, White und ...“

„Carmichael! Schon, aber Carmichaels gibt es in New Haven viele.“

„Ja. Mein Vater war fleißig.“

„Also Ray!“

„Na stimmt doch, Julie. Nach dem letzten Stand habe ich vier oder fünf Stiefmütter und drei Halbschwestern. Das sind nur die, von denen ich weiß.“ Er grinste. „Na? Überraschung gelungen? Schön, dich wiederzusehen, Julie.“

„Ja. Und ja, ich freue mich auch. Aber wolltest du nicht Betriebswirtschaft studieren?“

„Jura war dann doch aussichtsreicher.“ Raymond fuhr sich durchs Haar.

Die Geste war so typisch für ihn. Er trug nach wie vor den Bürstenhaarschnitt, von dem meine Grandmère immer gesagt hatte, er sehe damit wie ein verschmitzter Igel aus. *Und ständig Unsinn im Kopf.* Aus dem spitzen Haaransatz, den wir zufällig teilten, waren allerdings Geheimratsecken geworden und aus dem schwarzen Schopf wie bei mir eine Salz- und Pfeffermischung. Die vielen weißen Strähnen fielen bei mir nur weniger auf. Ich konnte noch einiges in meinem Zopf verstecken.

Mein Igelbruder lachte. „Tja, Julie. Wir sind beide keine zwanzig mehr."

„Charmant! Du hättest wenigstens aus Höflichkeit sagen können: Du siehst unverändert aus."

„Julie, du siehst unverändert aus."

„Zu spät!"

Er grinste und schloss mich in eine Bärenumarmung. „Erzähl! Wo hast du die ganze Zeit gesteckt? Wie geht es dir, was macht deine Grandmère?"

„Der geht es gut. Aber schon lustig, dass wir uns ausgerechnet bei der Testamentseröffnung meines Großvaters McLean wiedertreffen."

„Wir haben uns zuletzt bei der Beerdigung deiner Mutter gesehen. Nicht dass ich jetzt traurige Erinnerungen wecken will ..."

„Das ist schon okay, Ray. Nach achtzehn Jahren ... sag jetzt aber bitte nicht: Wie die Zeit vergeht!"

„Keine Sorge. Einmal den Mund verbrennen reicht. Fürs Erste." Er blinzelte mich an. „Komm, wir reden in meinem Büro weiter. Mister Drumont müsste auch jede Minute eintreffen."

„Doch nicht der Golfplatzbetreiber?"

„Genau der."

„Was hat der mit dem Testament meines Großvaters zu tun?"

„Das darf ich dir erst sagen, wenn ihr beide vor mir sitzt." Raymond kniff mich im Gehen leicht in die Taille, wie in alten Zeiten. „Hier hinein."

Sein Büro wirkte sehr kantig und modern. Schreibtisch und Schränke aus heller Eiche, die Stühle und die Sitzgarnitur in der linken Ecke waren weinrot gepolstert. Wir setzten uns. Vom breiten Fenster aus blickte man auf den Hügel von Eldridge Hall.

„Weißt du noch, wie wir dort früher immer Jumanji gespielt haben? In den aufgelassenen Arbeitergärten und dem Steinbruch? Irgendwie schade, dass Drumont das ganze Gelände bebaut hat."

„Scheint eine Menge Kohle zu haben."

„Oder Beziehungen. *Drumont Incorporated* sind die Rechtsnachfolger von *McDoughal & McLean.*"

„Das sagt mir im Augenblick nichts."

„Sollte es aber, Julie! Das Gelände der Arbeitergärten hat Kenneth McLean gehört und der Grund, auf dem heute der Golfplatz liegt, Lady Elinor."

„Das wusste ich nicht."

Ich sah immer noch keinen Zusammenhang, kam aber nicht dazu, nachzuhaken, denn es klopfte. Die Dame vom Empfang steckte ihren Kopf durch die Tür.

„Mister Drumont wäre nun hier."

„Schicken Sie ihn herein." Raymond winkte, die Tür ging auf und herein trat – Sean.

„Du?" Er erschrak genauso wie ich.

„Ja!" Wenigstens saß ich schon, sonst hätte es mir wirklich die Füße weggezogen. Da flirtete dieser Mensch das halbe Wochenende mit mir und ... aber halt. Er hatte genauso wenig wie ich ahnen können, dass wir heute gemeinsam einen Termin bei Ray hatten. Eine böse Überraschung war es trotzdem.

„Ihr kennt euch also bereits." Raymond blickte von mir zu Sean.

„Flüchtig."

Oh Gott, am Ende waren wir noch verwandt! Jetzt rächte sich bitter, dass ich über meine Großeltern McLean so überhaupt nichts wusste.

„Moment." Sean setzte sich in den Sessel neben mir. „Julia, du brauchst mich nicht so böse anzuschauen. Das ist nicht meine Schuld! King-Fisher hat mir nur gesagt, dass er eine Sterneköchin aus New York aufgetan hätte, die sich aus unerfindlichen Gründen nach New Haven zurückgezogen hätte, um nun gesunde Ernährung zu propagieren. Und so gut, wie du kochst, verstehe ich das wirklich nicht. Dass du dich hier vergräbst, meine ich. Woher hätte ich wissen sollen, dass du die Enkelin von Kenneth McLean bist? Weißt du, wie viele Julia McLeans es auf dieser Welt gibt?"

„Nein, aber ich kann es ja mal googeln! Aber was willst du hier? Außer mir ein Golfhotel vor die Nase zu setzen?"

„King-Fisher hat also geplaudert. Julia ... es ist hier weder die Zeit noch der Ort, aber ich versichere dir, ich bin genauso überrascht wie du. Ich habe nicht erwartet, dass wir uns ausgerechnet unter diesen Umständen und hier wiedersehen!"

„Wer's glaubt, wird selig!"

„Auszeit, Herrschaften!" Raymond hob die Hände. „Vielleicht hört ihr beiden euch die Testamentseröffnung wenigstens an, bevor ihr euch gegenseitig die Köpfe einschlagt."

„Gute Idee. Vielleicht hat es sich ja danach erledigt!" Ich funkelte Sean an.

„Ich fürchte, dann geht es erst richtig los, wenn ich euch so zuhöre." Raymond erhob sich. „Wenn ich euch beide bitten darf, vor meinem Schreibtisch Platz zu nehmen."

Ich warf Sean einen Seitenblick zu, als ich mich links von ihm setzte. Er trug auch heute Jeans und ein Flanellhemd, aber darüber, dem Anlass entsprechend, wenigstens ein dunkelgraues Jackett, und das sah nicht nach Konfektion aus.

Raymond räusperte sich und holte einen schmalen Aktendeckel aus einer Schublade. Er sah mich und Sean nacheinander an. „Sind wir alle soweit?"

„Nun denn ..." Ray schlug den Aktendeckel auf. „Vor mir erschienen sind Julia McLean, geboren am 30. Oktober 1980 in New Haven, Schottland, Tochter der Kathleen McLean, geborene Hollander und des Alec Eldridge McLean. Und Sean Drumont, geboren am 29. Oktober 1980 in London, England. Sohn der Christine Drumont und des Alec Eldridge McLean ..."

„Was?! Soll das heißen, mein Vater hat meine Mutter von Anfang an betrogen?"

Meine Eltern hatten im September 1979 geheiratet. Ich war knapp ein Jahr später geboren worden, nur einen Tag nach Sean. Meinem Halbbruder! Noch gestern hatte ich mit dem Gedanken geliebäugelt, mit ihm eine Beziehung anzufangen. Mir wurde schlecht.

„Jesus!"

„Moment, du verstehst das falsch", sagte Sean.

Raymond seufzte, klappte den Aktendeckel wieder zu und wartete. Sean rieb sich den Nacken.

„Julia, wir sind nicht blutsverwandt. Alec McLean ist nicht mein leiblicher Vater. Er hat mich nur an Sohnesstatt angenommen. Ich kann dir die Adoptionsurkunde zeigen, wenn du willst."

Er zog ein gefaltetes Dokument aus der Brusttasche. „Was soll ich damit?"

„Doktor Carmichael kennt den Sachverhalt schon. Ihm muss ich das nicht erklären."

„Und du lässt mich ins offene Messer rennen!" Ich warf Raymond einen bösen Blick zu.

Aber dann beruhigte ich mich wieder. Es sah ihm nicht ähnlich, mir gegenüber war er immer fair gewesen. Außerdem – woher hätte er wissen sollen, dass Sean und ich uns schon am Wochenende über den Weg gelaufen waren? Oder dass ich von seiner Adoption durch meinen Vater nichts gewusst hatte. Beide, Raymond und Sean, sahen mich an.

„Na schön. Nun weiß ich es. Von mir aus kannst du weiterlesen, Ray."

Er schlug die Akte wieder auf.

„Die vor mir erschienenen Personen sind mir persönlich bekannt, beziehungsweise haben sich durch Personenstandsdokumente ausgewiesen. Ich eröffne nun den Erben den letzten Willen von Doktor Kenneth McLean, zuletzt wohnhaft auf Eldridge Hall, New Haven.

Ich setze meine Enkeltochter Julia McLean und meinen Enkelsohn Sean Drumont zu gleichen Teilen als meine Generalerben ein. Es ist mein ausdrücklicher Wunsch, dass beide den Besitz gemeinsam verwalten, über ihn beschließen und ihn einvernehmlich einer sinnvollen Nutzung zuführen. Sollten sie beide oder einer von ihnen das Erbe nicht annehmen können oder wollen, geht Eldridge Hall an die Stadt New Haven."

Raymond verlas noch, dass das Testament vor fünf Jahren im Beisein von Doktor Connolly, dem Altinhaber der Kanzlei, aufgesetzt und bei Gericht hinterlegt worden war.

„Gehört und zur Kenntnis genommen, heute am zwölften Oktober ..." Er unterbrach sich.

„Habt ihr das verstanden? Ihr bekommt Eldridge Hall nur, wenn ihr es beide zusammen nehmt! Ohne Wenn und Aber."

Wenn ich Eldridge Hall haben wollte, blieb mir keine Wahl. Ich sah Sean an und er mich. Mir war noch nie im Leben so wenig wohl bei einer Entscheidung gewesen, aber ich musste wohl. Eldridge Hall war ein wundervolles Haus. Allein der Park lohnte die Unterschrift.

„Machen wir es?"

Sean sah mich an. Er zuckte mit den Schultern und reichte mir einen Stift. Wunderbar! Damit blieb es an mir hängen.

„Na schön." Mein Mund war trocken, als ich unterschrieb.

„Hervorragend!", sagte Ray. Hier, bitte, Mister Drumont."

Sean setzte seinen Namenszug ebenfalls auf die dafür vorgesehene Linie. Er lächelte ein wenig schief.

„Verstehst du jetzt, warum ich gestern sagte, ich wüsste noch nicht, ob ich nicht schon heute nach London zurückfahre? Ich wusste nicht, was im Testament des alten McLean stand und erst recht nicht, dass du meine Miterbin bist. Meine Einladung gilt immer noch. Wir müssen uns unbedingt unterhalten, Julia."

„Allerdings!"

Kapitel 11

Kathleen: Silvester 1979

„Was soll das bedeuten, Alec? Wir haben jedes Silvester mit unseren Freunden im Reitclub gefeiert! Wie soll ich das Alice Munroe erklären? Sie kennt dich seit deiner Kindheit und möchte sicher gern hören, was du in diesem Architekturbüro machst."

Alice Munroe, das war die, deren Mann seinen Bentley neuerdings in die Werkstatt von Kathleens Dad brachte. Ein Neukunde von mehreren, die er ihrer Heirat mit Alec verdankte.

„Sie wird dieses Mal auf mich verzichten müssen. Wir haben nachher einen Auftritt." Alec setzte die Tasse zurück auf die Untertasse.

„Im *George's*? Mit Kathleen? Schon wieder? Das wird langsam lächerlich, Junge!" Ihre Schwiegermutter schoss ihr einen Blick zu, der nichts Gutes verhieß, wenn Alec nach den Feiertagen wieder in London war. Als ob sie ihn noch extra dazu anstiften müsste, im Pub zu spielen! Kathleen konnte *Moonlight Serenade* allmählich nicht mehr hören.

Sie hoffte sehr, dass es kommende Woche nicht regnete. Die Fuchsjagdsaison stand bevor, und Lady Elinor musste ihren geliebten Wallach Belfegor trainieren. Er war ein hochbeiniges, bösartiges Vieh, das bei jedem, außer bei seiner Herrin, die Ohren anlegte. Ihre Schwiegermutter hatte Kathleen einmal in den Stall mitgenommen und sie brauchte es nicht noch einmal, dass eine Tonne purer Muskeln nach ihr schnappte. Sie war aber gern bereit, für gutes Wetter zu beten. Wenn Lady Elinors tägliche Ausritte ins Wasser fielen, wurden die Tage bis zu Alecs Rückkehr nach Eldridge Hall noch unerträglicher.

„Alec, ich möchte, dass du Whittaker absagst! Es geht nicht, dass …"

Ihr Schwiegervater tauchte raschelnd hinter seiner Zeitung auf. „Nun lass ihn doch, Ellie. Die Kinder haben ihr eigenes Leben. Außerdem wird Gordy heute keinen Ersatz mehr für Alec auftreiben können. Willst du, dass er ihn für die Umsatzeinbußen in Regress nimmt?"

„Nein. Natürlich nicht." Alecs Mutter runzelte die Stirn, beließ es aber dann dabei.

Schweigen senkte sich über den Salon. Der Doktor vertiefte sich wieder in die *Times*, Alec rührte in seiner Tasse. Lady Elinor saß kerzengerade. Nach einem Augenblick gab sie ihre starre Haltung auf und ging zu dem Tablett-Tischchen, auf dem eine Etagere mit sehr trockenem Shortbread, zwei Scones und einer Reihe Gurkensandwiches stand. Sie lud eines der sauber zugeschnittenen Dreiecke auf ihren Teller und setzte sich wieder neben Alec auf die Couch. Sie balancierte den Teller auf den Knien und schnitt das Sandwich noch einmal in zwei kleinere Häppchen, von denen sie eines davon geziert zum Mund führte.

Kathleens Hände lagen in ihrem Schoß. Unter der Teetasse. Das half, denn sie musste sich sehr beherrschen. Diese geheiligten Traditionen, die nicht durchbrochen werden durften, gingen ihr auf den Keks. Der Fünf Uhr Tee musste auf Eldridge Hall im Salon genommen werden, obwohl es hier keinen Tisch gab, an dem man bequem hätte essen können. Bei einer größeren Gesellschaft sah sie es ja noch ein, aber doch nicht, wenn sie nur zu viert waren. Dass Alecs Weigerung, seine Eltern zu der traditionellen Silvesterfeier im Reitclub zu begleiten, dieses Mal nicht zu einer Debatte geführt hatte, war auch ein Wunder. Kathleen hatte schon geglaubt, das Wort Nachgeben käme in Lady Elinors Wörterbuch überhaupt nicht vor. Sie war zum Beispiel noch nicht überzeugt, dass ihre Schwiegermutter das Thema Röcke und Blusen statt Jeans endlich zu den Akten gelegt hatte. Dabei gab Lady Elinor mit ihren ständigen Breeches und Reitstiefeln selbst auch kein gutes Beispiel ab.

„Na schön!" Lady Elinor stand auf und trug ihren Teller zu dem zweiten Tablett-Tischchen, das die silberne Teekanne trug, Milchkännchen und Zuckerdose, und in der zweiten Ebene darunter das benutzte Geschirr. „Aber denk daran, dass du nächstes Jahr deine Termine besser koordinierst."

„Wir werden sehen, Mama."

Eher nicht. Alec konnte sturer sein als ein Maulesel, wenn irgendwer seine Gigs im *George's*, Jazz oder ganz allgemein seine Musik angriff. Er war letzthin sogar laut geworden, als ihm seine Mutter vorgeschlagen hatte, seine Klarinette zu verkaufen oder sie der Feuerwehrkapelle zu überlassen.

Leider vertrat er seinen Standpunkt aber längst nicht immer so energisch. Kathleen wartete zum Beispiel noch darauf, dass er endlich in London eine Bleibe für sie beide suchte. Sie verlangte ja kein Schloss. Zwei Zimmer hätten ihr gereicht. Hauptsache, sie kam hier weg. Sie hatte sogar schon überlegt, ob sie nicht einfach zu ihren Eltern zurückziehen sollte. Lady Elinor störte sie ständig, wenn sie versuchte, sich auf eine zweite Aufnahmeprüfung für das Lehrerseminar vorzubereiten, und wo sie Alec am Wochenende besuchte, war schließlich ziemlich egal.

Er selbst wohnte im Augenblick quasi zur Untermiete bei seinem Boss, im Stockwerk über den Geschäftsräumen. Alec sagte, es sei sehr praktisch, er brauche nur die Treppe hinabzugehen. Vielleicht gab es auch noch einen anderen Grund. Er hatte ihr gestern freudestrahlend anvertraut, dass ihn Finn McDoughal jetzt tatsächlich zum Kompagnon gemacht hatte. Seine Mutter wusste noch nichts davon, er wollte sie zu ihrem Geburtstag Ende Januar damit überraschen. Wie Kathleen ihre Schwiegermutter mittlerweile kannte, würde sie damit kaum zufrieden sein und wahrscheinlich noch bemängeln, dass die neue Firma *McDoughal & McLean* hieße und nicht umgekehrt. Lady Elinor fand in jeder Suppe ein Haar. Kathleen hingegen freute sich. Sie sah auch keinen Grund, Alecs Tätigkeit in London als die in einem Architekturbüro zu verkaufen, wie es seine Mutter ihren Freunden im Reitclub gegenüber tat. Sein Boss leitete eine ganz solide Baufirma, aber in New Haven durfte natürlich nicht der Eindruck entstehen, dass sich Lady Elinors kostbarer Sohn etwa selbst die Finger schmutzig machen musste. Dabei brauchte man nur kurz seine Hände zu betrachten. Wenn er überhaupt Schwielen hatte, stammten sie von der Klarinette.

„Du hast ja noch gar nichts gegessen. Schmecken dir die Gurkensandwiches nicht, liebe Kathleen?" Lady Elinor blickte betont auf die Teetasse in ihren Händen. „Soll dir die Haushälterin etwas anderes bringen? Du musst ein bisschen zulegen. Du weißt schon, warum."

„Nein. Äh … danke, ich wollte sagen: Nein danke, Gurkensandwichs sind völlig okay."

Sie stand hastig auf, holte sich eines davon und biss hinein. Einer von den mit Clotted Cream und mit Lemon Curd gefüllten Scones wäre ihr lieber gewesen, aber den Fehler, tatsächlich davon zu nehmen und damit Lady Elinors Missfallen zu erregen, beging sie nicht noch einmal. Sie ließ sich auch kein zweites Mal diskret von der Haushälterin darüber unterrichten, dass ihre Schwiegermutter die nur dann bestellte, wenn Alec sicher zum Fünf Uhr Tee erschien. Kathleen aß das Gurkensandwich. Es war dünn gebuttert und schmeckte ganz gut. Dass ihr der Appetit fehlte, hatte einen anderen Grund, aber leider nicht den, auf den ihre Schwiegermutter hoffte. Sie wusste noch immer nicht, sollte sie Lady Elinor einfach im Unklaren lassen oder ihr ins Gesicht zu sagen, dass … ja, dass zwischen ihr und ihrem Sohn eben nichts lief. Alec umarmte sie zwar jedes Mal innig, wenn er aus London kam, vor allem, wenn seine Mutter zusah. Und er sagte immer wieder, sie sei das Beste, das ihm hätte passieren können. Aber wenn er es schon am Freitagabend nach Eldridge Hall schaffte, stieg er todmüde aus dem Auto, und am Samstag wurde es nach den Gigs im *George's* immer sehr spät. Sie spielten natürlich jedes Mal noch weiter, wenn Gordy abgesperrt hatte, oft bis in die frühen Morgenstunden hinein. Klar, dass Alec dann am Sonntag bis zum Lunch schlief. Dabei hielt seine Mutter Hof – oder sie besuchten ihre Eltern und aßen bei ihnen – später kam der Fünf Uhr Tee und nach dem Dinner musste Alec packen. Es störte ihn nicht, wenn sie im Bett noch eine ganze Weile las, er drehte ihr dann einfach den Rücken zu. Weil er am nächsten Morgen schon um vier Uhr wieder aufbrechen musste. Wenn er nicht überhaupt noch gleich in der Sonntagnacht zurück nach London fuhr.

Kathleen verstand es ja. Der Job bei McDoughal verlangte, dass er manchmal gleich in der Früh auf einer Baustelle erschien. Aber wenn er seiner Mutter nicht bald klipp und klar sagte, dass sie sich darauf geeinigt hatten, mit einem Baby noch zu warten – dann übernahm sie das. Alec sagte immer, sie müssten einfach den richtigen Zeitpunkt abpassen. Nur kam der wahrscheinlich nie, wenn sie es ihm überließ.

Sie hatte schon überlegt, ihre Eltern um Vermittlung zu bitten. Aber sie wollte ihre Maman und ihren Dad nicht auch noch mit ihren Sorgen belasten. Beide waren in diesen Wochen von so vielen neuen Aufträgen beansprucht, dass ihnen schlicht keine Zeit mehr für die Probleme ihrer Tochter blieb. Ihre Maman stand wahrscheinlich auch heute, an Silvester, bei irgendwem in der Küche und bereitete ein festliches Dinner vor. Während ihr Dad noch bis zum letzten Augenblick für jemanden aus dem Reitclub an dessen Bentley, Alpha Romeo oder Chevrolet schraubte. Damit die Neujahrsausfahrt für Lady Elinors gut betuchte Freunde reibungslos verlief. Wirklich, wenn sie darüber nachdachte, wie gönnerhaft einige dieser Leute ihren Dad behandelten, ergriff sie der Zorn.

Die Uhr auf dem Kaminsims schlug sechs. Endlich! Ihr Schwiegervater faltete die Zeitung zusammen, trank seine Tasse aus und gab damit das Zeichen zu Aufbruch. Er stand auf. „Ellie, meine Liebe, wir müssen. Wenn ich dich bitten darf?"

„Natürlich, Kenneth." Sie sah Alec an. „Wollt ihr euch nicht ebenfalls umziehen? Ich meine, es ist Silvester!"

„Meine Güte, Mama! Das *George's* ist nicht Buckingham Palace."

„Nein. Wohl kaum. Da hast du recht." Ihre Schwiegermutter seufzte. Wahrscheinlich galten sie bei ihr nun beide als hoffnungsloser Fall.

Lady Elinor erhob sich, legte ihrem Mann die Hand in die Ellenbeuge und ließ sich von ihm aus dem Salon führen. Wie die Königinmutter! Kathleen unterdrückte mit Mühe ein Augenrollen. Alec grinste. Es war nur traurig, dass er nur dann mutig wurde, wenn ihm seine Mutter den Rücken zukehrte.

Er griff zur *Times*, faltete sie wieder auf und fing an zu lesen. Aber sie kannte ihn inzwischen gut genug. In Wirklichkeit lauschte er den sich entfernenden Schritten seiner Eltern. Der Doktor und Lady Elinor durchquerten die Halle und stiegen die Treppe hinauf.

„Was ein Glück, dass die Stufen dermaßen laut knarren, nicht wahr, Alec?"

Er warf ihr einen irritierten Blick zu. „Wir brauchen uns erst später feinzumachen."

Sie verdaute das. Normalerweise gingen sie in ihren Alltagsklamotten in den Pub. Fein gemacht hatte sich Alec nur einmal, an jenem Abend, an dem sie sich kennengelernt hatten. Zur Missbilligung seiner Mutter. Lady Elinor mochte den weißen Bühnenanzug nicht. Er hing außerdem wahrscheinlich in London. Kathleen wusste es nicht, sie durchstöberte im Gegensatz zu seiner Mutter ja auch nicht seinen Kleiderschrank. Schlimm, dass das Lady Elinor noch nicht einmal peinlich gewesen war, als sie von ihr dabei überrascht worden war. Ihre Schwiegermutter ließ wirklich kein Klischee aus.

„Was willst du anziehen?“

Unwahrscheinlich, dass Alec zum Beispiel den Anzug wählen würde, den er zur Hochzeit getragen hatte. Sie wusste, dass er auch einen Kilt in den McLean-Farben besaß, weil noch am Tag der Trauung deswegen beinahe Streit ausgebrochen war. Seine Mutter hätte ihn gern darin gesehen.

„Was ich anziehe? Meinem neuen Anzug. Ich war in der Carnaby Street. In dem Laden, in dem auch Elton John einkauft.“

„Du hast das richtig geplant, oder?“

Wahrscheinlich kamen wieder Freunde von ihm aus London. Kathleen beschloss, ihre modernsten Teile anzuziehen, den engen schwarzen Rock und die blaue Seidenbluse. Sie hatte sie eigentlich dafür gekauft, wenn sie in London oder wenigstens Glasgow abends einmal schick ausgingen. Das war bisher nie passiert.

„Wieso? Was willst du damit andeuten?“

„Nichts, Alec. Ich habe nur laut gedacht.“

Er legte ihr eine Hand auf den Arm. Die Geste kam so überraschend, dass sie erschrak.

„Kath, heute Abend ist unter anderem Robbie da. Er ist mein bester Freund, aber er war das letzte halbe Jahr mit dem National Trust in Japan. Deshalb konnte er auch nicht zu unserer Hochzeit kommen."

„Verstehe. Du willst, dass ich einen guten Eindruck mache."

„Pst, Kath! Missversteh mich nicht. Ich bin nicht meine Mutter." Er legte die Zeitung zusammen, genauso pedantisch wie sein Vater, stand auf und ging zur Tür. „Komm! Sie fahren weg."

Sie hörte das Röhren auch. Der vorsintflutliche Rolls-Royce des Doktors parkte normalerweise immer unten beim Gärtnerhaus, Lady Elinor ertrug den Gestank unter ihren Fenstern nicht. Die blauen Abgaswolken waren aber nicht das Schlimmste. Kathleens Schlafzimmer lag auf der Südseite, sie roch dadurch nichts. Doch den Lärm bekam sie mit. Wenn der Doktor mitten in der Nacht zu einem Notfall startete, fiel sie jedes Mal vor Schreck fast aus dem Bett.

Kathleen folgte ihrem Mann hinauf in den ersten Stock. Alec ging langsam, er lauschte scheinbar immer noch. Obwohl nicht einmal seine Mutter so weit ging, dass sie ihren Mann allein vorschickte, weil sie sich in ihrem Boudoir noch für die Silvesterfeier im Reitclub hübsch machen wollte. Wahrscheinlich erschien sie dort einfach wieder in ihrem Tweedkostüm oder, weil Silvester war, in dem kleinen Schwarzen mit Nerzstola, das sie anlässlich der ersten Einladung von Kathleens Eltern und auch am Wochenende darauf zur Verlobungsfeier getragen hatte. Wenn sie an die bemühten Gespräche zwischen Alecs Eltern und ihren dachte, wurde ihr heute noch schlecht.

Alec öffnete ihre Schlafzimmertür und fluchte. „Das ist jetzt nicht wahr!"

Auf dem Bett lag der McLean-Kilt. Er packte ihn, das Diner-Jackett, Hemd, Krawatte, Sporran und was sonst noch alles dazugehörte, mit einem einzigen Griff und beförderte es in seinen Kleiderschrank zurück.

„Jetzt muss das eure Haushälterin wieder bügeln."

„Ich habe sie nicht darum gebeten, dass sie den Kilt herauslegt."

„Ich schätze, das war deine Mutter."

„Das macht es nicht besser." Er zog einen großen Karton unter dem Bett heraus, warf ihn auf die Tagesdecke und öffnete ihn. Alec hielt einen Oversized-Blazer in Pink und ein Paar hellgrauer, irre weiter Bundfaltenhosen hoch. „Ist das nicht todschick?"

Er knöpfte sein Hemd auf, stieg aus den Jeans, schlüpfte in die grauen Bundfaltenhosen und merkte erst, als er den Reißverschluss hochzog, dass sie immer noch vor ihm stand.

„Was ist? Willst du dich nicht auch umziehen? Bis du fertig bist, kann ich mir sicher deine Schminktasche borgen."

Er schnappte sie sich von ihrem Nachttisch, ebenso ein schwarzes Hemd aus seinem Schrank, und verschwand mit allem im Bad.

Sie hörte, wie er das Wasser aufdrehte und das Brummen des Rasierapparates. Kathleen zog sich einigermaßen fassungslos aus. Alec sah selbst in Jeans immer wie aus dem Ei gepellt aus, aber dass er sich schminkte, war ihr neu. Sie hatte auch den Verdacht, dass er die goldenen Lichter seines neuerdings hochmodern kurz gestutzten Deckhaars nicht der Londoner Sonne verdankte. Vorne kurz, hinten lang, seltsam, dass Lady Elinor das noch nicht kommentiert hatte!

Kathleen schlüpfte in Bluse und Rock. Der Bund saß ziemlich locker. Sie hatte in den letzten Wochen sehr abgenommen. Ihre Maman sagte, sie sehe schlecht aus. Sie schlang sich einen breiten Gürtel um, der zum Glück keine Löcher besaß, sondern gebunden wurde und sich darum immer ihrer Taillenweite anpasste.

„Noch etwas: Könntest du die Kreolen dazu tragen, die ich dir zu Weihnachten geschenkt habe?" Alec steckte mit ihrem Lippenstift in der Hand den Kopf durch die halb geöffnete Badezimmertür. Er hatte sich das Gesicht gepudert, Kajal aufgetragen und sich die Wimpern getuscht – in Windeseile. Er sah beinahe aus wie David Bowie.

„Das machst du aber auch nicht zum ersten Mal, Alec …"

„Scheinwerferlicht ist grell." Er zuckte mit den Schultern und warf ihr die Schminktasche zu. „Du brauchst sie sicher auch noch. Vielen Dank übrigens."

„Gern geschehen. Alec – wer kommt heute? Außer deinem Freund Robbie?"

„Ja gut, schon noch ein paar andere Leute …" Er senkte den Kopf. „Kath, ich kriege vielleicht die Chance, in einem richtig angesagten Club auftreten zu dürfen. Es ist aber reiner Jazz."

„Du meinst: ohne Sängerin."

„Ja." Er schien erleichtert, dass sie es ruhig aufnahm. „Soll ich dir mit dem Makeup helfen?"

„Danke. Ich schaffe das schon."

Kapitel 12

Julia: Immer noch der vierzehnte Oktober 2019, Montag

Ich hatte meiner Grandmère nichts von dem Picknick mit Sean am Sonntag erzählt. Einfach, weil ich irgendwann angefangen hatte, Niederlagen für mich zu behalten. Bis vor kurzem waren zwischen unseren Treffen immer Monate vergangen, und es hatte ihr nur Kummer bereitet, wenn ich ihr von einem Jobangebot oder einer aufkeimenden Beziehung berichtet hatte und bei unserem nächsten Wiedersehen gestehen musste, dass nichts daraus geworden war. Das Ergebnis der Testamentseröffnung konnte ich ihr aber leider nicht verheimlichen. Sie las es mir vom Gesicht ab, als sie mir die Tür zu ihrem verführerisch nach Zimt duftenden Zimmer im ersten Stock der Seniorenresidenz öffnete.

„Du hast Eldridge Hall also nicht gekriegt. Schade." Sie seufzte, aber ihr Gesicht hellte sich sofort wieder auf.

„Na macht nichts, macht nichts! Du findest bestimmt etwas Besseres. Komm herein, setz dich."

Sie gab mir den Weg zu ihrem Sofa frei, das ich schon aus ihrer alten Küche kannte. Es stand grundsolide auf vier Beinen, sah trotz des neuen Bezugsstoffs ziemlich nach Vintage aus und hatte alle Umzüge ihres Lebens mitgemacht. Den aus der Bretagne nach New Haven, von dort nach Glasgow, zweimal noch innerhalb dieser Stadt und zuletzt, vor mittlerweile zwei Jahren, wieder nach New Haven zurück. Jetzt stand es Rücken an Rücken mit ihrem großen Kleiderschrank, der als Raumteiler zwischen dem Wohnbereich mit Blumenfenster, Fernseher und ihrem Himmelbett diente. Ich zog den Sessel vom Couchtisch zurück, der dem Sofa gegenüberstand, und setzte mich.

„Memère, ich *habe* Eldridge Hall geerbt."

„Also doch! Wunderbar! Aber wo ist dann das Problem?" Sie ließ sich auf ihrem angestammten Platz auf dem Sofa nieder und schob mir eine Schale mit frisch gebackenen Snickerdoodles über den Tisch.

„Ich dachte Zimtplätzchen gehen immer. Zur Feier des Tages oder als Trost." Meine Grandmère schenkte mir eine halbe Tasse starken schwarzen Tee aus ihrer kleinen Porzellankanne ein und deutete auf den Beistelltisch, auf dem ihre alte Milch- und Zucker-Menagerie und ihr Samowar standen. Das heiße Wasser sang.

„Es ist deine Lieblingssorte, Broken Orange Pekoe. Du verdünnst ihn dir bitte selbst."

„Danke. Den kann ich jetzt wirklich gebrauchen." Ich stand auf, bediente mich und kehrte wieder zu meinem Sitzplatz ihr gegenüber zurück. Es war unser Ritual. Wenn wir zusammen Tee tranken, auch früher mit meiner Mutter, hatten wir uns immer über den Tisch hinweg unterhalten. Keinem von uns wäre im Traum eingefallen, sich neben ihr auf dem Sofa niederzulassen. Der Platz an ihrer Seite hatte meinem Grandpa gehört. Meine Grandmère machte eine kleine, ungeduldige Geste.

„Spann mich nicht länger auf die Folter! Was ist nun mit Eldridge Hall?“

„Ich muss es mit Sean Drumont teilen, Memère.“

„Dem Golfplatzbetreiber? Ist dein Großvater Kenneth verrückt geworden?“

„Sean Drumont ist mein Halbbruder, Mémère. Adoptiert von meinem Vater.“

„Was?! Das darf doch nicht wahr sein! Wie konnte Alec nur! So eine Gemeinheit.“

„Du hast das gewusst?“

„Nein! Absolut nicht! Denkst du, ich hätte dir das dein ganzes Leben lang verheimlicht? Er muss das gemacht haben, nachdem wir nach Glasgow umgezogen waren. Verdammt!“ Sie schnappte sich eines der Zierkissen, das auf dem Sofa lag, und schlug mehrmals darauf ein. Damit war ihr Ärger wieder verpufft. Sie legte das Kissen beiseite.

„Sean Drumont behauptet also, er sei nicht der leibliche Sohn deines Vaters? Das ist seltsam. Aber schließlich ... ich weiß wirklich nicht, was ich dazu sagen soll.“ Sie rieb sich die Nase. „Deine Mutter hat ja leider komplett zugemacht, was ihre Scheidung anging. Man konnte nichts aus ihr herausbringen.“

„Hat sie nie mit euch darüber geredet?“

„Nein. Wenn du davon anfingst, kam von ihrer Seite nur eines – Schweigen. Aber ich weiß, dass dein Vater schon während seiner Ehe mit deiner Mutter in London mit einer anderen zusammengelebt hat. Das war auch das Hauptargument, das Lady Elinor dem Scheidungsanwalt gegenüber anführte: Zerrüttung.“

„Soll das heißen, meine Großmutter hat die Scheidung vorangetrieben? Nicht meine Mutter?"

„Ach Gott, die doch nicht! Wenn sich Lady Elinor nicht massiv eingemischt hätte, hätten sie und Alec sich vielleicht nie getrennt. Obwohl ich wirklich nicht weiß, welchen Narren deine Mutter an deinem Vater gefressen hatte. Er war viel zu weich." Meine Grandmère griff selbst nach einem Keks. „Nimm doch, Liebchen! Extra heute Morgen für dich gebacken. Mit frischer Butter!"

„In der Teeküche?" Um die ich meine Grandmère sehr beneidete. Verglichen mit der spartanischen Ausstattung der Küchenzeile in meinem Bambusheim stand ihr dort alles zur Verfügung, das das Herz einer Hobbyköchin nur begehren konnte.

Meine Grandmère nahm sich noch einen Keks und schüttelte den Kopf.

„Unten, in der großen Küche. Mit zwei Backröhren ging es auf einen Rutsch."

„Hat eure Diätassistentin keinen Anfall bekommen?"

„Hat sie! Aber ich habe ihr vorgerechnet, dass zweihundertfünfzig Milligramm Cholesterin auf hundert Gramm Butter bei einem Backergebnis von achtundvierzig Stück vernachlässigt werden können. Außerdem müssen sich alle auf meinem Flur die Snickerdoodles teilen."

„Die, die wir übrig lassen. Das hast du der guten Frau doch sicher verschwiegen."

„Bist du still!" Sie grinste vergnügt. „Zurück zu deinem Vater. Deine Mutter hat leider nie ein Wort darüber verloren, was damals wirklich zwischen ihr und ihm gelaufen ist. Aber wenn ich jetzt darüber nachdenke, hat sie das mit deinem Halbbruder möglicherweise gewusst. Es würde zumindest erklären, warum sie absolut keinen Unterhalt von Alec annehmen wollte. Ich war sehr verärgert über sie, als ich es erfuhr. Sie hätte sich damit nicht um ein Stipendium für das Lehrerseminar bewerben müssen."

„Du weißt also nichts."

„Nur das, was ich dir gerade erzählt habe. Du hast es doch selbst miterlebt: Sobald die Rede auf ihre Ehe kam, bist du bei deiner Mutter wie gegen eine Mauer gerannt. Vielleicht hätte ich später alles aus ihr herauskitzeln können, als wir in Glasgow lebten. Aber ich hatte nach dem Unglück in der Gärtnerei lange nicht die Kraft dazu."

„Mach dir keinen Kopf. Ihr wart alle für mich da. Ich habe nie einen Vater gebraucht."

„Aber du hättest ein Recht darauf gehabt, Alec wenigstens kennenzulernen."

„Nun, ich weiß immerhin, dass er genauso gerne Tee getrunken hat wie ich. Das hat mir meine Mutter noch erzählt. Leider erst ganz zum Schluss. Als sie schon sehr schwach war."

„Entschuldige, aber da muss sie etwas verwechselt haben. Wenn sie bei uns waren, wollte Alec immer Kaffee! Aber vergessen wir das. Hast du schon mit Drumont über deine Ideen für Eldridge Hall gesprochen?"

„Nein, dazu war keine Zeit. Mir kam das alles ein bisschen zu plötzlich. Es fing schon damit an, dass der Notar Raymond war."

„Tja, bei den vielen Carmichaels, die es in New Haven gibt, konntest du das tatsächlich nicht voraussetzen. Der kleine Ray hat also Karriere gemacht. Und? Ist er immer noch derselbe Herumtreiber? Deine Mutter hat jedes Mal tausend Ängste ausgestanden, wenn ihr beide zusammen unterwegs wart."

„Davon weiß ich ja gar nichts!"

„Sie hat es gar nicht gerne gesehen. Ich dachte manchmal schon, sie hätte Lady Elinors Vorurteile übernommen. Im Sinne von: Die Herrschenden und die Arbeiterklasse haben nichts gemeinsam. Weil Robbie, Raymonds Vater, und sein Großvater doch nacheinander auf Eldridge Hall Gärtner waren."

„Was? Raymonds Vater auch? Von Onkel Bob wusste ich das, aber von ihm nicht. Lassen wir das einmal beiseite, Mémère. Was nun Sean Drumont angeht: Vielleicht stehen meine Chancen gar nicht so schlecht. Ich habe dir doch erzählt, dass ich am Samstagnachmittag in der Küche des Golfclubs eingesprungen bin. Dort habe ich zufällig gehört, dass er selbst auch ein Hotel bauen will. Vielleicht will er Eldridge Hall gar nicht. Wir treffen uns nachher um sechs im *George's*."

„Ein Arbeitsessen ist immer eine gute Grundlage für Verhandlungen." Sie nickte. „Außerdem kocht Georgie sehr anständig. Grüße sie bitte von mir."

„Werde ich, Mémère. Gerne. Ich sie eigentlich eine geborene Carmichael?"

„Nein, angeheiratet. Aber man verliert bei Raymonds zahlreicher Verwandtschaft tatsächlich leicht den Überblick. Und nun ab mit dir! Mach dich hübsch für diesen Sean."

„Er ist mein Halbbruder!"

„Nur dem Gesetz nach. Außerdem schadet es nie, einem Mann einen erfreulichen Anblick zu bieten. Such dir aber etwas Wärmeres aus deinem Schrank aus.

Dieser Businessanzug ist zwar sehr schick, aber mein Knie sagt, wir kriegen heute Nacht wieder Frost."

Sie hatte recht. Der Abendhimmel leuchtete in verräterischem, kalten Pink, als ich die Seniorenresidenz verließ, und der Wind hatte auf Nord gedreht. Ich brauchte nur wenige Minuten bis zu meinem Auto, aber die blies es mich in meinem schicken Businessoutfit gut durch. Meine Füße waren wie Eis und tauten auch auf der kurzen Strecke nach Hause trotz voll aufgedrehter Klimaanlage nicht mehr auf. Ich ging in meinem Bambusdschungel kurzentschlossen unter die Dusche und kam prompt zwanzig Minuten zu spät zu meiner Verabredung mit Sean.

„Entschuldigung, ich bin aufgehalten worden."

„Hauptsache, du kommst überhaupt." Er stand auf, als ich näherkam, und half mir höflich aus dem Dufflecoat. Dieses Mal war ich wettermäßig kein Risiko eingegangen.

Viel hatte sich im *George's* seit meiner Kindheit nicht geändert. Rechts stand eine altmodische Bar, über deren Tresen Gläser und Flaschen Platz fanden. Die Wände waren bis auf Kopfhöhe mit dunklem Holz vertäfelt, und wer essen wollte, konnte an einem der Tische an der linken Wand Platz nehmen. Dass der Pub ausgezeichnete Fish & Chips anbot, wusste Sean bereits. Doch abends war das Angebot umfangreicher. Auf Georgies Schiefertafel standen gebratene Seezunge, Meeraal und Kabeljau. Ich sah auf seinem Tisch aber nur eine leere Teetasse und ein frisch eingeschenktes Glas Ale.

„Du hättest gerne schon bestellen dürfen." Ich setzte mich ihm gegenüber.

„Auf eine so hübsche Frau wie dich wartet man doch gern. Der Pulli steht dir." Er lächelte mich an. Sean hatte für mich den geschützteren Platz gewählt, mit freiem Blick zur Eingangstür. Er selbst saß mit dem Rücken dazu.

„Kein Fan von Businessanzügen und Seidenblusen?" Ich trug zum Kaschmirpullover Jeans und in meinen heiß geliebten Doc Martens dicke Socken. Beides würde meine Füße hoffentlich warmhalten.

„Ich mag alles, was du trägst. Aber auf mich wirkst du in diesen Sachen authentischer. Wie die wahre Julia. Eine, die alles anpacken kann, was sie will."

„So? Na, ich nehme es mal als Kompliment."

„Ich halte dich für sehr kompetent. Genau das, was ich für mein Projekt brauche. Schau ..." Sean zog einen Plan aus einer großen Papprolle, die hinter ihm auf der Wandvertäfelung lehnte. Er breitete ihn auf dem Tisch aus und beschwerte die Ecken mit seinem Glas Ale und der leeren Teetasse. „Das ist das Grundstück, das wir beide geerbt haben."

Es war größer als ich geahnt hatte. Der Park rund um Eldridge Hall, den ich mit meiner Grandmère erkundet hatte, stellte nur einen kleinen Teil des Geländes dar. Es zog sich im Süden den gesamten Abhang bis an die Grenze des Golfplatzes hinab. Dass die überwiegende Mehrzahl der Bäume genau wie Gärtnerhaus und Landsitz in roter Farbe eingetragen war, machte mich allerdings misstrauisch. Vor allem, weil quer darüber, schwarz eingezeichnet, nicht weniger als acht Doppelhäuser und am Rand des Golfplatzes ein größeres Gebäude lagen. Außerdem gab es überall neue, gestrichelte Zufahrtswege. Am Fuß des Plans stand *Neubau eines Appartementhotels* zu lesen.

„Du willst Eldridge Hall abreißen? Das darf doch nicht wahr sein!"

„Beruhige dich erst einmal." Sean setzte sich auf den Stuhl neben mich. „Julia, versteh doch: Das Haus ist ein schrecklicher alter Kasten: riesige, hohe Zimmer, sanitäre Einrichtungen ohne jeden Komfort und eine vorsintflutliche Küche.

„Aber – das kann man doch alles renovieren!"

„Weißt du, was das kostet? Nein, Julia! Es kommt uns tausendmal billiger, den ganzen Krempel einzureißen."

„Und alle alten Bäume zu fällen? Da mache ich nicht mit!"

„Bäume kann man wieder pflanzen." Er zuckte mit den Schultern. „Du darfst dich gerne mit Ideen beteiligen, wenn wir mit dem Gartenarchitekten verhandeln. Schau, wir könnten deine Expertise im Hotelfach sehr gut gebrauchen. Ich würde mich ausgesprochen glücklich schätzen, wenn du uns auf diesem Gebiet berätst. Vielleicht kann ich dich ja sogar überreden, den Job bei der Ernährungsberatung aufzugeben. Würde es dich nicht reizen, selbst ein Hotel zu leiten?"

„Als was? Geschäftsführerin oder Besitzerin?"

„Julia, ich fürchte, du hast nicht den Stand für eine echte Beteiligung an dem Projekt."

„Wer sagt das?"

„Okay, vergessen wir diesen Punkt im Augenblick."

„Nein, das tun wir nicht! Im Testament meines Großvaters steht ausdrücklich, dass wir Eldridge Hall nur bekommen, wenn wir es gemeinsam nutzen."

„Aber das tun wir doch! Wir können es einreißen, verkaufen, alles was wir wollen. Wir müssen es nur einvernehmlich tun. Ich brauche lediglich deine Zustimmung, dann kann ich nächste Woche anfangen.“

„Die Bagger stehen schon bereit, oder wie? Das kannst du mit mir nicht machen, Sean Drumont!“

„Doch. Dein Freund Raymond meint, das geht.“

Mir lag auf der Zunge, dass Ray nicht mein Freund war, sondern eher eine Art großer Bruder. Himmel, ich hatte ihn schon mit Zahnlücken und aufgeschlagenen Knien gekannt. Allerdings hatten wir uns nach meinem Wegzug nach Glasgow nur noch ein einziges Mal gesehen: bei der Beerdigung meiner Mutter. Da war Ray knapp über zwanzig gewesen. Ich gab gerne zu, dass er sich über die Jahre zu einem gut aussehenden Mann entwickelt hatte. Wenn man eine Igelfrisur und ein jungenhaftes Grinsen attraktiv fand. Aber das war hier nicht der Punkt, und es ging Sean vor allem überhaupt nichts an.

„Schau, Julia. Du warst doch selbst am Samstag in der Küche und hast für die Investoren gekocht, die ich nach Eldridge Hall eingeladen hatte.“

„Ihr wart auf dem Landsitz?“

Selbstverständlich haben wir das Haus und den Park besichtigt. Raymond war auch dabei.“

„Verflucht! Ich habe es noch nie gesehen.“

„Bist du dort nicht aufgewachsen?“

„Nein. Ich war noch ein Baby, als meine Mutter zu meinen Großeltern zurückkehrte.“

„Dann hast du keine Erinnerungen mehr daran.“

„Deswegen darfst du es trotzdem nicht einreißen. Es gibt in dreißig Meilen Entfernung keinen Landsitz wie diesen. Wir sollten ihn unbedingt erhalten."

„Warum?" Er schien ehrlich überrascht. „Eldridge Hall ist zu nichts zu gebrauchen. Deshalb haben wir ja diesen Plan gefasst. New Haven fehlt bisher ein Hotel in der High-End-Klasse."

„Sean, wenn ich den Bauplan richtig interpretiere, sind diese Doppelhäuser bessere Ferienwohnungen! Damit ziehst du nur Mittelklassepublikum an. Die Reichen und die Schönen laufen nicht zwanzig oder fünfzig Meter durch Wind und Wetter zu Wellnessanwendungen oder in ein Restaurant. Sie möchten auch nicht in einem Studio oder einer Suite selbst ihr Frühstück bereiten oder gar kochen."

„Wir könnten Butlerservice anbieten."

„Ohne Pool für jede Wohneinheit und Privatgarten? Nein. Tut mir leid, aber das wird ein Flop, Sean. Du hast nur eine Chance, wenn du Eldridge Hall zum Gesamtkunstwerk stylst. Lass uns den Landsitz in ein kleines, aber feines Luxushotel in einem verwunschenen Park mit alten Bäumen verwandeln. Richtig auf Reisemessen und im Internet positioniert, wird das ein Selbstläufer. Warst du noch nie im Ritz oder im Savoy? So, nur kleiner, schicker, kann Eldridge Hall werden."

„Julia, du verstehst das nicht. Das Ding ist doch mindestens aus dem fünfzehnten Jahrhundert!"

„Achtzehnhundertsechzig gebaut. Der Stil nennt sich Scottish Baronial. Allein der Wintergarten auf der Südseite beweist schon, dass das Haus relativ modern ist."

„Oh bitte! Komm mir nicht mit dem Wintergarten. Wir können von Glück reden, wenn dort nicht überall

Feuchtigkeit eingedrungen ist. Ich rieche schon den Schimmel. Und dann die Aufteilung der Räume im Erdgeschoss! Diese Eingangshalle ist heiztechnisch ein Albtraum und Platzverschwendung dazu."

„Jetzt mal langsam, Sean …"

„Du willst einfach nicht hören? Bitte! Hier." Er zog einen weiteren Plan aus der Papprolle.

Er zeigte den Grundriss von Eldridge Hall. Um eine großzügig geschnittene Eingangshalle mit Treppe zum ersten Stock lagen im Süden ein Salon, ein Mittelzimmer und ein Speisezimmer und nach Osten und Westen je drei verhältnismäßig kleine Räume, von denen der mittlere, westlich gelegene kein Fenster besaß. Sehr merkwürdig, aber vielleicht hatten dort Geschirr und das Silber gelagert. Auf der Ostseite erklärte sich das einfacher, dort führte eine Treppe für die Dienerschaft ins Souterrain und nach oben in den ersten Stock.

„Die Küche liegt im Kellergeschoss?"

„Woher weißt du das? Erinnern kannst du dich wohl kaum daran."

„Das war eine auf Indizien gestützte Vermutung."

„Wow! Ich muss dich aber enttäuschen. Sie ist vorsintflutlich ausgestattet. Der armen Frau, die dort kochen musste, stand lediglich ein Kohleherd zur Verfügung."

„Eins von diesen Riesenteilen mit einer Stahlplatte? Aber die sind absolut genial! Jeder Koch, der damit arbeiten darf, küsst dir Hände und Füße!"

„Nur zu. Wange reicht." Sean lehnte sich mir entgegen.

„Du lässt mich ja gerade nicht dort kochen." Ich gab ihm einen Klaps.

„Ernsthaft, Julie …“

„Bitte nenn mich nicht so.“

„Das ist für deinen Freund Raymond reserviert? Ich verstehe.“

„Nein, du verstehst gerade nichts. Lass Ray aus dem Spiel! Ich mache dir einen Vorschlag: Warum überlässt du mir nicht einfach den Landsitz und den oberen Park, und ich mache daraus ein Bio-Hotel. Dann bleibt dir der gesamte Südabhang, um darauf dein Golfhotel zu bauen. Du brauchst nur das Haupthaus zu verbreitern, das ihr plant. Es vielleicht auch um ein, zwei Stockwerke zu erhöhen. Dort kannst du Gästen allen Komfort anbieten, den du in diese Appartementhäuser hineinbauen wolltest, nur alles unter einem Dach, mit Wellness-Bereich und was weiß ich. Wir kämen uns überhaupt nicht ins Gehege.“

„Du hast deine Pläne auch schon komplett fertig, wie?“

„Du vielleicht nicht?“

„Julia, so geht das einfach nicht! Ich schlage vor, wir essen nun und reden heute Abend nicht mehr darüber. Überschlafe meinen Vorschlag. Wenn du nur ein wenig darüber nachdenkst, wirst du feststellen, dass er begründet ist. Und finanzierbar! Ich habe es dir schon einmal gesagt, du hast nicht die Puste dafür. Ich wäre übrigens sogar bereit, dich auszuzahlen. Dann kannst du dir irgendwo anders in Schottland ein altes Herrenhaus suchen und damit glücklich werden.“ Er lehnte sich in seinem Stuhl zurück.

Ich stand auf.

„Kommt nicht infrage. Gut, dass ich nun deinen Standpunkt kenne. Abgelehnt, Sean! Du hast Eldridge

Hall mit mir zusammen geerbt, und du wirst dich mit mir einigen müssen. Und wenn du dich nicht mit mir einigen willst, gibt es eben Krieg! Gute Nacht. Mir ist der Appetit vergangen!"

Ich stürmte hinaus.

Kapitel 13

Kathleen: Silvester 1979

Das *George's* war immer sehr voll, wenn Alec dort spielte, aber heute glich die Geräuschkulisse der in einer Bahnhofshalle. Stammgäste, Nachbarn und Freunde aus ihrer alten Schulklasse und völlig Fremde standen dicht an dicht, als sie sich hinter ihrem Mann durch den Gastraum schob. Alec begrüßte etliche ihr ganz und gar Unbekannte mit freudigen Rufen und, soweit sie in Reichweite standen, auch per Handschlag. Es waren vermutlich Freunde von ihm aus London. Aber er hielt sich natürlich bei keinem von ihnen länger auf, etwa, um sie vorzustellen. Es blieb schlicht keine Zeit dafür, er hätte es sonst den halben Abend nicht auf die Bühne geschafft. Also lächelte sie wenigstens jeden an, bis ihr die Mundwinkel schmerzten.

Sie war wirklich erleichtert, als sie am Fuß der Bühne endlich auf ihre Eltern traf. Ihre Maman und ihr Dad standen bei den Carmichaels, die heute ein jüngerer Mann begleitete. Vielleicht war es der Sohn der Freunde ihrer Eltern. Sie erinnerte sich aus ihrer Kindheit dunkel an einen dünnen Teenager im Gärtnerhaus. Aber das war mindestens zehn Jahre her. Auf jeden Fall sah er ihren Mann, und gleichzeitig sah ihr

Mann ihn. Beide fielen sich mit einem Freudenschrei in die Arme.

„Robbie! Mensch!"

Alecs bester Freund war also der Sohn des Gärtners seiner Mutter. Beide strahlten und störten sich in ihrer Bärenumklammerung auch nicht daran, dass Lady Elinor wie aus dem Nichts neben ihnen und Kathleen auftauchte und sich laut räusperte. So viel zu Alecs Plan, ohne seine Eltern Silvester zu feiern. Ihr Schwiegervater war natürlich auch mitgekommen.

„Hallo, Kathleen. Ich hoffe, du bist nicht zu überrascht."

„Nein."

Ihr Schwiegervater schmunzelte. „Versuche deine Schwiegermutter zu verstehen. Alec hat sich vor seiner Ehe mit dir bei uns sehr rar gemacht. Hat er dir gesagt, wer Robbie ist?"

„Nur dass er in Japan war."

„Typisch unser Sohn! Alec erzählt immer höchstens die Hälfte über Menschen, die ihm wichtig sind. Du musst wissen, dass Robbies Vater in Ostasien noch eine Menge Verbindungen hat. Carmichael und ich waren im Zweiten Weltkrieg gemeinsam dort stationiert. Er geriet aber leider in Kriegsgefangenschaft, wurde interniert und kam erst im Jahr 1948 zurück. Ich habe ihn dann als Gärtner eingestellt, um ihm wieder auf die Beine zu helfen. Unsere Söhne sind praktisch zusammen aufgewachsen."

„Keineswegs, Kenneth! Die Carmichaels hatten nichts mit uns zu tun."

„Alec war im Gärtnerhaus immer herzlich willkommen, das weißt du sehr gut, Ellie."

„Selbstverständlich. Schließlich haben wir sie gut bezahlt!"

„Aber nicht dafür, Ellie." Der Doktor zog das Handgelenk seiner Frau in seine Armbeuge und hinderte sie dadurch geschickt daran, ihrem Sohn und Robbie zu folgen. Kathleens Mann und sein Freund standen jetzt zwischen zwei Tischen an der Wand und verhandelten intensiv über irgendetwas. Robbie blickte dabei immer wieder zu ihr hin. Es irritierte Kathleen, sie war fast froh, als ihr Schwiegervater sie leicht am Arm berührte und sie ihre Aufmerksamkeit wieder ihm zuwenden musste.

„Du wirst Robbie in nächster Zeit wahrscheinlich öfter sehen. Er übernimmt die Pflege des Parks. Mein Kriegskamerad hat einen Teil der aufgelassenen Arbeitergärten unterhalb von Eldridge Hall von mir gepachtet. Die Carmichaels werden gemeinsam dort eine Gärtnerei eröffnen."

„Dann hoffe ich nur, dass sie darüber den Park nicht vernachlässigen!" Lady Elinor setzte an, wollte eindeutig noch etwas dazusetzen und kniff dann doch die Lippen zusammen.

Alec und Robbie kehrten zurück. Kathleens Mann wirkte nicht sehr glücklich.

„Kath, ich muss jetzt auf die Bühne. Das ist Robbie Carmichael." Er wies auf seinen besten Freund. „Robbie – meine Frau Kathleen. Sei so gut, kümmere dich heute Abend um sie, ja?"

„Gern! Hi, Kathleen."

Robbies Lächeln tat ihr gut. Sie hätte am liebsten zurückgelächelt. Er wirkte nett, aber Lady Elinor beobachtete sie und Robbie wie ein Habicht. Kathleen fand ihr Starren peinlich, sie wusste aber nicht, was sie zur Entschärfung der Situation hätte tun können. Zum Glück stand ihr Dad, der mit ihrer Maman und den Carmichaels inzwischen zwei Tische weiter Platz genommen hatte, wieder auf und schlenderte heran.

„Kathy-Kind, Lady Elinor, wie wäre es, wenn wir uns alle zusammensetzten? An unserem Tisch sind noch genau vier Plätze frei. Aber entschließt euch, sonst schnappt sie euch noch jemand weg." Er gab Kathleen und Robbie mit dem Kopf ein Zeichen und packte sie gleichzeitig so hart am Oberarm, dass ihr nichts anderes übrigblieb, als ihm zu folgen.

„Autsch!", flüsterte Robbie dicht an ihrem Ohr. „Mit Lady Elinor? Das ist keine gute Idee."

Definitiv nicht, aber sie hätten sonst wahrscheinlich wirklich nirgends mehr Platz gefunden. Trotzdem war Kathleen irritiert. So kannte sie ihren Dad gar nicht. Sonst bestimmte er doch auch nicht, wo sie im Pub saß oder bei wem.

Ihr Schwiegervater zog Lady Elinor derweil den vordersten Stuhl auf der Seite des Tischs heraus, auf der die Carmichaels saßen. Sie ließ sich mit Leidensmiene nieder, obwohl sie dadurch direkt neben der Tanzfläche saß und als Einzige auf ihrer Tischseite nach Belieben aufstehen konnte. Die Freunde ihrer Eltern mussten an ihr und dem Doktor vorbei, wenn sie zum Beispiel auf die Toilette wollten.

„Hierher, Kathleen!" Ihre Maman erhob sich von ihrem Platz Lady Elinor gegenüber und forderte sie auf, sich dort zu setzen. Gleichzeitig rückten sie und ihr Dad einen Platz weiter, so dass für Robbie nur noch der Platz an der Wand übrig blieb. Er setzte sich auf seinem

Stuhl quer, lehnte den Rücken gegen die Wandvertäfelung und lächelte sie freundlich an. Sie hätte lauthals über das Manöver lachen können. Er hatte dadurch alles perfekt im Blick und natürlich auch sie. Doch sie war nicht so dumm, ihrer Schwiegermutter Munition zu geben. Obwohl ihr Robbies Lächeln das Herz wärmte. Es war fast zärtlich. Alec sah sie leider niemals so an.

Ihre Maman neigte sich zu ihr. „Halte dich von ihm fern. Robbie ist heute nur deshalb allein hier, weil seine junge Frau hochschwanger ist."

„Echt?" Sie erschrak.

„Nein!" Ihre Maman wandte den Blick gen Himmel. „Auf jeden Fall weißt du nun Bescheid!"

Okay, er war vergeben. Aber sie doch auch. Kathleen verstand nicht ganz, warum sie ihre Maman darauf hinwies. Außerdem hatte Alec Robbie doch noch ausdrücklich gebeten, auf sie aufzupassen. Er vertraute ihm.

Auf der Bühne stimmten die Musiker nun ihre Instrumente, und wie immer stach der Silberklang von Alecs Klarinette aus der üblichen Kakophonie heraus. Er spielte heute Abend aber nicht, wie bei den letzten Gigs, mit Mitgliedern der Feuerwehrkapelle. Die entdeckte Kathleen zu ihrer Überraschung im Publikum. Sie warteten genau wie der ganze Pub auf jene kurze Stille, die dem Beginn jedweden Livekonzerts vorausging. Dann gab der Bandleader das Zeichen zum Einsatz, Alec hob die Klarinette, und die jubelnde Perlenschnur eines Moll-Glissandos erklang.

Rhapsody in Blue, Kathleen traten Tränen in die Augen. Alec hatte ihr die Noten der Klavierversion zur

Hochzeit geschenkt, und wenn sie ihn unter der Woche sehr vermisste, setzte sie sich an Lady Elinors Steinway-Flügel und schlug sie auf. Aber sie würde seine Meisterschaft vielleicht nie erreichen. Er spielte so genial, dass der ganze Saal nach dem letzten Ton wie ein Mann auf die Füße sprang. Tosender Applaus brach aus.

„Du hast recht, er ist wirklich zum Musiker geboren." Ihre Maman schrie ihr ins Ohr.

Sie klatschten beide wie verrückt. Es dauerte eine ganze Weile, bis wieder Ruhe einkehrte.

„Danke!" Alec verbeugte sich. „Das war mein Tribut an meine Frau Kathleen, die heute im Publikum sitzt." Er verbeugte sich noch einmal, diesmal in ihre Richtung. „Aber damit soll es mit Jazz-Klassikern für heute genug sein. Ich habe Gordy versprochen, dass wir für euch beliebte Evergreens und Hits spielen."

Er begann nach einer winzigen Pause *Havah Nagilah*, ein israelisches Volkslied, dessen Text *„Lasst uns fröhlich sein"* zwar hundertprozentig die Stimmung im Pub traf, nicht aber die an Kathleens Tisch. Ihre Eltern unterhielten sich mit den Carmichaels und ihrem Schwiegervater, ignorierten jedoch Robbie, der immer noch mit dem Rücken an der Wandvertäfelung lehnte und sie jedes Mal anlächelte, wenn sie in seine Richtung linste. Es war sicher falsch von ihr, dass sie sein Spiel mitmachte. Aber verstohlen den Blick mit Robbie zu kreuzen und sofort wieder wegzusehen, war lustig und weniger anstrengend, als zu versuchen, sich am Gespräch ihrer Eltern zu beteiligen. Sie musste mit ihrer Maman den Kopf zusammenstecken, wenn sie verstehen wollte, was sie sagte, und mit Lady Elinor zu sprechen, die ihr gegenüber sehr gerade auf ihrem Stuhl thronte, war unmöglich. Schlagzeug, Blech und Klarinette und die Gespräche im Pub übertönten alles.

Kathleen wusste, dass sie mit dem Feuer spielte. Sie traute sich zu, beide Carmichaels zu täuschen, schließlich mussten die sich für ihre Unterhaltung genauso auf ihre Eltern konzentrieren wie diese auf sie. Alle vier beugten sich für jeden Satz gefährlich weit vor. Aber sie wollte um nichts in der Welt, dass Lady Elinor bemerkte, was sie hier trieb.

Ihre Schwiegermutter beteiligte sich so gut wie nicht am Tischgespräch, nippte nur mit frostiger Miene an einem Glas Punsch und gab auch dem Doktor, der sich deutlich bemühte, sie aufzutauen, nur einsilbige Antworten. Lady Elinor hatte allerdings die gleiche Entschuldigung wie sie selbst: Im Pub wurde es immer lauter. Aber dafür lief es für Alec auf der Bühne richtig, richtig gut.

Kathleen war nur ein klein wenig traurig, weil er sie angelogen hatte. Er hätte ihr schon früher sagen können, dass er heute mit Profis aus London spielte. Sie wusste, wo sie stand. Ihre Stimme taugte in dieser Band höchstens für den Background-Chor, außerdem spielten Alec und seine Musikerfreunde nur Instrumentalfassungen. Als nächstes Stück *Bésame mucho*, das ihre Maman als eifrige Radiohörerin mitsang. Aber Kathleen war die Lust dazu vergangen. Die Moll-Stimmung des Songs zog ihre eigene nur noch mehr herunter und *In the Ghetto* von Elvis und *You picked a fine time to leave me, Lucille* von Kenny Rogers hellten sie in keiner Weise wieder auf. Sie versank tief in ihrem eigenen Blues und erschrak, als ihr Dad auf einmal von seinem Platz aufstand und durchdringend durch zwei Finger pfiff.

„He! Das sind doch keine Stücke für Silvester! Spielt doch mal was Heiteres!"

Viele Gäste lachten und applaudierten, und der Trompeter zeigte ihrem Dad grinsend den hochgereckten Daumen. Er verständigte sich mit den anderen Musikern und Alec. Auf den Notenständern wurde umgeblättert, und die Band stieg in eine Brass-Version von *All You Need Is Love* von den Beatles ein, die den gesamten Pub zu einem Begeisterungssturm hinriss. Mitten im Trampeln und Johlen winkte ihr Schwiegervater ihre Maman näher und schrie ihr quer über den Tisch etwas ins Ohr. Sie nickte und gab das, was ihr der Doktor gesagt hatte, an ihren Mann weiter. Als Nächstes drehte sie sich zu Kathleen selbst um.

„Deine Schwiegereltern verlassen uns jetzt. Lady Elinor will in den Reitclub, und wir gehen dann auch nach Hause. Ihr jungen Leute wollt doch sicher endlich unter euch sein."

„So alt bist du gar nicht, Maman." Sie war bestimmt fünfzehn Jahre jünger als Lady Elinor oder Mrs Carmichael.

Aber ihre Maman schüttelte lächelnd den Kopf. „Alt und Jung mischt sich nicht gut. Ich wünsche dir und Alec ein frohes neues Jahr und viel Erfolg. Er spielt toll! Aber Kathleen, mir gefällt nicht, wie dich Robbie schon den ganzen Abend ansieht. Pass auf dich auf!"

„Werde ich." Sie wettete darauf, dass er sich nur langweilte. Kathleen umarmte ihre Eltern und verabschiedete sich von den Carmichaels und ihren Schwieger-

eltern. Lady Elinor neigte sich zu ihr und bemühte sich
sogar um ein freundliches Gesicht.

„Liebe Kathleen, du kannst gern mit uns in den Reitclub kommen."

„Danke für die Einladung. Aber Alec wäre sicher enttäuscht, wenn ich nicht hierbliebe."

„Wie du willst." Lady Elinors Gesicht verschloss sich.
Sie blickte betont zu Robbie und wieder zu ihr, zog die
Augenbrauen hoch und ging.

Was hatten sie nur alle? Bei Robbie hatte es wenigstens den Anschein, dass sie ihn interessierte. Davon abgesehen konnten ihre Maman und ihre Schwiegermutter beruhigt sein. Kathleen wusste es besser, als ausgerechnet in Gordys Pub etwas mit Robbie, oder sonst jemandem, anzufangen. Die *Ich-will-aber-nichts-gesagt-
haben* saß wie festgeklebt auf einem Barhocker am Tresen und beobachtete alles und jeden. Sie runzelte
prompt die Stirn, als Robbie aufstand und sich neben
sie setzte. Gleichzeitig kamen aber auch noch fünf
Fremde an ihren Tisch.

„Ist bei euch frei?"

„Klar, bitte. Unsere alten Herrschaften sind gegangen." Robbie lachte.

Kathleen versuchte, einen Blick ihres Mannes auf der
Bühne zu erhaschen. Aber Alec sah zum Bandleader
und begann *In the Year 2525* zu spielen. Die düstere Zu-
kunftsvision, die in dem Song beschworen wurde,
setzte ihr schon an normalen Tagen jedes Mal zu. Sie
fragte sich, was sich Alec dabei gedacht hatte, schon
wieder einen melancholischen Titel auszuwählen.
Aber vielleicht zeichnete dafür auch der Bandleader
verantwortlich. Oder sie hatten sich mit Gordy

abgesprochen, der tatsächlich immer einen Song in
Moll aus seiner Jukebox wählte, bevor er, wie jetzt, das
Licht dimmte und die Schiffsglocke auf den Tresen
stellte, mit der er jeden Abend die Sperrstunde einläu-
tete.

„Geht es dir gut?“ Robbie ergriff ihre kalten Finger.

Kathleen erschrak, aber seine Hand war warm, und
er legte ihre zwischen ihren Stühlen auf seinen Ober-
schenkel, und das konnte die *Ich-will-aber-nichts-gesagt-
haben* unmöglich sehen. Kathleen hoffte es wenigstens.
Sie ließ zu, dass Robbie ihren Daumenmuskel streichelte. Es fühlte sich gut an, wenn auch ziemlich unge-
hörig, intim, aber sie vergaß, sich ihm zu entziehen.
Denn vor ihren Augen geschah ein verspätetes Weih-
nachtswunder:

Die *Ich-will-aber-nichts-gesagt-haben* sah auf die Uhr.
Sie trank ihr Glas aus, knallte es auf die Theke und
stürmte wie gehetzt Richtung Ausgang. Das war das
Zeichen für etliche Nachbarn, ihr zu applaudieren und
für eine Gasse zu sorgen, damit sie den Pub rasch verlassen konnte. Kathleen musste lachen. Sie stellte fest,
dass sich nahezu ganz New Haven wie sie den Hals
nach diesem Abgang verdreht hatte.

„Komm, wir gehen an die Bar. Das müssen wir feiern.“
Robbie zog Kathleen hoch, schlang ihr einen Arm um
die Taille und schob sich wie ein Eisbrecher vor ihr
durch die Menge. „Hallo! Lasst uns bitte durch!“

Gut, dass er kräftig war. Er hob sie mühelos auf den
Barhocker, den die *Ich-will-aber-nichts-gesagt-haben* gerade freigegeben hatte. Es war damit vor Gordys Tresen
auch der einzige.

„Und du?“

„Ich kann sehr gut stehen, Liebes.“

„Was feiern wir eigentlich?“

„Dass es funktioniert hat. Ich habe der *Ich-will-aber-nichts-gesagt-haben* heute Nachmittag einen Zettel mit einer anonymen Botschaft in den Briefkasten geworfen, dass ihr Mann genau jetzt …“, Robbie sah auf seine Armbanduhr, „… pünktlich zur Sperrstunde eine andere bei sich hat. Sie glaubt, dass sie ihn jetzt in flagranti erwischt.“

„Das ist gemein!“

„Nein. Sie erntet bloß mal selbst, was sie hundertmal vorher anderen angetan hat. Außerdem habe ich ihrem Mann auch einen Zettel geschickt. Der ist gewarnt. Gordy – Champagner!“

„Für mich bitte nicht, Robbie. Ich trinke keinen Alkohol.“

„Champagner ist kein Alkohol. Er ist das pure, prickelnde Vergnügen. Du musst ein bisschen leben, Kathleen. Werde locker! Alec wird immer mehr mit seiner Musik verheiratet sein als mit dir.“

Sie spürte seine Körperwärme. Er stand auf Tuchfühlung und leider stimmte, was er sagte. Alec benahm sich ihr gegenüber ritterlich und höflich, seine Mutter hatte ihn zu einem perfekten Gentleman erzogen. Aber er behandelte sie im Grunde wie seine Schwester, während sie Robbie mit Blicken streichelte. Er spielte sanft weiter mit ihren Fingern.

„Du bist bei Lady Elinor sehr allein, stimmt’s?“

„Ja.“ Sie ließ den Kopf hängen. „Sie hält mich für nicht gut genug für Alec.“

„Liebes, du könntest die Königin von Saba sein, und sie würde die Tochter des Kaisers von China für ihn haben wollen. Vergiss den alten Drachen!" Er reichte ihr ein Glas Champagner. „Trink einen Schluck, dann sieht die Welt gleich anders aus. Und dann tanzen wir! Alec hat mit Sicherheit nichts dagegen. Außerdem sieht er alles."

Der Champagner floss kühl und prickelnd ihre Kehle hinab. Merkwürdige Schwere breitete sich in ihrem Magen aus und gleichzeitig stieg sie ihr auch in den Kopf. Wenn die Band nur nicht ausgerechnet *Je t'aime* von Jane Birkin und Serge Gainsbourg begonnen hätte! Die meisten im Pub verstanden wahrscheinlich den Text nicht, wussten nur von dem Skandal, aber Französisch war Kathleens zweite Muttersprache. Ihre Maman vertrat, verglichen mit einigen Müttern ihrer Freunde aus ihrer alten Schulklasse, sehr moderne Ansichten, aber selbst sie nannte *Je t'aime* indezent.

Liebe machen ist die natürlichste Sache der Welt. Aber man breitet das doch nicht auf offener Bühne in aller Deutlichkeit aus.

Gleichzeitig hatte sie aber auch gesagt, es sei völlig normal, wenn sie und Alec sich vor der Ehe ausprobierten.

Wie willst du sonst wissen, ob ihr auch intim zueinander passt?

Nun, das war nicht geschehen. Kathleen wusste nicht, ob es einen Unterschied gemacht hätte. Sie dachte nicht gern an ihre Hochzeitsnacht. Er war seitdem nie mehr so betrunken gewesen. Wenn er immer nur dann mit ihr intim wurde, konnte sie lange warten. Vielleicht lag es ja tatsächlich daran, dass er sich nüchtern irgendwie nicht traute.

Robbie prostete ihr wieder zu und sie trank auch noch einen Schluck. Aus reiner Verzweiflung, weil sowieso schon alles egal war. Kathleen überkam unendliche Traurigkeit. Sie wollte heute Abend nicht mehr nachdenken. Ihr Kopf summte. Sie folgte Robbie widerstandslos auf die Tanzfläche, wo er sie an sich zog. Sie mussten eng tanzen, es ging gar nicht anders, viel zu viele Paare drängten sich um sie aneinander. Etliche schmusten, aber sie selbst machte *Je t'aime* nur noch trauriger. Kathleen schluchzte.

„Na! Pst! Alles wird gut." Robbie schmiegte seine Wange an ihre, sprach leise in ihr Ohr. „Meine Süße, meine Hübsche."

Ihr schwindelte ein bisschen, die langsamen Drehungen des Tanzes und der Champagner vertrugen sich nicht. Kathleen mochte Robbie, aber die Koseworte, die er ihr zuraunte, täuschten sie nicht. Kathleen wusste, was sie von der Härte zu halten hatte, die er gegen ihren Schoß presste. Sie versuchte etwas mehr Abstand zu gewinnen, bekam aber einen Stoß ins Kreuz, der sie erst recht auf Robbie warf. Er lachte.

„Woa!"

„Sorry, Mann. Wollte deiner Freundin nicht zu nahe treten." Ein ihr völlig fremder Mann entschuldigte sich bei ihm. Robbie umschlang sie noch ein bisschen enger.

„Lass mich raten: Alec fasst dich praktisch nie an, und Lady Elinor drängt auf einen Enkel."

Lautlose Tränen liefen ihr über die Wangen. Es war bestimmt der Champagner. Robbie war ihr total fremd, außerdem war er verheiratet. Sie war völlig verrückt, aber sie fühlte sich in seinen Armen geborgen.

„Du hättest ihn nie heiraten dürfen, mein Schatz.“ Robbie streichelte ihren Rücken.

„Ich bin aber nun einmal mit ihm verheiratet.“

Je t'aime verklang. Gordy läutete die Schiffsglocke.

„Die letzten Bestellungen für heute, bitte! In fünf Minuten beginnt das neue Jahr!“

Heute würden alle den Pub verlassen, wenn die Band Pause machte und nach draußen gehen, um das Silvesterfeuerwerk anzusehen. Kathleen wischte sich verstohlen die Tränenspuren von den Wangen. Alec sollte nicht sehen, dass sie geweint hatte, wenn er die Bühne verließ und sich zu ihr und Robbie gesellte.

Der letzte Hit verklang. Aber ihr Mann blieb bei seinen Kumpels aus London auf der Bühne. Sie standen oben, unterhielten sich und lachten. Er blickte nicht ein einziges Mal in ihre Richtung.

„Ich bin nur dafür gut, ihm auf Eldridge Hall den Rücken freizuhalten.“

„Nein, das glaube ich nicht. Alec hat dich sicher ganz gern. Auf seine Weise.“

„Die ist aber nicht meine! Ich dachte, wir hätten viel gemeinsam.“

„Die Musik. Ja, das kann stimmen. Aber ich habe es dir vorhin schon einmal gesagt: Du musst auch ein bisschen selbst leben, Schätzchen. Du hast sonst nichts.“

„Ich wollte aufs Lehrerseminar. Aber sie lässt mich nicht!“

„Lady Elinor, hm?“

„Ich bin so unglücklich.“

„Soll ich dich nach Hause bringen? Du bist ziemlich fertig, Liebes. Komm, wir gehen. Ich kann ja später Alec

Bescheid geben. Er hört vor dem Morgengrauen sicher nicht auf zu spielen.“

Sie verstand nicht, was das eine mit dem anderen zu tun hatte, aber sie ertrug es nicht mehr. Draußen gingen die ersten Silvesterraketen hoch und Alec dachte immer noch nicht daran, von der Bühne zu kommen.

„Okay, Robbie. Wir gehen.“

Kapitel 14

Julia: Der Tag nach der Testamentseröffnung, Oktober 2019

Diesmal weckte mich der Radiowecker mit *Oh, What a Beautiful Morning* aus dem Musical *Oklahoma*. Ich hatte den Film als Kind irgendwann im Fernsehen gesehen, natürlich mit meiner Grandmère, und mochte die Melodie. Doch heute brachte sie mich auf die Palme. Ein schöner Morgen – hatten sie sie in der Musikredaktion des Senders noch alle? Die Sonne ging erst kurz nach sieben auf, außerdem regnete es. Es klang in der Düsternis meines Schlafzimmers zwar nur nach freundlichem Landregen, aber der Tag konnte nur in jeder Hinsicht trüb werden.

Nach dem Gespräch mit Sean gestern Abend war mein Plan gestorben, heute zur Bank zu gehen und dort ein Gespräch über die Finanzierung eines kleinen Bio-Hotels auf Eldridge Hall zu führen. Ich wälzte mich aus dem Bett. Es war natürlich ganz allein meine Schuld. Ich hätte gestern nicht wutschnaubend aus dem *George's* stürmen dürfen.

Emotional zu reagieren ist ein Kardinalfehler, hatte einer meiner Ausbilder gesagt, *ihr begebt euch dadurch in die schlechtere Position.*

Nun konnte ich sehen, wie ich das wieder ausbügelte. Ob es mir gefiel oder nicht, Sean und ich mussten uns über das Landhaus einigen oder es ging an die Stadt.

Ich verließ mein braunes Bambuswäldchen und ging ins Bad. Der Himmel mochte wissen, warum meine Vermieterin für die Tapete im Schlafzimmer ausgerechnet diese deprimierende Farbe gewählt hatte. Jedes Mal, wenn ich die verdorrten Blätter sah, überkam mich der Drang, zur Gießkanne zu greifen. Ich putzte mir die Zähne und wanderte weiter in den Wohnraum und zur Küchenzeile, wo ich den Wasserkocher füllte und einschaltete. Ich brauchte dringend Tee, und weil ich mich nicht zwischen Ceylon und Kenia entscheiden konnte, nahm ich schließlich den Assam. Warum auch nicht! Broken Orange Pekoe, Second Flush aus der Sommerernte, mittlerer Gehalt an zarten Blattknospen. Der Aufguss duftete wunderbar kräftig und malzig. Ich kippte Milch und einem halben Teelöffel Zucker hinein und trank die ersten beiden Tassen noch im Sleepshirt – im Stehen. Das half angeblich beim Nachdenken. Einer meiner früheren Chefs hatte Konferenzen sogar im Gehen abgehalten und darauf geschworen, dass seine Mitarbeiter auf diese Weise am schnellsten zu Entscheidungen fanden. Joggen wäre vermutlich noch effektiver gewesen, doch dazu hatte ich bei dem miesepetrigen Wetter keine Lust.

Das Schlimme war, dass ich Seans Überlegungen sogar nachvollziehen konnte. Eldridge Hall samt Park freizuräumen und eine moderne Hotelanlage darauf zu errichten, kostete wahrscheinlich deutlich weniger und führte schneller zum Erfolg. Es war nur so schade um das alte Haus. Wir verschenkten außerdem eine

Menge Ambiente, Pluspunkte in Nachhaltigkeit und die Möglichkeit, Gästen die charmant-altmodische Atmosphäre eines viktorianischen Landsitzes zu zeigen. Wer Downton Abbey liebte, kam bestimmt nicht zu Sean. Er setzte zu sehr auf modern, auf Masse. Die acht Appartementhäuser, die er errichten wollte, bedeuteten zwar noch kein großes Hotel. In New York hätte man darüber nur gelacht. Aber ich fragte mich, ob ihm klar war, wie viele Stunden er allein für die tägliche Reinigung der vermutlich sechsunddreißig Suiten einrechnen musste.

Dem Personal stand nur die relativ kurze Zeitspanne zur Verfügung, in der die Gäste frühstückten. Ich schätzte, dass zwischen den einzelnen Häusern Wegstrecken von mehreren Kilometern zusammenkamen. Außerdem würden wir sie bei schlechtem Wetter gut und gerne zwei-, wenn nicht sogar dreimal pro Tage reinigen müssen. Gäste, die den Tag nicht auf dem Golfplatz verbringen konnten, wollten nach dem Lunch oder Fünf Uhr Tee nicht dasselbe Chaos in ihren Suiten vorfinden, das sie kurz vorher verlassen hatten. Wenn wir das zuließen, sah ich schlechte Bewertungen auf *Trip Advisor* oder anderen Reiseportalen schon vor mir. Dass der Roomservice ein Problem darstellte, glaubte mir Sean wahrscheinlich auch nicht.

Selbst wenn ihn nicht alle Gäste in Anspruch nahmen, verlangte es eine ausgefeilte Logistik, Speisen wirklich heiß in im Gelände verstreute Häuser zu liefern, und gutes Timing zwischen Küche und Restaurant. Außerdem, das war allerdings mein persönliches Problem, widerstrebten mir die handelsüblichen Transportboxen. Es gab sie in jeder gewünschten

Farbe, und man konnte sie auch schick mit dem Logo des Hotels bedrucken lassen. Aber sie sahen in meinen Augen trotzdem verdammt nach Pizzaservice aus.

Ich spülte meine Tasse und versenkte sie in der Spülmaschine. Mir war klar, dass ich Sean nur mit sehr guten Argumenten von meinem Konzept überzeugen konnte. Außerdem musste ich herausfinden, ob Ray auf meiner Seite stand. Klar, er war Notar. Verträge wie den aufzusetzen, mit dem mich mein Herr Halbbruder aus Eldridge Hall herauskicken wollte, gehörten zu seinem Geschäft. Das nahm ich ihm auch nicht übel. Aber ich hoffte, dass ich trotzdem auf Ray zählen konnte. Er hatte mich früher nie im Stich gelassen. Ich griff zum Smartphone.

„Notare *Connolly, White & Carmichael*. Guten Morgen. Mein Name ist Susan McKinnock. Was kann ich für Sie tun?“

„Julia McLean. Auch Ihnen einen guten Morgen. Können Sie mich bitte mit Raymond Carmichael verbinden?“

„Einen Augenblick bitte.“

Geigenklänge rauschten auf, und dann kam ein Dudelsacksolo. *Mull of Kintyre* von Paul McCartney war in Schottland für eine Warteschleife die logische Wahl. Eine angenehme Frauenstimme flötete: „Sie werden in Kürze verbunden. Bitte bleiben Sie am Apparat.“

Ich wanderte mit dem Smartphone am Ohr zurück in den braunen Bambuswald und suchte mir Unterwäsche, Shirt und Jeans heraus. Bei den Socken brach der Song ab.

„Hi, Julie! Du rufst sicher wegen Eldridge Hall an.“

„Wie hast du das nur erraten? Guten Morgen.“

„Dir auch. Du kannst das Erbe noch ausschlagen, falls das deine Frage ist.“

„Fällt mir gar nicht ein! Aber ich brauche deine Hilfe.“

„Gern! Was hältst du davon, wenn wir uns nachher um elf im *George’s* treffen?“

„Okay. Vorausgesetzt, nur wir zwei.“

„Ist gestern nicht so gut gelaufen, was?“

„Ray, das Haus und den Park niederzuwalzen, ist eine Sünde!“

„Drumont hat Gründe. Du hast deine Großeltern nicht kennen gelernt, aber nach den Andeutungen, die er mir gemacht hat, sind seine Erinnerungen wohl eher ungut.“

„Das mag sein, darum geht es aber hier nicht. Ich kann aus Eldridge Hall ein Juwel machen, während das Hotel, das Sean plant, Dutzendware ist. Sein Konzept spricht vielleicht Touristen an, er braucht aber Gäste, die wirklich Geld bei ihm lassen: Ärzte, Banker … Notare.“

„Ich spiele nicht Golf.“

„Da bist du wahrscheinlich der Einzige. Aber ich kann dir trotzdem schon jetzt sagen, dass Sean mit diesem Hotelkonzept nie die Verluste des Platzes auffangen wird.“

„Was bringt dich zu dem Schluss, dass er Minus macht?“

„Die geringe Personalstärke. Normalerweise gerät ein Clubhaus-Manager nicht ins Schwitzen, wenn ein Koch einen Unfall hat. Dass Sean nur einen einzigen Mann auf dem Posten beschäftigt, verrät alles.“

Ray schwieg einen Augenblick.

„Es stimmt schon. Was ich gehört habe, spielen dort einige Geschäftsleute aus New Haven und der näheren Umgebung, aber Publikum aus Glasgow oder gar England kommt nur sehr sporadisch. Okay, Julie! Wir verlegen unser Treffen vor. Georgies schottisches Frühstück ist ein Gedicht. Besonders Brandons geräucherte Heringe.“

Uh! Ich stellte mich auf gegrillten Speck und Pilze, mit Käse überbackene Tomaten, Spiegelei, gebackene Bohnen und Gott behüte auch noch auf Kartoffelscones und Blutpudding ein. Mir reichte morgens normalerweise ein Stück Toast mit Butter. Wenn es denn überhaupt die europäische Variante Frühstück sein musste. Eine Miso-Suppe war viel bekömmlicher.

„Wer ist Brandon?“

„Georgies Mann. Sie haben sich bei der Taufe der Jüngsten meiner Cousine Ethel ineinander verliebt. Die stolzen Eltern wollten Heathers Bruder, der zwei Jahre später auf die Welt kam, übrigens zuerst Heathcliff nennen. Fans von *Wuthering Heights*. Wir konnten sie aber überzeugen, dass das keine gute Idee …“

„Ray! Stopp! Wenn du damit anfängst, wer von deinen unzähligen Cousins und Cousinen in den letzten zwanzig Jahren wen geheiratet hat und wie deine Nichten und Neffen alle heißen, werden wir damit bis zum Sankt Andreastag nicht fertig.“

Er gluckste.

„Keine Angst! Deinen Geburtstag feiern wir anders.“

„Gut.“

„Georgie serviert die Bohnen übrigens gern als Chili sin Carne.“

„Oh, na immerhin etwas.“

„Du bist doch hoffentlich durch deinen Job bei der Ernährungsberatung nicht zu den Veganern übergelaufen?“

„Nein. Aber gesund ist das alles nicht. Ich bin schon vom Zuhören satt.“

Ray lachte. „Tut mir leid, Julie. Ohne Kalorien kein Kriegsrat. Ich kann nicht denken, wenn ich Hunger habe. Du darfst dich aber gerne auf eine Tasse Tee beschränken, falls du auf deine Figur aufpassen musst. Es macht mir nichts aus, wenn du mir dann gierig auf den Teller starrst.“

„Ray, ärgere mich nicht! Sonst bestelle ich mir bei Georgie Porridge.“

„Du bringst es fertig ...“ Er räusperte sich mehrmals.

Fast tat mir meine Hinterhältigkeit leid. Seine Mutter hatte nur mit Wasser und höchstens noch einer Prise Salz gekochten Porridge als gesunde Abendmahlzeit für kleine Jungs betrachtet, und Ray hasste ihn scheinbar immer noch. Er seufzte. „Also gut, Julie, Waffenstillstand. Ich verschiebe hier nur ein paar Termine und bin dann in circa fünf Minuten bei dir.“

Das wurde knapp. Ich sprang unter die Dusche und war in Windeseile abgetrocknet und angezogen. Das lernte man im Hotel- und Gaststättengewerbe, genauso wie sich schnell und effektiv zu schminken. Ray kannte mich, seit ich an meinem dritten Geburtstag zum ersten Mal an der Hand meiner Mutter in den Kindergarten spaziert war. Aber ohne Kajal, Wimperntusche und einen Hauch Rouge mutete ich mich ihm heute trotzdem nicht zu.

Wenn der Lack ab ist, hilft eine Zeit lang noch Farbe.

Ich hatte diesen Ausspruch meiner Grandmère früher nie verstanden, doch inzwischen sah man mir an, wenn ich eine Nacht schlecht geschlafen hatte.

Ich hielt den Pinsel noch in der Hand, da klingelte Ray schon. Ich trabte die Treppe hinunter und fand ihn unten neben einem Land Rover, der schon bessere Tage gesehen hatte.

„Was ... und ich dachte, du kutschierst mich wenigstens in deinem Jaguar."

„Geh mir weg! Das konnte sich unsereins vielleicht noch vor der Fischereikrise leisten. Hast du gewusst, dass Heringsfang heute nur noch ein Prozent der gesamten Wirtschaft Schottlands ausmacht? Außerdem erreiche ich mit dem Rover noch das entfernteste Cottage."

„Weil die Straßen in den Highlands ja auch so dramatisch schlecht sind ..." Ich stieg ein. „Was machen wir eigentlich, wenn Drumont doch im *George's* auftaucht?"

„Wir ignorieren ihn."

Das wollte ich nun auch nicht. Ray sah mein Gesicht und grinste.

„Keine Sorge. Nachdem du seine Einladung zum Abendessen gestern so rüde ausgeschlagen hast ..."

„Das weißt du auch schon wieder? Von Georgie vermutlich."

„Ja. Ich habe uns zur Sicherheit angekündigt, und da hat sie es mir erzählt. Außerdem hat mir Drumont auf den Anrufbeantworter gesprochen. Er ist noch gestern Nacht nach London zurückgefahren."

„Zu Frau und Kind."

„Oh, ist da jemand interessiert? Drumont ist nicht verheiratet. Ob liiert, weiß ich aber nicht."

„Vergiss das. Verrate mir lieber, wie viel Zeit *du* hast.“

„Ich bin wieder mal ein freier Mann, Julie.“ Ray lachte und nahm die Abzweigung zum Hafen. „Bei uns Carmichaels halten Beziehungen drei Wochen, drei Monate oder drei Jahre. Etwas, das für immer hält, findest du erst mit vierzig.“

„Da musst du dich aber langsam beeilen. Du bist ein Dreivierteljahr älter als ich.“

„Und damit wird es auch für dich höchste Zeit.“ Er drehte sich mitten auf der Kreuzung Cemetery Road und Church Street auf seinem Sitz zu mir. „Willst du mich heiraten, Julie?“

„Nein! Schau auf die Straße.“ Ich knuffte ihn.

Ray war ein netter Kerl, doch es wäre niemals gutgegangen. Seine Bemerkung, dass nichts ewig dauerte, traf auch auf mich zu. Meinen hübschen Pascal und später Moss hatte die Karriere schneller auf einen neuen Posten geführt als mich, und der liebe Sergej hatte mir aus Bequemlichkeit eine Ehefrau und zwei Kinder verschwiegen.

„Habe ich einen Nerv getroffen, ohne es zu wollen?“

„Nein. Mir liegt nur die Erbschaft im Magen.“

„Wir werden das Ding schon wuppen, Julie. Du hast ja mich!“

Er parkte am Hafen, und wir stiegen aus. Der Himmel war noch immer sehr grau, aber es nieselte nur noch. Wir hatten auch im Vergleich zur steifen Brise, die am Sonntag die Fahnen zum Knattern gebracht hatte, kaum Wind. Das Picknick am Leuchtturm schien schon wieder ein Lebensalter her zu sein. Dass Sean mein Halbbruder war, konnte ich verkraften. Aber ich machte mir nichts vor: Ich war drauf und dran gewesen, mich in den Mann zu verlieben, der meine Pläne mit Eldridge Hall zu Fall gebracht hatte. Herrgott, manchmal kam wirklich alles zusammen!

Ich sah, dass Georgie in der offenen Tür ihres Pubs stand und uns entgegenblickte. Sie stutzte, als ich mit Ray näher kam. Scheinbar hatte sie mich am Sonntag bei meinem kurzen Besuch bei ihr mit Sean nicht erkannt.

„Du warst das! Du hast doch am Sonntag mit diesem schicken Mann bei uns Fish & Chips geholt. Meine Güte, Julia, wie die Zeit vergeht! Als ich dich zuletzt gesehen habe, mit deiner Grandma, hast du noch Kniestrümpfe getragen und einen kurzen Rock!"

„Und den Blazer der Schuluniform. Und jetzt habe ich schon graue Haare."

„Pah, wen das stört, den kannst du gleich vergessen! Geht es deiner Großmutter gut? Herzlichen Glückwunsch, dass du Eldridge Hall geerbt hast! Wir haben immer gesagt, dass es eine Schande war, wie sie dich dort ausgeschlossen haben. Wusstest du, dass Rays Vater Gärtner bei deinen Großeltern war? Wahrscheinlich nicht, du warst ja noch ein Baby, als sich deine Mutter von Alec scheiden ließ. Du hättest ihn Klarinette spielen hören sollen! Ich war auch erst zehn, es muss Silvester 1979 gewesen sein, aber es war ein Erlebnis!" Sie seufzte. „Robbie ist danach auch bald aus New Haven weggegangen. Wir haben immer gesagt, dass ihm irgendetwas das Herz gebrochen hat. Vielleicht sogar Alecs Scheidung. Er und dein Vater waren die allerbesten Freunde. Leider sind sie jetzt beide tot."

„Meine Güte, Georgie, halt mal die Luft an. Julie kriegt ja kein Wort dazwischen!"

„Entschuldigung. Du hast natürlich recht, Ray. Kommt, wir machen es uns in der Küche gemütlich. Oder wollt ihr lieber im Gastraum frühstücken?"

Wir beteuerten, dass wir sehr gern in der Küche aßen und folgten ihr im Pub hinter die Theke und durch eine sehr niedrige Tür, die ein gotischer Spitzbogen umrahmte. Der Raum dahinter lag fast einen halben Meter tiefer, und er war deutlich älter, sehr hoch und von einem gewaltigen Renaissance-Kamin dominiert. Georgie hätte dort ohne Probleme einen ausgewachsenen Ochsen am Spieß zu braten können. Die Drehvorrichtung mit Kurbel, Gewichten und Ketten hing sogar noch. Aber mit dem modernen Gastronomieherd mit Gasflammen, Grillplatte, Dampfkocher und der Fritteuse, die jetzt dort unter der gemauerten Haube installiert waren, ging das vermutlich nicht mehr.

„Wow! Deine Küche, Georgie, muss ja uralt sein!"

Der glattgetretene, leicht unebene Steinfußboden verriet, dass sie schon seit dem Mittelalter in Betrieb war. Eine längliche Platte schien sogar noch schwach das Relief einer stehenden Gestalt zu tragen.

„Hu, das ist doch hoffentlich kein Grabstein?"

„Doch. Die Archäologen meinen, dass das hier eine Kirche des elften Jahrhunderts gewesen sein dürfte. Das zugehörige Kloster wurde aber nie fertig gebaut. Beziehungsweise wenn, dann liegen die Grundmauern unter denen der Fischfabrik, die dein Ururgroßvater gebaut hat. Oder fehlt da noch ein Ur?"

„Wahrscheinlich." Ich ging sorgfältig um die Grabplatte herum. Die Deckenbalken liefen über mir zu einem mächtigen Firstbalken zusammen. „War der

Raum schon in dem Zustand, als du den Pub übernommen hast?“

„Nein. Wir haben den Kamin erst entdeckt, als wir die Küche renovieren wollten und dann gleich auch noch die Zwischendecke herausgenommen, als uns das Denkmalamt das Okay dazu gab. Vorher war der Raum viel niedriger und praktisch nur ein Drittel so groß. Die Vorbesitzer hatten seitlich einen Durchbruch geschaffen und den hinteren Teil als Garage, beziehungsweise noch früher als Stall benutzt. Brandon fiel eines Tages dieses Kamingesims hier in der Mauer auf. Der Schlot war heruntergestürzt und von Holunder und Wildrosen überwachsen. War ein Stück Arbeit, das alles zu restaurieren, und ohne Fachleute vom National Trust hätten wir es sicher nicht geschafft. Bitte, setzt euch.“

Georgie stellte eine Kanne Tee mit Siebeinsatz, Milch und Zucker und drei Tassen auf den großen Arbeitstisch im Zentrum der Küche, den sie für uns eingedeckt und mit einem Strauß Novemberastern geschmückt hatte. Ein vertrauliches Gespräch mit Ray war damit gestorben, aber ich fühlte mich sehr geehrt, dass sie uns in ihr Allerheiligstes eingeladen hatte. Sie wusste es wahrscheinlich nicht, doch unter den Spitzenköchen, in deren Brigaden ich gearbeitet hatte, wäre das ein Zeichen großer Wertschätzung und des Vertrauens gewesen.

„Hast du noch Räucherhering?“ Ray setzte sich mir gegenüber.

„Leider nicht. Aber ihr bekommt Lammleber.“ Georgie zündete eine Flamme des Gasherds, dessen Kochmulden wie in jeder anderen Profiküche zur leichteren Reinigung mit Alufolie ausgekleidet waren. Sie gab einen Stich frische Butter in eine Pfanne, ließ sie zerlaufen und briet uns rasch die Leberscheiben mit Thymian und Salbei. Dazu servierte sie einen Klecks Zwiebelconfit.

„Das Rezept hat mir deine Großmutter gegeben, Julia."

Die Zwiebeln waren klassisch in Rotwein geschmort und mit Lorbeer und schwarzem Pfeffer gewürzt.

„Das schmeckt ausgezeichnet, Georgie."

„Wenn du das sagst, stimmt es. Danke für das Kompliment."

„Was nun Eldridge Hall angeht ...", Ray tupfte sich den Mund ab, „... brauchst du als allererstes Geld. Es wird Seans Investoren nicht gefallen, wenn du sein Konzept in alle Einzelteile zerpflückst, ohne einen finanzierbaren Gegenentwurf zu haben."

„Ich habe rund Hundertfünfzigtausend auf der Bank."

„In welcher Währung?"

„Dollar."

„Okay. Das dürfte immerhin für deinen Anteil Erbschaftssteuer reichen."

„Gott! Daran habe ich überhaupt noch nicht gedacht!"

„Erben in direkter Linie, also leibliche oder an Kindesstatt angenommene Kinder wie Sean und du, haben einen Freibetrag von Fünfhunderttausend. Das Finanzamt wird natürlich einen Schätzer schicken. Wir wollen hoffen, dass er den Wert nicht zu hoch ansetzt. Ihr könntet sonst trotz allem gezwungen sein, Eldridge Hall dem National Trust zu übergeben. Ihr wärt bei weitem nicht die Ersten, die ihre Steuerschuld auf diese Weise begleichen müssen."

„Meine Güte, es wird besser und besser. Sean will das Haus abreißen, und nun sagst du, dass es vielleicht der Staat konfisziert!"

„So weit sind wir noch nicht. Es könnte übrigens auch schon in die Liste der erhaltenswerten Gebäude aufgenommen worden sein. Wenn das der Fall ist, wäre Sean mit seinen Plänen schon einmal ausgebremst. Es ist nur die Frage, ob dich der Denkmalschutz ein Hotel daraus machen lässt. Sehr viele Landhäuser sind heute zur Besichtigung freigegeben."

„Touristische Ziele."

„Ja." Ray drehte sich zu seiner Cousine um. „Die Lammleber ist wunderbar, Georgie."

Er sah mich an. „Was mich auf eine Idee bringt. Wir sollten mit Nigel Fenton sprechen."

Das war hoffentlich nicht der Vater von Lennie-Darling!

„Nigel ist hier in New Haven der Ansprechpartner der Denkmalschutzbehörde und ein Feinschmecker. Ich hatte schon mit ihm zu tun. Am besten überlässt dir Georgie morgen Abend ihre Küche, und wir laden ihn zum Dinner ein."

„Warte, Ray. Ich kann nicht ..."

„Und ich werde wohl überhaupt nicht gefragt!" Georgie stemmte die Arme in die Seiten.

„Georgie, wir müssen das Eisen schmieden, solange es heiß ist. Bevor Sean Julie in die Quere kommt."

Ray zog sein Smartphone aus der Tasche. Er scrollte durch eine Liste, fand die Nummer und drückte die Okay-Taste. Er brauchte nur sehr kurz zu warten.

„Nigel? Raymond hier. Wir haben doch neulich darüber gesprochen, dass wir jetzt in New Haven eine Sterneköchin haben …"

Fenton antwortete etwas. Ray runzelte die Stirn. „Ach
… das wusste ich nicht."

Mit anderen Worten, meine Ahnung hatte mich nicht
getrogen, Fenton *war* Lennie-Darlings Vater.

Mein Sandkastenfreund fing an zu grinsen. „Hör zu,
Nigel: Julia McLean kocht morgen bei Georgie im Pub.
Hättest du Lust zu kommen?"

„Ray!" Ich zog ihn am Ärmel, aber er streifte meine
Finger ab und schüttelte den Kopf.

„Nein, sie bereitet ein traditionelles Dinner zu. Mulli-
gatawny-Suppe, Kabeljau, Lamm, Zitronentörtchen,
solche Dinge. Klingt gut, nicht?"

Er lauschte.

„Siehst du, das wusste ich. Wunderbar! Dann bis morgen Abend um sechs. Bye!"

Ray steckte sein Smartphone ein und sah mich trium-
phierend an.

Ich seufzte. „Gut gemacht, Ray. Ich kann aber morgen
Abend nicht hier kochen."

„Warum nicht?"

„Weil ich zur gleichen Zeit schon in der Versuchskü-
che der Ernährungsberatung koche."

Kapitel 15

Julia: Der darauffolgende Mittwoch, Oktober 2019

Die Ernährungsberatung lag am besseren Ende der Elm Street, kurz vor der Ireland Road, die zum Hafen hinunterführte. Ich war auf der anderen Seite aufgewachsen, am nördlichen Stadtrand. Die Werkstatt meines Grandpas hatte – damals – eine Menge Kunden angezogen, die auf dem Weg in die richtigen Highlands schnell noch tanken wollten oder Proviant und Zigaretten brauchten. Beides, die Zapfsäulen wie die Garage, über der wir gewohnt hatten, waren heute genauso verschwunden wie die Arbeitergärten. Es hätte auch kein Kind mehr daran gedacht, freiwillig dort hinzulaufen. Während die Stadt weiter südlich und östlich um ganze Wohnviertel und mehrere Ringstraßen die Range hinaufgewachsen war, hatte sich auf dieser Seite ein kleines Industrieviertel entwickelt. Als ich vor inzwischen vier Jahren, nach dem Umzug meiner Grandmère, das erste Mal wieder in meine Heimatstadt zurückgekehrt war, hatte ich die Gegend nicht wiedererkannt.

Das rote Backsteingebäude der Ernährungsberatung mit seinen geschwungenen Ziergiebeln, den steinernen Pinienzapfen und Urnenvasen sah dagegen immer noch aus wie früher. Es hieß im Volksmund weiterhin das Fabrikkontor und hatte einst dem Direktor der Fischfabrik als Wohnsitz und Bürogebäude gedient. Unser, das hieß, das Büro meiner Chefin, das wir zu zweit nutzten, die beiden Beratungsräume und die Küche, in der ich Seminarteilnehmer für gesunde Kost zu erwärmen versuchte, lagen im ersten Stock. In absurd hohen, riesigen Räumen, keiner unter vierzig Quadratmeter und kalt. Ich hatte hier noch keinen Winter mitgemacht, aber ich war sicher, dass die Wärme unerreichbar bei den pausbäckigen Stuckengeln über dem zehnflammigen Leuchter hing, wenn das schlechte Wetter erst einmal richtig loslegte. Ich brauchte sogar im Hochsommer eine Strickjacke, eine hing immer über meinem Drehsessel, und ich zog sie darum ganz automatisch an, bevor ich mich setzte.

Meine Chefin war noch nicht eingetroffen, deshalb öffnete ich das E-Mail-Konto und las die eingegangene Post. Ich wusste noch nicht, wie ich ihr beibringen sollte, dass ich erstens heute früher gehen und zweitens den Kochkurs für den Abend absagen musste, um stattdessen im *George's* zu kochen.

Ich war ziemlich sauer auf Ray. Er tat sich leicht damit, aber ich saß nun in der Zwickmühle. Entweder ich verärgerte meine Chefin, für die ich nach allem, was ich nun wusste, noch wesentlich länger arbeiten musste, als ich ursprünglich gedacht hatte. Oder ich sagte Mr Fenton ab, der wahrscheinlich ohnehin keine allzu hohe Meinung von mir besaß. Eine saublöde Situation. Das einzig Gute war, dass sich Ray ein recht konventionelles Menü ausgedacht hatte. Die Zutaten, die Georgie nicht sowieso im Haus hatte, bekam ich selbst in New Haven ohne große Mühe.

Vielleicht landete einer der Fischer heute Vormittag sogar Steinbutt an.

Ich klickte mich durch die Nachrichten im Ordner Posteingang. Der Gourmet-Kochkurs entwickelte sich zum Hit. Allein zehn Personen baten um Benachrichtigung, falls wir ihn erneut anböten, sechs weitere wollten schon im Voraus einen Platz buchen. Da blieb uns ja schon gar nichts anderes übrig, als den Spaß zu wiederholen. Als Nächstes poppte eine Bitte um Rückruf auf meinen Bildschirm auf. Sie stammte von Mr Nigel Fenton.

Ich muss Ihnen leider für den Abend absagen. Möchte Ihnen die Gründe aber gerne persönlich darlegen.

Aber sicher doch! Jetzt bekam ich die Quittung dafür, dass sich sein Sohn in meinem Kurs die Zunge verbrannt hatte. Ich übernahm seine Nummer in die Adressenliste meines Smartphones und rief bei ihm an.

„Guten Morgen, Mr Fenton. Julia McLean, Sie wollten mich sprechen?“

„Guten Morgen Mrs McLean, schön dass Sie Zeit für mich finden. Bitte verstehen Sie meine Absage nicht falsch. Ich möchte nur unbedingt alles vermeiden, was als Bestechung ausgelegt werden könnte.“

„Wie bitte?“

„Nun, wir vom Denkmalschutz sind eine nachgeordnete Behörde des Innenministeriums und unter anderem für die Einschätzung zuständig, ob ein historisches Gebäude schützenswert ist oder nicht. Das kann ich

Ihnen übrigens jetzt schon sagen: Eldridge Hall steht auf der Liste."

„Wir könnten es also nicht abreißen."

„Um Gottes willen! Das steht völlig außer Frage. Aber Sie machen sich keine Vorstellung, zu welchen Tricks manche Erben greifen. Die einen möchten, dass wir den Wert ihres Objekts unverhältnismäßig gering einstufen, damit die Erbschaftssteuer niedrig ausfällt. Andere hoffen auf das Gegenteil."

„Warum?"

„Nun, der National Trust wird seit Jahren von Anträgen überschwemmt, private Wohnsitze unter seine Fittiche zu nehmen, welche die Eigentümer gerne loswerden möchten. Eldridge Hall hätte durch seine Lage zwar relativ gute Karten. Der Landsitz steht an diesem Teil der Küste ziemlich einzigartig da. Noch dazu ist das Haus aufs Engste mit der Geschichte von New Haven verknüpft. Aber natürlich zieht der National Trust Häuser vor, bei denen zwischen Übernahme und Eröffnung für das Publikum nicht zuerst nahezu alle Erschließungsmaßnahmen nachgeholt werden müssen. Wir bräuchten Toilettenanlagen, eine Cafeteria, Kinderspielplätze, vielleicht ein Dokumentationszentrum. Solche Dinge."

„Ich verstehe."

„Das freut mich, Mrs McLean. Bevor wir also darüber sprechen können, was Sie alles beachten müssen, welche Anträge Sie stellen müssen, um Unterstützung bei der Restaurierung Ihres Erbes zu erhalten oder wie Sie es nutzen dürfen, muss ich es mir natürlich zuerst noch einmal ansehen. Wir waren zuletzt vor vier Jahren vor Ort. Deshalb schlage ich vor, dass wir uns alle zusammen zu einer Begehung des Objekts treffen. Diesen Freitag würde mir gut passen, Mrs McLean. Ich sollte dazu sagen, dass sich Raymond und Mr Drumont bereits einverstanden erklärt haben."

Wie reizend!

„Lassen Sie mich bitte kurz meinen Terminkalender öffnen."

Ich wusste, es stand überhaupt nichts drin. Meine nächsten Beratungsgespräche fanden erst morgen statt. Aber ich musste wenigstens einmal tief durchatmen, bevor ich Fenton antworten konnte. Drei Männer, die sich untereinander kaum kannten, und sie hatten sich ganz selbstverständlich verbündet. Gut, ich hätte mich wahrscheinlich nicht ganz so darüber geärgert, wenn Fenton seine Begehung von Eldridge Hall nicht ausgerechnet auf diesen Tag gelegt hätte. Ich wollte zwar nicht feiern, ein Neununddreißigster war nichts Besonderes, aber ich hätte gern meine Grandmère in den Bambushain eingeladen. Das konnte ich nun knicken.

Ich hüstelte. „Das würde gehen. Ja gerne!"

„Dann ist das beschlossen. Wir sehen uns also nächsten Freitag am Tor von Eldridge Hall. Gegen Mittag, würde ich sagen. Damit wir genug sehen. Ich nehme an, dass der Strom im Haus abgeschaltet ist. Ach, und noch etwas, Mrs McLean, damit Sie beruhigt sind: Meine Frau hat mir natürlich von dem Gourmet-Kochkurs erzählt. Es ist hart, dass ich das als Vater sagen muss, aber meinem Sohn ist es ganz recht geschehen. Höchste Zeit, dass er eigenverantwortlich zu handeln lernt."

„Trotzdem tut es mir wahnsinnig leid, Mr Fenton."

Die Bürotür wurde geöffnet, und meine Chefin spazierte herein.

„Immer noch der Vorfall vom Gourmet-Kochkurs?" Sie stellte ihre Tasche auf den Schreibtisch. „Aber es scheint ein echter Bedarf dafür zu bestehen. Mich haben inzwischen so viele Leute darauf angesprochen, dass wir jede Woche zwei davon anbieten könnten. Wie wäre es, wenn wir gleich kommenden Freitag den ersten abhalten?"

Kapitel 16

Kathleen: März 1980

„Alec – das Wetter ist schön. Was hältst du davon, wenn wir jetzt gleich aufbrechen und das Auto stehen lassen?"

Kathleen war bewusst, dass ihre Frage in dem Schweigen am Frühstücktisch wie eine Art peinliche Eruption wirken musste. Ihr Mann sah sie überrascht an, deshalb sprach sie hastig weiter. „Die Sonne scheint, und es ist vergleichsweise warm. Wir könnten das ausnutzen und zu Fuß zu meinen Eltern gehen."

„Ja, tut das, Alec."

Klar, ihre Schwiegermutter musste sich natürlich sofort einmischen. Alec war die Bevormundung so gewöhnt, dass er noch nicht einmal versucht hatte, ihr selbst zu antworten. Lady Elinor griff zu Kathleens Schrecken herüber zu ihr und drückte ihr die Hand. Ihre Finger waren ziemlich hart.

„Ein ausgezeichneter Vorschlag, liebe Kathleen! Du brauchst frische Luft. Du siehst in letzter Zeit ziemlich blass aus. Aber haltet euch nicht zu lange auf, Alec. Bedenke, dass ihr für den Rückweg länger brauchen werdet, weil ihr bergauf laufen müsst. Und du weißt, wir trinken pünktlich um fünf Uhr Tee."

„Wir werden darauf achten, Schwiegermama.“

Alec durfte zu Lady Elinors kostbarer blauer Stunde natürlich auf keinen Fall zu spät erscheinen. Kathleen war nur nicht sicher, ob sie selbst auch noch einmal daran teilnehmen würde. Sie schob ihre Tasse zurück. „Dann gehen wir jetzt.“

Frühstück gab es nach wie vor im kleinen Salon. Ihr Schwiegervater und Alec tranken Kaffee, Lady Elinor Tee. Sie selbst nahm, was die Haushälterin zufällig gerade ausschenkte, wenn sie sich an den Tisch setzte. Es war ihr ziemlich gleichgültig, sie brachte seit einigen Wochen in den ersten Stunden nach dem Aufstehen sowieso kaum einen Bissen herunter. Kathleen beneidete Lady Elinor, die in die dritte Scheibe frisch getoasteten Weißbrotes biss, während sie selbst mit Mühe eine geschafft hatte. Aber allein schon der Geruch der Spiegeleier, gegrillten Lammkoteletts und Würstchen, die in einer doppelwandigen, mit heißem Wasser gefüllten Silberschüssel auf einem Rechaud brutzelten, drehte ihr fast den Magen um. Dazu kam noch der brennende Spiritus. Sie hatte morgens noch nie viel essen können, nicht einmal als Kind, und nach diversen Beinahe-Zusammenstößen der letzten Monate schien das endlich sogar ihre Schwiegermutter begriffen zu haben. Lady Elinor drängte sie nicht mehr, doch irgendetwas zu nehmen. Das war jetzt ihr Glück.

„Dann auf Wiedersehen, Schwiegermama, Schwiegerpapa.“

Alecs Vater hob den Blick über seine Tageszeitung – er las die Samstagsausgabe am Sonntagmorgen immer noch ein zweites Mal – und lächelte sie zum Abschied an. Während Lady Elinors leicht hochgezogene Brauen verrieten, dass ihr wieder einmal das Adjektiv *liebe* in der Anrede gefehlt hatte. Aber Kathleen brachte es gerade heute einfach nicht über die Lippen. Sie entfloh in die Halle. Alec folgte ihr. Wahrscheinlich ahnte er, dass etwas nicht stimmte. Aber er sagte nichts. Das musste man seiner Mutter lassen, sie hatte ihn zu einem Muster von Diskretion erzogen. Er würde sich erst erkundigen, was los war, wenn sie beide weit außer Hörweite waren. Wenn er sie überhaupt fragte.

Kathleen schlüpfte in die Ärmel der mit Lammfell gefütterten Jacke, die er ihr neulich aus London mitgebracht hatte. Geschenke bekam sie genug. Aber sie hätte gerne darauf verzichtet, wenn er sie dafür wenigstens ein bisschen an sich herangelassen hätte. Er war es so gewöhnt, alles mit sich selbst abzumachen, dass er freiwillig gar nichts erzählte. Wenn sie wissen wollte, was er in London machte, wie es ihm ging, musste sie bohren. Sie war es so leid. Ob er endlich nach einer Wohnung für sie beide suchte, fragte sie schon gar nicht mehr.

Sie sprachen natürlich miteinander, wenn er hier war. Sie unterhielten sich meistens über Musik. Ein unerschöpfliches Thema, und absolut salontauglich, Lady Elinor saß Alec ja quasi ständig auf dem Schoß. Aber Kathleen konnte nur Vermutungen anstellen, wie er seine Abende verbrachte, wenn er nicht in New Haven war. Wahrscheinlich spielte er ständig in irgendwelchen Jazzclubs. Das ging gar nicht anders, er war einfach zu gut. Sie übte die ganze Woche auf Lady Elinors Flügel, aber Alec konnte sie nicht das Wasser reichen. Er riss das Publikum beim ersten Ton seiner Klarinette mit. Während sie nur als seine Begleitung taugte.

Trotzdem konnte sie ganz hübsch singen und wahrscheinlich auch Kindern den Unterschied zwischen Dur und Moll vermitteln. Darin, in ihrem Plan Lehrerin zu werden, unterstützte sie Alec, jedenfalls ihren Eltern gegenüber. Er stimmte ihnen zu, dass sie eine solide Ausbildung brauchte und aufs Lehrerseminar gehen sollte. Hinterher, wenn sie in seinem Mercedes nach Eldridge Hall zurückfuhren, versicherte er ihr jedes Mal, Gesang könne sie danach immer noch studieren. Dabei konnte sie die Aufnahmeprüfung in diesem Sommer genauso vergessen wie die vom letzten Jahr. Sie hatte Angst.

Kathleen knöpfte den Mantel zu. Ihre Maman und ihr Dad rechneten heute nicht mit ihr. Sie hatte ihnen gestern im Pub gesagt, dass sie und Alec heute nicht zum Essen kommen könnten, weil Lady Elinor etwas mit ihnen besprechen wollte. Das stimmte nicht, in Wirklichkeit war ihr nur keine andere Möglichkeit eingefallen, wie sie ohne Zeugen mit ihrem Mann reden konnte. Vor allem ohne ihre Schwiegermutter. Aber sie hatte in diesen Wochen schon so oft gelogen, dass es darauf wahrscheinlich auch nicht mehr ankam.

Sie ging langsam neben ihm die Auffahrt hinunter Richtung Tor. In den Bäumen balzten Meisen. Kleine Vögel mit gelbem Bauch und schwarzen und blauen Käppchen hüpften aufgeregt zwischen den Zweigen hin und her. Ihr Treiben hätte Kathleen an jedem anderen Tag zum Lächeln gebracht. Aber heute lag ihr das Geständnis im Magen, das sie ihrem Mann gleich machen musste.

„Es war eine gute Idee, dass wir laufen, Kath. Sollten wir öfter tun." Alec hielt das Gesicht in die Sonne.

Er genoss den Frühlingstag sichtlich, obwohl der Park erst noch aus dem Winterschlaf erwachen musste. Die Hecke, die das Gelände gegen die Stadt hin abgrenzte, stand noch fast kahl. Nur an den Haselnussbüschen hingen schon lange, gelbe Kätzchen. Sie entließen bei der leisesten Berührung Wolken von Blütenstaub in die Luft. Robbie hatte die Äste letzthin gestutzt und dabei mehr als einmal heftig geniest. Aber ihre Schwiegermutter hatte ihn dabei beaufsichtigt und darauf bestanden, dass er die Arbeit ohne Aufschub erledigte.

„Nicht morgen oder nächste Woche, Carmichael! Sofort!"

Danach hatte sie ihn mit Säge und Heckenschere den Fahrweg zur Stadt hinuntergeschickt. Der Parkplatz vor dem Gärtnerhaus war vorher zu jeder Tageszeit ein verschwiegener, sehr schattiger Ort gewesen. Jetzt badete der Kies in der Sonne. Der Parkplatz der Carmichaels gab nun den Blick auf die Stadt, den Hafen und das Meer frei, aber die fast bis auf den Stock heruntergekürzten Büsche sahen in Kathleens Augen verstümmelt aus. Sie wirkten fast wie ein Sinnbild ihrer kaputten Beziehung. Außerdem hatte der Wind nun freies Spiel. Sie strich sich die Haare aus dem Gesicht.

„Geht es dir auch wirklich gut, Kath?" Alec berührte federleicht ihre Schulter. „Wir können gern doch das Auto nehmen. Du brauchst es nur zu sagen."

„Danke. Es geht schon."

Sie war froh, dass Robbies Wagen dieses Mal nicht vor dem Gärtnerhaus stand. Alec hätte sonst garantiert bei seinen Eltern geklingelt und ihn womöglich noch eingeladen, mit ihnen in die Stadt zu laufen. Es war, als ob er und sein bester Freund nicht ohne einander sein konnten. Alecs erster Weg führte ihn jedes Mal zu den Carmichaels, wenn er aus London kam. Er parkte immer beim Gärtnerhaus und begrüßte Robbie noch vor ihr oder seiner Mutter. Unabhängig davon sahen sich die beiden abends natürlich immer im *George's*, und danach begleitete Robbie sie und Alec noch zurück bis ans Tor von Eldridge Hall. Wenn es sehr spät geworden war, übernachtete er auch im Gärtnerhaus. Kathleen hegte allerdings den Verdacht, dass er die Treffen als Ausrede benutzte. Sein kleiner Sohn machte scheinbar gerade eine Schreiphase durch.

Kathleens schlechtes Gewissen wuchs. Sie hatte sich in eine scheußliche Situation gebracht.

„Alec, wir essen heute Mittag nicht bei meinen Eltern. Ich muss mit dir reden."

„Du meinst, ohne dass meine Mutter mithört."

Über Hafen und Meer hing eine blendend weiße Nebelbank. Ihre Eltern sahen garantiert nichts von dem prächtigen Tag, doch hier durchdrang die Frühlingssonne schon alles. Das Licht war hart, kein freundliches Blätterdach milderte es ab. Die Flechten auf der Wetterseite der Parkbäume leuchteten gelb mit den grünen Moospolstern der Steine um die Wette. Kathleen ging an Alecs Seite langsam die Fahrstraße zur Stadt hinunter, mit ihm fast im Gleichschritt. Er hatte die längeren Beine, doch er passte seine Schritte ihren an – ohne sie dabei zu berühren. Am Anfang, als sie noch verlobt waren, hatten sie sich wenigstens noch an den Händen gehalten. Aber seit einiger Zeit griff er nicht einmal mehr in der Öffentlichkeit nach ihr.

Kathleen hatte schon lange jede Illusion verloren, was das anging. Sie wusste, dass etwas mit ihm nicht stimmte. Vielleicht hatte er sich in London mit dieser schrecklichen neuen Krankheit angesteckt, Aids. London war schließlich London, und Möglichkeiten gab es genug. Er brauchte nur beim Frisör gewesen zu sein, und der hatte ihn mit einem unsauberen Rasiermesser geritzt.

Das entschuldigte aber alles nicht, was sie sich geleistet hatte. Sie hatte eine Riesendummheit begangen, für die sie teuer bezahlen würde. Vielleicht ihr ganzes Leben lang. Aber wenigstens wusste sie jetzt, was Leben, wirklich leben, hieß.

„Also, was willst du mir sagen, Kath?"

Es fiel ihr schwer. Aber sie musste den Mut finden und es ihm gestehen. Seine Mutter würde natürlich triumphieren. Kathleen war schlecht.

„Ich habe dich betrogen."

Er nickte – und zuckte mit den Schultern. Alec ging ruhig weiter, sah vor sich auf den Boden. „Du brauchst deswegen kein schlechtes Gewissen zu haben. Im Grunde bin ich es, der sich entschuldigen muss."

„Das ist leider nicht alles, Alec. Ich bin schwanger."

„Echt?" Er blieb stehen, und sie war auf alles vorbereitet. Nur nicht auf das Strahlen, das sich auf seinem Gesicht ausbreitete. Alec packte sie bei beiden Oberarmen.

„Bist du wirklich sicher? Aber das ist absolut wundervoll!"

„Hast du mich nicht verstanden? Das Kind ist nicht von dir! Es kann nicht von dir sein!"

„Ich weiß! Aber es ist das schönste Geschenk, das du mir machen konntest!"

„Du spinnst komplett!" Sie entwand sich ihm. „Willst du überhaupt nicht wissen, von wem es ist?"

„Du musst es mir nicht sagen. Ich kann es mir denken. Die Silvesternacht, oder?"

Wahrscheinlich. Sie war im dritten Monat. Aber es war nicht bei diesem einen Mal geblieben. Manchmal staunte sie im Nachhinein noch über sich selbst, wie selbstverständlich sie Alec betrogen hatte. Bei jeder sich bietenden Gelegenheit, ohne jedes schlechte Gewissen. Sie seufzte.

„Er weiß es noch nicht."

„Tust du mir – uns – einen Gefallen, Kath? Behalte für dich, was du mir gerade gesagt hast. Lass das unser gemeinsames Geheimnis bleiben. Ich verspreche dir, ich werde unserem Kind ein guter Vater sein. Allen Kindern, die du vielleicht noch bekommst."

„Also, das geht mir jetzt wirklich zu weit! Hältst du mich für eine ... eine ..."

„Ich halte dich für einen total anständigen Menschen, Kath. Glaubst du, ich weiß nicht, was ich für ein schlechter Ehemann bin? Es ist alles meine Schuld. Versteh mich jetzt nicht falsch. Aber wir hätten niemals heiraten dürfen."

„Du hast mir den Antrag doch sowieso nur gemacht, weil ihn dir deine Mutter in den Mund gelegt hat. Und ich war dumm genug, ihn anzunehmen."

„So darfst du nicht reden. Ich bin es, der dir reinen Wein hätte einschenken müssen."

„Dann tu es jetzt."

Er sah zu Boden. „Sie wird vor Glück außer sich sein."

„Darum geht es dir also in Wirklichkeit! Dass deine Mutter endlich Ruhe gibt." Sie konnte nicht anders, sie ließ ihn stehen und lief weiter. Er folgte ihr sofort.

„Ja! Nein! Lauf nicht vor mir weg, Kath. Bitte verlass mich nicht! Ich freue mich wahnsinnig darauf, dass wir bald eine richtige Familie sind, und ich werde es wiedergutmachen. So gut ich kann."

Sie fuhr herum.

„Dann fang damit an, dass du uns endlich eine gemeinsame Wohnung suchst. Ich bleibe nicht ewig bei deiner Mutter in Eldridge Hall sitzen, das kann ich dir versprechen!"

Er wurde ganz still.

„Kath, ich fürchte, ich muss dir auch etwas sagen. Ich dachte wirklich, ich könnte dir mehr geben. Aber ich bringe es leider nicht über mich. Es geht nicht. Ich habe es versucht."

„Wovon zum Teufel sprichst du?"

„Das wird eine längere Geschichte. Warte!" Er sah sich suchend um und ging schließlich zu einem Baumstumpf. Alec zog seine Lederjacke aus, faltete sie zusammen und breitete sie darüber. „Bitte. Setz dich."

Sie tat es, und er ging vor ihr in die Hocke. Alec sah zu Boden. Er rieb sich die Nase.

„Leicht fällt es mir nicht. Kathleen ... du wirst gemerkt haben ... ich habe dich sehr gern, aber ich ... ich lebe mit Finn zusammen."

„Du meinst, du wohnst bei deinem Chef. Aber das muss doch nicht so bleiben."

„Kath, du hast mich nicht verstanden." Alec stöhnte und stand auf. Er verschränkte die Hände im Rücken, drehte ihn ihr sogar zu und stand einen Augenblick mit gesenktem Kopf, bevor er sich ihr wieder sein gequältes Gesicht zuwandte.

„Schau, du weißt doch, wie die Dinge stehen. Wenn du von der Norm abweichst, bist du gebrandmarkt. Besonders hier, in dieser verdammten Kleinstadt. Finn und ich haben lange, wirklich lange darüber diskutiert. Es ist ihm nicht leichtgefallen, aber er hat akzeptiert, dass es unter diesen Umständen die beste Lösung war."

„Was denn?!"

„Dass ich dich geheiratet habe."

„Was geht denn den das an!"

„Sehr viel. Finn … ich weiß nicht, wie ich dir das sagen soll … in London ist das alles ein bisschen einfacher, da ist man anonym. Aber hier kann ich es mir nicht erlauben, meine wahren Gefühle zu zeigen. Du kannst dir von mir aus jede Freiheit nehmen, doch hilf mir. Hilf uns, Finn und mir. Ich bin homosexuell, Kath."

Kapitel 17

Julia: Freitag, der 1. November

Gegen halb zehn zerrte ich gerade den Staubsauger hinter mir her, den meine Vermieterin mir gestellt hatte. Er war uralt und röhrte zum Erbarmen, ich hätte das ferne Klingeln an der Wohnungstür beinahe nicht gehört. Ich schaltete das Gerät aus und lauschte. Meine Grandmère konnte es schon einmal nicht sein. Ich erwartete sie erst um fünf, wir wollten zur Feier des Tages in meinem Wohnzimmerdschungel gemeinsam Thai-Curry kochen. European Style, ich hatte extra die mildesten Chilis gekauft, die der Supermarkt anbot. Meine Grandmère sollte schließlich nicht Feuer spucken. Was ich, nebenbei bemerkt, selbst auch nicht gerne tat.

Ich wartete noch einen Augenblick und entschied dann, dass ich mich getäuscht hatte. Aber in dem Augenblick, als ich mich bückte und den Staubsauger wieder einschalten wollte, läutete es erneut an der Tür. Vermutlich stand wieder einmal der Postbote unten vor dem Haus.

Ich legte Rohr und Düse des Staubsaugers auf dem Boden ab und ging zur Tür. Es war inzwischen fast schon zur lieben Gewohnheit geworden, dass es der

Mann gleich bei mir versuchte, wenn er Sendungen für die Nachbarn ausliefern musste. Also bitte, ich drückte auf den Summer und hörte ein Klopfen. Unmissverständlich, direkt bei mir, er stand also schon oben. Ich öffnete ziemlich erstaunt und stand vor Sean, der mich anstrahlte.

„Wie kommst du denn hierher?"

Eine dumme Frage, aber mir fiel, Klischee, Klischee, eine Last von der Seele. Die Sonne in seinem Gesicht verriet mir, dass er mir nicht böse war, weil ich aus dem Pub davongestürmt war.

„Einer deiner Nachbarn hat gerade das Haus verlassen, und da bin ich hereingehuscht."

Ich verzog den Mund. Es gefiel mir nicht, dass er einfach so ins Haus gelangt war. Aber hier in New Haven war das wahrscheinlich völlig normal. Ungefährlich. Ich hatte einfach zu lange in Weltgegenden gelebt, wo man ohne Einladung nicht am Wachdienst vorbeikam. Sean schmunzelte.

„Nein, das war ein Scherz. Ich habe gesagt, dass ich einen Termin bei dir hätte. Was ja auch stimmt."

Offenbar glaubte man ihm alles, wenn er jemanden auf diese freundliche Weise anblickte. Ich verschränkte die Arme.

„In meinem Kalender steht aber nichts."

„Umso besser! Dann kann ich meine Lieblingsköchin doch sicher zu einem Spaziergang überreden?"

„Gern." Ich griff nach meiner Jacke. Wir hätten uns in ein paar Stunden ohnehin auf Eldridge Hall gesehen, aber ich stand nicht dermaßen auf Putzen, dass ich jetzt abgelehnt hätte. Außerdem war ich fast fertig. Ich zog dem Staubsauger den Stecker und schloss die Wohnungstür ab.

„Wohin, Sean?“

„Ach, ich dachte, wir bummeln einfach durch die sensationellen Einkaufsstraßen von New Haven.“

Darüber brachen wir beide in Lachen aus. Weder die Queen Mary Street noch ihre Parallelstraße, die St. James, waren jemals anders als verschlafen gewesen. Ich konnte mich selbst aus meiner Kindheit nicht daran erinnern, dass meine Grandmère dort viel eingekauft hätte. Allerdings hatte sie das meiste an Gemüse und Kräutern im eigenen Garten gezogen oder bei den Carmichaels geholt, und Fleischer und Bäcker hatten direkt bis vor die Haustür geliefert. Beide hatten bei dieser Gelegenheit auch regelmäßig einen Schwatz mit meinem Grandpa gehalten und hinterher deutlich nach Whisky gerochen. Wenn ich heute darüber nachdachte, kam es mir ganz unglaublich vor, was damals weggesoffen worden war.

Sean und ich gingen die Treppe hinunter. Das Erdgeschoss war ausnahmsweise nicht mit Fahrrädern vollgestellt, die auch gern den Abgang zum Keller blockierten, wo der Hausgemeinschaft eine Waschmaschine und ein Trockner zur Verfügung standen. Wahrscheinlich waren alle Nachbarn trotz des Regens längst zur Arbeit aufgebrochen oder sonst wohin unterwegs.

„Wer hat dich eigentlich hereingelassen?“

„Ein älterer Herr. Weißhaarig, Brille. War ziemlich wortkarg.“

„Das kann nur Mr Brewster gewesen sein. Kriegt die Zähne nicht auseinander. Mehr als ein ‚Morgen‘ habe ich aus ihm noch nie herausgebracht.“

„Das beruhigt mich. Ich hatte schon befürchtet, er hätte mir auf Gälisch geantwortet."

„Komm. Selbst du kannst unseren Slang unmöglich für Gälisch halten. Das spricht kaum noch ein Schotte. Auch wenn man es in der Schule lernt."

„Ich nicht." Er nahm den großen Regenschirm an sich, der neben der Haustür lehnte. Der dunkelgraue Schirmbezug trug an der Stoffkante ein Schriftband: *Drumont Inc., London.* Schande über mich. Ich hatte es im Hotel so oft erlebt, dass Schirme einfach annektiert wurden, dass ich Sean sofort das Gleiche unterstellt hatte. Gott sei Dank konnte er nicht Gedanken lesen.

„Magst du unter meinen Schirm kommen?" Er bot mir seinen Arm, und ich legte die Hand in seine Ellenbeuge. Er musterte meine Finger.

„Dass du beim Kochen keinen Ring trägst, haben wir schon geklärt. Aber warum nicht wenigstens jetzt?"

„Weil ich nicht verheiratet bin. Ich bin auch nicht geschieden – falls du das wissen wolltest."

„Nein, eigentlich nicht. Das spielt für mich keine Rolle. Mag daran liegen, dass ich in einer Wohngemeinschaft aufgewachsen bin, wo es keiner war. Verheiratet, meine ich."

Er stieß die Haustür auf, richtete den Schirm nach oben und entsicherte die Automatik. Die Schienen spannten sich, Sean hielt die wirklich große Schirmglocke über uns, und wir stiefelten los. Regen rauschte auf den Dächern, trommelte friedlich auf das Stoffdach. Im Rinnstein murmelte ein kleiner Bach. Die vorbeifahrenden Autos zischten. Die ganze Welt roch frisch gewaschen. Ich mochte solche Herbsttage.

„Dass es bei euch in Schottland immer so nass sein muss.“

„Bei uns kommt die Nässe wenigstens herunter, und dann scheint wieder die Sonne.“

„Aber nur kurz.“

„Dafür habt ihr die ganze Zeit Nebel.“

„Nein. Du musst mich mal besuchen. London kann im Sommer sehr schön sein. Aber ich wollte nicht ablenken, Julia. Warum trägst du nun tatsächlich keinen Schmuck?“ Sean musterte mich im Gehen von der Seite. „Nicht einmal Ohrringe. Dabei hast du sogar Löcher.“

„Ich vergesse es meistens, weil ich jahrelang darauf verzichten musste. Aufwändiger Schmuck geht sowieso nicht, weil du in vielen Bereichen der Küche mindestens ein Kopftuch tragen musst. Du musst auch die Haare hochstecken. Es sind schon Kollegen skalpiert worden, weil sie mit den Haaren in rotierende Knethaken geraten sind.“

„Oh Gott! Das ist ja schrecklich!“ Wir mussten stehen bleiben, weil die Fußgängerampel auf Rot umsprang. Sean runzelte die Stirn. „Aber du besitzt doch sicher Schmuck?“

„Ich hatte kleine Kreolen. Aber sie sind mir leider im Durcheinander nach dem Taifun in Manila verloren gegangen.“ Meine Mutter hatte sie mir geschenkt, als ich die Prüfung zur Hotelfachfrau bestanden hatte. Obwohl sie zuerst sehr dagegen gewesen war, dass ich gerade diesen Beruf gewählt hatte. Ich seufzte.

„Schlimm?“ Sean befreite seinen Arm sanft von meiner Hand und schlang ihn mir stattdessen um die Taille. Er drückte mich sanft. „Du siehst traurig aus.“

„Ich musste nur gerade daran denken, dass meine Mutter den größten Teil meiner Karriere leider nicht mehr erlebt hat."

„Die Kreolen stammten also von ihr?"

„Ja. Sie hat sie an mich weitergereicht. Sie waren wohl ein Geschenk meines Vaters. Nehme ich an. Ich weiß kaum etwas über ihn. Eigentlich gar nichts."

„Dir Schmuck zu schenken, hätte ihm gefallen. Alec war großzügig, einer von den Guten. Immer freundlich und höflich zu jedermann. Ich habe nie ein böses Wort von ihm gehört."

Darauf konnte ich nichts sagen. Ich verband mit dem Mann, der kurze Zeit mit meiner Mutter verheiratet gewesen war, absolut nichts.

„Alec hat mit deiner Mutter zusammengelebt?"

„Nicht, wie du denkst. Wir waren Teil der Wohngemeinschaft in Finns Haus, wie ich schon sagte. Dazu gehörten er und Alec, meine Mutter und ich. Und dazu phasenweise irgendwer, mit dem meine Mutter gerade eine Affäre hatte."

Autsch! Seans Stimme verriet keine Bitternis. Er stellte es quasi nur sachlich fest. Aber das Thema vertiefte ich wohl besser nicht.

Wir überquerten die Straße und liefen in Frieden weiter. Seans Schritte bildeten das Echo zu meinen. Er ließ auch meine Taille nicht los. Bei jedem anderen hätte es mich gestört, doch bei ihm fühlte es sich gut an. Schade, wirklich schade, dass er mein Stiefbruder war.

„Habt ihr in nächster Zeit wieder Kochkurse? Ich frage, weil ich bald öfters hier auf der Baustelle sein werde. Wenn du gerade dann beschäftigt bist, können wir nicht essen gehen."

Baustelle! Das konnte nur bedeuten, dass er seine Hotelpläne weiterverfolgen wollte. Mir sank der Mut.

„Du willst es noch einmal versuchen?"

„Jetzt, wo ich dein Bruder bin? Wir müssen uns unbedingt besser kennenlernen."

„Ich bin nicht besonders gut, was Familie angeht, Sean."

„Vergiss doch einfach, dass mich Alec adoptiert hat. Das war nur, damit ich reibungslos in die Firma einsteigen konnte. Komm! Da vorne, das Schaufenster. Sieht für mich nach Antiquitäten aus. Lass uns ansehen, was sie zu bieten haben."

Es war ein altes Backsteinhaus, ziemlich geduckt. New Haven war in beiden Weltkriegen von Zerstörungen verschont geblieben und deshalb hatte sich in der Queen Mary Street und der St. James Street seit der Gründung der Stadt im neunzehnten Jahrhundert praktisch nichts verändert. Die meisten Gebäude besaßen nicht mehr als ein Stockwerk, und das Antiquitätengeschäft wirkte sogar ein bisschen heruntergekommen.

„Sie haben tatsächlich noch ein durch Holzsprossen geteiltes Schaufenster!"

„Sehr löblich. Wenn sie die herausgenommen und durch eine moderne, große Glasscheibe ersetzt hätten, wäre der ganze Charme des Hauses zum Teufel."

„Freut mich, dass du einen Sinn für das Alte besitzt."

„Wo es passt." Er lächelte.

Wir traten näher. Wie die Dinge lagen, sah ich vorläufig keine Chance, mein Traumhotel auszustatten. Aber ich beschloss, mir die Möbel des Antiquitätengeschäfts trotzdem anzusehen. Unverbindlich. Das kostete schließlich nichts, und vielleicht, vielleicht ergab sich später doch noch irgendetwas. Träume waren erlaubt. Ich fand eine schöne Nussbaum-Vitrine mit Glastüren, zwei Kommoden, einen Tisch und sechs Stühle, von denen zwei leider nicht zu den übrigen passten. Außerdem eine sehr elegante Wäschepresse, die garantiert aus einem gut situierten Haushalt ausgemustert worden war. Ich kannte weit schäbigere Exemplare. Weniger gelungen fand ich dagegen die Karaffe mit sechs Likörgläsern, die den Mittelpunkt der Dekoration des zweiten Schaufensters bildete. Das Glas leuchtete in einem ganz schrecklichen, fast giftigen Hellgrün.

„Sieht aus, als hätten sie es aus Fichtennadelsalz-Badewasser geformt." Ich verzog das Gesicht.

„Den Geruch würde ich mögen. Aber es stimmt, aus dem Set sollte niemand mehr Likör trinken. Der Glasmasse wurden Spuren von Uran hinzugefügt. Das ergibt diese außergewöhnliche Farbe. Die Herstellung ist heute natürlich verboten. Schau, gleich daneben liegen sehr schöne Perlenohrringe. Komm, wir gehen hinein. Ich will wissen, ob sie echt sind."

„Okay, Sean. Du fragst danach, und ich sehe mir in der Zeit die Möbel an."

„Nein, du musst schon bei mir bleiben. Wie soll ich meiner Stiefschwester sonst etwas Hübsches zum Geburtstag schenken?" Sean klappte den Schirm zusammen, öffnete die Tür und schob mich in den Laden.

„Du hast dir das Datum gemerkt?"

„Natürlich! Hast du vergessen, dass es dein Notarfreund verlesen hat?"

„Richtig. Aber du musst mir wirklich nichts schenken. Es ist nicht mal ein Runder."

„Zu spät! Da kommt schon die Ladenbesitzerin. Außerdem will ich."

Es war Mrs Fenton. Sie schritt aus dem Hintergrund des Ladens auf uns zu. Man sah sich offenbar wirklich immer zweimal im Leben. Sie betrachtete mich säuerlich und wandte sich demonstrativ Sean zu.

„Guten Tag. Womit kann ich Ihnen helfen?"

„Wir interessieren uns für die Perlenohrringe im Schaufenster."

„Sehr gerne." Sie nahm ein mit Samt überzogenes Tablett, holte sie aus der Auslage und brachte sie Sean. Sie schaltete sogar eine Stehlampe ein, damit er sie gut betrachten konnte.

„Es sind echte Orientperlen. Sie erkennen das daran, dass sie beide nicht exakt gleich groß sind und auch nicht exakt rund."

Die Dame sprach die Wahrheit. Während Zuchtperlen oft rosa oder sogar grau wirkten, schimmerte auf dem Paar auf dem Samtkissen ein fast goldener Lüster.

„Sie sind sehr schön."

„Wenn Ihre Freundin sie trägt, werden Sie feststellen, dass die Perlen ihre Haut ebenfalls zum Leuchten bringen. Sie schmeicheln jeder Frau."

Mrs Fentons kurzer, böser Blick verriet, dass sie beileibe nicht mich als diese Freundin betrachtete. Wahrscheinlich nahm Sean immer irgendwelche Zufallsbekannte in Antiquitätengeschäfte mit, die dann anstelle seiner richtigen Freundin Schmuck anprobierten.

„Steck sie dir an. Mir zuliebe." Er drückte meine Schulter.

„Sean, bitte, kann ich kurz mit dir sprechen?"

Noch kein Mann hatte mir ein so kostbares Geschenk angeboten. Aber ich konnte die Ohrringe unmöglich annehmen. Wie stand ich da, wenn Mrs Fentons Ehemann Sean nachher den Abriss von Eldridge Hall verbot. Von dem Lennie-Darlings Vater wahrscheinlich nur deshalb noch rechtzeitig erfahren hatte, weil ich ihn auf die Pläne meines Stiefbruders aufmerksam gemacht hatte. Sean schüttelte den Kopf.

„Wir müssen nicht darüber reden. Mach mir die Freude!"

„Gut. Ich probiere sie an. Aber es wäre mir lieber ... kurz, du solltest es nicht tun." Ich verfluchte Mrs Fenton innerlich. Sie beobachtete uns wie ein Geier. Was für eine unangenehme Frau! Sie machte mich nervös. Es gelang mir nicht gleich, die Haken der Perlen durch die Löcher in meinen Ohrläppchen zu fädeln. Meine Finger zitterten.

„Haben Sie einen Spiegel für meine Freundin?"

Mrs Fenton brachte das Kunststück fertig, mich weiter völlig zu ignorieren. Jede andere Besitzerin eines Antiquitätenladens hätte den Handspiegel, den sie Sean reichte, der Person hingehalten, die den ausgesuchten Schmuck trug.

Sean schmunzelte und nahm mich demonstrativ in den Arm, sodass wir beide gemeinsam hineinblickten. Seine Augen leuchteten.

„Wunderschön!" Er zwinkerte Mrs Fenton zu. „Wir nehmen sie."

„Hör zu, Sean ..."

„Nein! Das ist jetzt beschlossene Sache. Du wolltest dir doch die Möbel ansehen. Geh ruhig. Ich zahle rasch und hole dich dann ab."

Er wollte offensichtlich nicht, dass ich erfuhr, was die Ohrringe kosteten. Ich wiederum beruhigte mein schlechtes Gewissen damit, dass ich ihn unmöglich hier im Laden, in Hörweite von Lennie-Darlings Mutter, beiseite ziehen konnte. Um ihm vor ihr zu erklären, dass ich seine Pläne mit Eldridge Hall torpediert hatte.

Mir graute mittlerweile vor dem Treffen mit Nigel Fenton. Es konnte nur im Desaster enden. Sean durfte seine Pläne mit Park und Landsitz abschreiben, ich mein Vintage-Hotel aber wahrscheinlich auch. Die wenigen Kundengespräche der letzten Woche hatten mir viel freie Zeit gelassen, die ich dazu benutzt hatte, im Netz gründlich zu recherchieren, wie der Denkmalschutz für gewöhnlich bei Objekten wie Eldridge Hall vorging. Wenn Sean gar nicht mitspielte, blieb mir nichts anderes übrig, als darauf zu dringen, dass wir unser Erbe dem National Heritage Trust übergaben. Immer noch besser als dass es die Stadt bekam. Obwohl der Trust eine wohlkonservierte Mumie daraus machen würde, ein Museum. Es gab inzwischen mehr Häuser in England und Schottland, die zwar Touristen anschaulich zeigten, wie der Adel zur Entstehungszeit des Bauwerks gelebt hatte. Aber wirklich leben, wohnen, konnte man dort nicht mehr.

Das einzig Gute war, dass es in der Nähe solcher Denkmäler vergangener Herrlichkeit meist auch eine Cafeteria gab. Vielleicht konnte ich wenigstens die übernehmen. Das Gärtnerhaus wäre dafür ideal.

Ich zog mich ein wenig tiefer in den Laden zurück, um Sean den erbetenen Spielraum zu geben, und betrachtete die Bronzeplastik einer Tänzerin, die auf einem Kaminmantel stand. Er war aus rotem Stein, besaß geschwungene Seitenwangen, die Löwenköpfe krönten, und eine halbrunde Platte. Sie trug zu meinem Erstaunen den Aufkleber: *Porphyr, um 1860, Eldridge Hall.*

„Julia, kommst du? Es wird Zeit." Sean nahm mich beim Arm.

Ich folgte ihm widerstandslos ins Freie. Der ausgebaute Kamin gab mir zu denken.

„Meinst du, ein Kuss als Belohnung wäre zwischen uns in Ordnung?"

Er zog mich in seine Arme. Warme Lippen trafen meine und – Mann, konnte er küssen. Ohne dass es mir recht bewusst wurde, wurde aus dem zärtlichen, brüderlichen Kuss ein leidenschaftlicher, der uns beide atemlos zurückließ.

„Herzlichen Glückwunsch zum Geburtstag, Schwesterherz", sagte Sean und lächelte. „Glaube mir, die Perlen stehen dir gut. Sie leuchten jetzt noch mehr."

„Danke! Aber das hättest du nicht tun sollen. Wir hätten es nicht tun sollen."

„Was – uns küssen? Ich würde dich am liebsten noch viel öfter küssen!"

„Das meine ich nicht. Sean, *ich* habe Fenton auf Eldridge Hall aufmerksam gemacht!"

„Bah! Was kann er schon noch wollen! Ich habe die Abrissgenehmigung schon letzte Woche bei ihm eingereicht."

„Wie bitte?" Ich löste mich von ihm. „Ohne mich zu fragen?"

„Du hast mich auch nicht gefragt, als du dich mit Fenton getroffen hast! Julia, sieh es doch ein: Wir sind viel besser dran, wenn wir den alten Kasten einreißen. Du kennst doch den Spruch: Ein altes Haus zu renovieren, kostet immer das Doppelte."

„Du zitierst falsch. Vollständig lautet das Sprichwort: Ein altes Haus zu renovieren, bereitet viel mehr Freude, als ein neues zu bauen."

„… und kostet mindestens das Doppelte. Genau! Julia, entschuldige, aber es ist nicht dein Geld."

„Sean, ich weiß, was es kostet, ein Hotel zu bauen! Aber ich weiß im Gegensatz zu dir auch, welche Art Hotel wirklich Gewinn verspricht. Dein Entwurf zieht nicht das Publikum an, das wirklich Geld bei dir lässt."

„Na schön, das weißt du wahrscheinlich besser. Hören wir uns an, was Fenton sagt. Dann können wir gern darüber nachdenken, was wir an meinen Plänen ändern müssen, um das Ergebnis zu verbessern."

Er spannte den Regenschirm wieder auf und führte mich zu einem schwarzen SUV, der am Straßenrand parkte. Wir waren auf dem Hinweg schon daran vorbeigelaufen. Ich hatte aber nicht weiter darauf geachtet. Sean zog einen Transponder aus der Tasche und öffnete die Türen.

„Steig ein."

Wir fuhren schweigend hinauf nach Eldridge Hall, wo Ray und Fenton schon mit Regenschirmen bewaffnet auf dem Parkplatz vor dem Gärtnerhaus auf uns warteten. Wir schüttelten uns alle die Hände, danach schloss Ray das schmiedeeiserne Tor zur Auffahrt auf, und wir gingen sie hinauf. Fenton hüstelte.

„Wenn Sie sich bitte die stark verwilderten Parkbereiche mit hohem Gebüsch rechts und links des Mittelbaus ansehen: Darunter müssten sich die Fundamente der beiden Seitenflügel verbergen, die schon nach dem

Brand von 1895 abgerissen wurden. Es wäre natürlich das Beste, Sie würden sie neu errichten."

„Wovon sprechen Sie?" Sean runzelte die Stirn.

„Ah, Ihr Antrag auf Abriss. Es tut mir leid, Mister Drumont, wie ich Ihrer Schwester bereits sagte, das Haus steht auf der Liste schützenswerter historischer Gebäude. Leider verfügt der National Trust seit Jahren nicht mehr über die Mittel, Landsitze wie Eldridge Hall zu erwerben. Sonst würde ich Ihnen diesen Vorschlag sehr gerne machen. Wir haben in diesem Bereich der Westküste bisher kein einziges Haus, das wir der Öffentlichkeit vorstellen könnten. Aber ich kann Ihnen für die Renovierung Mittel aus dem Etat des Innenministeriums in Aussicht stellen, vielleicht sogar aus der Staatlichen Lotterie. Und Sie werden natürlich jede Hilfe vom National Heritage Trust bekommen. Wir haben Expertenteams, die Sie in nahezu jeder Detailfrage beraten können." Fenton lächelte.

„Und nun würde ich gerne mit Ihnen zusammen das Haus von innen sehen."

„Einen Augenblick! Lassen Sie mich bitte vorher ein paar Worte mit meiner Schwester sprechen. Keine Sorge, es dauert nicht lange." Sean schlang mir den Arm um die Taille.

Ray runzelte die Stirn, aber ich sah das Gewitter in Seans Gesicht und ließ mich deshalb widerstandslos ein Stück zurück Richtung schmiedeeisernes Tor ziehen. Ich wollte nicht, dass Fenton mithörte.

„Du bist doch wirklich eine Nummer! Mir so ein Ei ins Nest zu legen! Weißt du was? Ab hier bist du raus. Ich wollte es dir eigentlich nicht sagen. Ich mag dich wahnsinnig gern, nach wie vor, ob du das glaubst oder nicht.

Aber ich muss nun das Testament anfechten. Mir bleibt schon gar nichts anderes übrig! Du hast in Wirklichkeit nicht das geringste Recht auf das Erbe. Ich bin wenigstens adoptiert, aber du bist nicht einmal das. Du bist nicht Alecs Tochter. Du kannst es gar nicht sein, er war nämlich schwul!"

Falls Sean gehofft hatte, er könnte mich mit seiner Eröffnung erschrecken, hatte er sich getäuscht. Ich zuckte mit den Achseln.

„Na und? Das sind viele Männer. Wenn es nur darum geht, kann er mich trotzdem gezeugt haben."

„Nie im Leben, Julia. Du hast ihn nicht gekannt."

„Okay, lassen wir das auf sich beruhen. Aber du wirst verstehen, dass ich dir das nicht einfach so glaube. Lass uns in Eldridge Hall nach einem Kamm mit Haaren meines Großvaters für einen Genvergleich suchen. Oder einer Zahnbürste. Vielleicht liegt sogar irgendetwas von meinem Vater im Haus. Es wird sich doch wohl feststellen lassen, wer mich wirklich gezeugt hat! Ray kann den Vorgang beurkunden. Schließlich ist er Notar." Ich holte Luft.

„Und komm mir nicht damit, dass er befangen ist, weil er mich seit dem Sandkasten kennt. Mr Fenton stellt sich sicher gern als neutraler Zeuge zur Verfügung. Ach, und noch etwas ..." Ich nahm die Perlen aus den Ohren und drückte sie ihm in die Hand. „Hier! Ich nehme von einem möglichen Prozessgegner lieber keine Geschenke an."

Ich kehrte ihm den Rücken und lief eilig zu Ray, der mit Fenton auf den Stufen der hochherrschaftlichen Treppe stand und mir grinsend Beifall klatschte.

Kapitel 18

Kathleen: Mai 1981

„Wie alt ist sie jetzt?“

„Ziemlich genau sechs Monate. Sie wurde am letzten Sankt Andreastag geboren.“ Kathleen hielt ihre Kleine auf dem Schoß. Sie saß mit Anne im Pub. Es war ein weiterer Abschied. Ihre Schulfreundin hatte zwei Semester in Edinburgh studiert und nun mit einem Stipendium für Harvard das große Los gezogen. Sie würde in wenigen Stunden in die USA aufbrechen.

„Darf ich sie mal halten?“ Anne streckte die Arme nach dem Baby aus. „Sie ist so hübsch. Hat sie gleich diesen dichten schwarzen Haarschopf gehabt?“

„Schon bei der Geburt.“ Sie nickte. Annes offene Begeisterung für ihr Baby tat Kathleen gut.

Ihre kleine Tochter blickte ihre Freundin fest an. Winzige Brauen runzelten sich. Der kleine Mund verzog sich, und dann stemmte sich Julia gegen Annes Griff. Sie merkte offensichtlich, dass sie von einer Fremden gehalten wurde. Ihr Gesichtchen verdüsterte sich. Sie schob die Unterlippe zum Weinen vor, aber Anne erkannte zum Glück, dass Gebrüll heraufzog und reichte Kathleen ihre Kleine zurück.

„Wir wollen doch nicht, dass aus diesen wundervollen blauen Augen Tränchen kullern." Anne lächelte.

„Lady Elinor sagte, das verwächst sich. Danach hat sie die blauen Babysachen zusammengefaltet, die sie gekauft hatte, und im Schrank verstaut." Kathleen setzte ihr Baby bequemer auf ihrem Schoß zurecht. „Und als sie erfuhr, dass ihr erstes Enkelkind eine Julia war und kein Julian, sagte sie: *Das nächste Mal werde ihr es hoffentlich besser machen.*"

„Meine Fresse! Also wirklich! Was hat Alec gesagt?"

„Ich weiß nicht mehr. Ich war noch ein bisschen neben mir. Sie hatten mich gerade erst aus dem Kreißsaal zurück aufs Zimmer gebracht. Aber wie ich ihn kenne, hat er ihr nicht zu widersprechen gewagt."

„Also, an deiner Stelle hätte ich damals schon die Scheidung eingereicht."

„Habe ich gar nicht. Das war Lady Elinor."

„Was?"

Kathleen zuckte mit den Schultern. Im letzten halben Jahr waren Dinge geschehen, die sie noch niemandem erzählt hatte. Auch nicht ihrer Maman. Kathleen konnte nicht, sie musste sicherstellen, dass ihre Eltern sie und vor allem ihr Baby die nächsten Jahre wirklich unterstützten. Wenn sie die ganze Wahrheit gewusst hätten, auf welche unglaubliche Weise Alec sie beschissen hatte …

„Also gut. Aber du musst mir versprechen, dass du es für dich behältst."

„Kein Problem." Anne deutete auf die beiden prall gefüllten Koffer, die neben der Eingangstür des Pubs standen. „In fünf Stunden fliege ich nach Edinburgh und von dort weiter nach Boston, Massachusetts.

Wenn ich mal dort bin, habe ich garantiert Besseres zu tun, als meiner Mutter einen Brief zu schreiben und haarklein deine Scheidung zu kommentieren.“

„Siehst du, das dachte ich eben auch.“

„Okay, dann sind wir uns ja einig. Schieß los!“

Kathleen lehnt sich zurück. Gordy Whittaker kam an ihren Tisch. Der Wirt servierte Anne frisch gebackenen Fisch und Pommes frites und ihr einen Teller Porridge. Er legte einen Ess- und einen Teelöffel dazu. Danach kehrte er zum Tresen zurück und brachte für Anne eine Plastikflasche Mayonnaise und eine mit Ketchup.

„Guten Appetit, Lassies.“

„Danke.“ Kathleen setzte Julia in den Kinderwagen, zog ein Lätzchen aus dem Fach unter dem Korb und band es ihrer Tochter um. Julia hopste ein bisschen und gluckste.

„Sie mag wohl Porridge?“

„Bis jetzt mag sie alles. Kartoffelbrei, Karotten, Pastinaken. Neulich haben wir ihr zum ersten Mal ein bisschen pochierten und pürierten Pfirsich zum Probieren gegeben.“ Kathleen lächelte in Erinnerung an die Überraschung und an das Entzücken ihrer kleinen Tochter über den neuen, offenbar köstlichen Geschmack.

„Weißt du, es macht wirklich Spaß. Sie bestaunt praktisch alles. Für sie ist schließlich alles neu, die ganze Welt.“ Kathleen aß selbst einen Löffel Porridge, um die Temperatur zu testen. Er schmeckte fein. Gordys Frau hatte ihn nicht nur mit Milch gekocht, sondern auch etwas steif geschlagene Sahne untergehoben. Der Porridge besaß dadurch fast die ideale Temperatur, sie musste den Teelöffel für ihre Kleine nur noch ganz wenig pusten. Mehr aus Gewohnheit, ihr Baby war schlau.

Julia verweigerte Speisen, die ihre Mémère oder ihre Mummy vorher nicht gepustet hatten.

„Auf, Julia!“ Kathleen sperrte selbst den Mund auf und ihr Baby folgte ihrem Beispiel, gehorsam wie ein kleiner Vogel. Anne sah fasziniert zu.

„Deine Eltern sind bestimmt glücklich, dass sie ihr Enkelkind jetzt ständig um sich haben.“

„Oh ja! Julia geht es jetzt auch viel besser. Ich denke, sie hat gespürt, dass wir auf Eldridge Hall im Grunde niemals wirklich willkommen waren. Mein Schwiegervater hat sich zwar von Anfang an mir gegenüber immer sehr fair verhalten, aber Lady Elinor hat mich spüren lassen, dass ich unter ihrem Stand war.“

„Du, wir leben nicht mehr im Mittelalter! Selbst die Queen hat einen Bürgerlichen als Schwager akzeptiert. Und das war schon 1960.“

„Schlechtes Beispiel! Prinzessin Margaret und Lord Snowdon sind seit zwei, nein jetzt schon seit drei Jahren geschieden. Außerdem stammt er streng genommen auch aus einer Adelsfamilie. Nein, was ich sagen will: Die gewöhnliche Kathleen Hollander hätte meine Schwiegermutter vielleicht noch geschluckt. Der Knackpunkt war, dass ich keinen Erbprinzen geliefert habe.“

Sie dagegen war froh. Kathleen hatte sich die ganze Schwangerschaft gefragt, was werden würde, wenn Lady Elinor anfing, nach Ähnlichkeiten ihres ersehnten ersten Enkels mit Alec zu suchen. Zum Glück hatte sie ein Mädchen bekommen.

„Aber du kriegst doch sicher wenigstens Alimente.“

„Nein. Ich will nichts von denen.“

Ihre Maman verstand sie in diesem Punkt zwar nicht, aber wenn sie keine Unterstützung von Alec annahm, konnte er ihr später auch nicht vorwerfen, dass er einem fremden Kind Geld in den Rachen geworfen hätte. Kathleen öffnete den Mund weit und fütterte ihrer Julia einen zweiten Teelöffel Porridge. Das Baby schluckte und strahlte.

„Das schmeckt dir, mein Schatz?" Sie aß selbst auch einen Löffel voll.

„Meinst du nicht, du übertreibst? Du könntest doch ohne weiteres auch Fish & Chips ..." Anne dippte Pommes frites in die Mayonnaise.

Kathleen schüttelte den Kopf. „Sie weint jedes Mal, wenn sie mit uns am Tisch sitzt und wir ihr nichts von unserem Essen abgeben."

„Sag bloß, deine Mutter kocht jetzt nur noch babygerecht!"

„Mehr oder weniger schon."

„Du hast wirklich Glück, dass du zu ihnen zurückziehen konntest."

Mehr als Anne ahnte. Ihre Eltern hatten ihr keine Vorwürfe gemacht und auch kaum Fragen gestellt. „Wahrscheinlich haben sie es von Anfang an kommen sehen."

„Also los, Kath! Raus damit. Spann mich nicht länger auf die Folter!"

„Gut ... es ist ganz einfach – er hat mich betrogen."

„Das habe ich mir doch gedacht! Die ganze Woche über allein in London, da kommt jeder Mann auf dumme Gedanken."

Kathleen zuckte mit den Schultern. Jetzt, da sie vielleicht die einmalige Chance hatte, sich alles von der

Seele zu reden, verließ sie der Mut. Anne hielt sie bestimmt für ziemlich dämlich, wenn sie ihr gestand, dass sie sich von Alec hatte einreden lassen, dass er schwul war, während er in Wirklichkeit in London mit einer gewissen Christine zusammenlebte. Die sogar ein Kind hatte.

„Die andere hat sogar ein Kind.“

„Von ihm? Ach du lieber Gott!“

„Einen Sohn. Ich wollte Alec kurz nach Julias Geburt einmal anrufen, aber er war nicht da. Diese Christine hob den Hörer ab. Da habe ich den Kleinen im Hintergrund schreien hören. Alec behauptet zwar nach wie vor, er sei nicht von ihm. Der Vater von Christines Sohn hätte sie hochschwanger sitzengelassen, und da hätten er und sein Chef ihr angeboten, fürs Erste bei ihnen zu wohnen. Sie ist die Sängerin seiner Londoner Band. Du musst wissen, dass Finn, also Alecs Chef, scheinbar allein in einem relativ großen Haus lebt und schon Alec aufgenommen hat, als er die Stelle bei ihm antrat.“

„Und er wohnt immer noch dort? Dich nach London zu holen, ist ihm wohl nicht eingefallen?“

„Du, inzwischen ist mir das völlig egal. Er kann zwanzigmal mit Finn … äh … mit ihm und dieser Christine im gleichen Haus … du weißt schon.“ Beinahe verplappert! Kathleen fütterte Julia hastig mit einem neuen Löffel Porridge und fuhr fort:

„Auf jeden Fall glaubt Lady Elinor auch, dass der Sohn dieser Frau endlich der Enkel ist, auf den sie wartet. Alec hat natürlich alles abgestritten, aber die Luft hätte er sich sparen können. Seine Mutter ging zum Anwalt, und so kamen die Dinge ins Rollen.“

Kathleen putzte ihrer Tochter über das Mündchen. Dass Alec in Tränen ausgebrochen war und sie angefleht hatte, bei ihm zu bleiben, brauchte Anne nicht zu erfahren. Sie hatte ihm lange genug den Rücken gestärkt. Nun musste er selbst sehen, wie er mit seiner Mutter klarkam.

„Weißt du, eigentlich war ich froh. Lady Elinor hat sich ständig in alles eingemischt." Sie räusperte sich, imitierte die etwas heisere Stimme ihrer Schwiegermutter.

„Ich hoffe, du hast genug Milch, damit sie nicht so viel schreit."

„Das Kind gehört in die Wiege und diese nicht in euer Schlafzimmer! Lass sie einfach ein, zwei Nächte durchschreien. Je früher sie sich daran gewöhnt, allein zu schlafen, desto besser. Du willst schließlich mit deinem Mann wieder ungestört sein."

„Manches war im Nachhinein beinahe komisch. Sie war fest davon überzeugt, dass ich mit einem Sohn aus dem Krankenhaus kommen müsste, weil mein Bauch so dick war. Deshalb bestand sie darauf, dass Mrs Norton für die Wiege Vorhänge nähte, über die kleine blaue Pferde trabten."

Ein weiteres Pferdchen aus weichem Gummi lag im Kinderwagen neben Julias Kissen. Ihr Baby hatte es von den Carmichaels bekommen, die es ihr aus Freundschaft zu ihrer Maman und ihrem Dad geschenkt hatten. Wenn Kathleen darüber nachdachte, schien es ihr schier unglaublich, dass niemand in ihrer gesamten Umgebung ahnte, dass Alec nicht Julias Vater war. Sie bereute ihre Affäre nicht, es war unbestreitbar schön gewesen. Aber sie hätte die Heimlichtuerei trotzdem nicht länger ertragen. Außerdem wusste sie inzwischen, dass sie nicht die Einzige gewesen war. Noch ein Grund, der ihr den Mund verschloss. Ihre Maman hatte leider Recht behalten.

„Und was willst du nun tun?"

„Im Herbst ist Julia fast ein Jahr. Wir hoffen, dass sie sich bis dahin bei meinen Eltern gut eingewöhnt hat, damit sie mich unter der Woche nicht weiter vermisst. Ich gehe im September nach Glasgow aufs Lehrerseminar."

Musiklehrerin war noch immer nicht Kathleens Lebenstraum, aber unter diesen Umständen die vernünftigste Entscheidung. Sie musste für sich und ihr Baby sorgen.

Kapitel 19

Julia: Freitag, der 30. Oktober

„Bravo! Dem hast du Saures gegeben." Ray bemühte sich keine Sekunde leise zu sprechen, obwohl Fenton mit bewusst neutralem Gesicht neben uns stand. Er hatte unseren Streit zweifellos genauso mitbekommen. Sean war schließlich laut genug geworden.

„Aber wie kommt Drumont darauf, dass du nicht Alecs Tochter bist! Spinnt der?"

„Ray, vielleicht hat Sean sogar recht. An der Ehe meiner Mutter war mit Sicherheit etwas faul. Aber das Geheimnis hat sie mit ins Grab genommen."

„Sie hat nicht einmal mit dir über deinen Vater gesprochen?"

„Nein. Erst ganz zuletzt. An ihrem letzten Tag hat sie mir erzählt, dass mein Vater gerne Tee trank."

„Das tun ungefähr vierundachtzig Prozent aller Briten."

„Siehst du! Und wenn ich meiner Grandmère glauben darf, stimmt das noch nicht einmal. Sie behauptet, Alec trank lieber Kaffee. Aber vielleicht sprach meine Mutter von meinem *richtigen* Vater."

„Möglich." Ray wirkte skeptisch.

„Hast du zufällig eine Plastiktüte im Auto, Ray? Jetzt will ich es nämlich genau wissen. Ich hoffe, im Haus liegt noch irgendetwas, das ich für einen Gentest einschicken kann.“

„Und wenn du Sean dadurch genau den Beweis lieferst, den er braucht?“

Ich rieb mir die Nase.

„Ray, das ist mir egal. Ich lasse es jedenfalls nicht auf mir sitzen, dass er mich für eine Erbschleicherin hält!“

„Das tue ich nicht! Du weißt ganz genau, was ich dir wirklich vorwerfe!“ Sean holte uns ein.

„Klar! Dir geht es nur ums Geschäft.“

„Natürlich geht es mir uns Geschäft! Ich bin Unternehmer, Herrgott!“ Er seufzte. „Aber mir geht es nicht nur darum. Glaubst du eigentlich, ich streite mich gerne mit dir?“

Sean versenkte die Perlenohrringe in der linken Brusttasche seines Hemdes – auf der Herzseite. Er legte die Hand darauf, seufzte und senkte sogar kurz den Kopf. Wenn er nicht ein sehr guter Schauspieler war, bekümmerte ihn die Entwicklung zwischen uns wirklich.

Nun, mich auch …

Aber im nächsten Augenblick hob er den Blick wieder. Sean sah Ray und Fenton an.

„Hat jetzt jemand einen Plastikbeutel? Damit das hier endlich weitergeht?“

Ray hob beide Hände und schüttelte den Kopf, aber Fenton zog eine ganze Rolle Zipp Lock-Tüten aus der Manteltasche.

„Bedienen Sie sich, Mrs McLean. Wir wissen nie, ob wir nicht nur bei einer Erstbegehung die Chance bekommen, Materialproben einzusammeln. Deshalb trage ich immer einen Vorrat bei mir. Der Hersteller versichert, die Beutel seien sogar steril."

Er schien völlig gelassen, sogar gut gelaunt. Wahrscheinlich erlebte er nicht zum ersten Mal Auseinandersetzungen zwischen Erben.

„Können wir nun?" Ray zog einen altmodischen Hausschlüssel aus der Tasche. „Dann öffne ich nun in meiner Eigenschaft als Testamentsvollstrecker Eldridge Hall."

Er mühte sich mit dem Schloss der schweren Doppelflügeltür ab, das offenbar klemmte. Nach einigen vergeblichen Versuchen tippte ihm Sean auf die Schulter.

„Lassen Sie mal den Fachmann ran, Herr Notar."

Er drehte mit der Linken den Schlüssel, es knarzte, gleichzeitig zog Sean mit aller Macht am Knauf. Die Angeln kreischten, und die schwere Holztür schwang so plötzlich auf, dass er beinahe mit mir zusammenstieß.

„Solche alten Schlösser rosten gerne fest, wenn man sie nicht jeden Tag bewegt." Sean lockerte seine Schultern und gab mir den Weg ins Haus frei. „Bitte, meine Liebe. Nach dir."

Unten im Gärtnerhaus hatte es abgestanden gerochen, aber es besaß vertraute Maße. In Räumen wie jenen war ich aufgewachsen. Hier trat ich jedoch in ein Mausoleum. Es war still wie in einer Kirche. Die Eingangshalle von Eldridge Hall war riesig.

Zwei breite Lichtbahnen fielen aus den hohen Fenstern rechts und links der Tür auf den Marmorfußboden und schufen einen starken Hell-Dunkel-Kontrast, den die Wolken noch verstärkten, die draußen vor die Sonne zogen. Während ich noch dastand und schaute, setzte draußen Regen ein, und der sehr hohe und weite Raum versank noch mehr in Düsternis. Ich erkannte im Rauschen des Schauers gerade noch, dass im Hintergrund der Halle eine Treppe hinauf in den ersten Stock führte. Ihr Geländer bedeckten Schnitzereien, Blatt- und Maßwerk, doch das schwache Licht reichte nicht aus, um sie genau zu erkennen.

„Sind das Blätter der Schottischen Distel oder Akanthus?"

Ich sah mich nach einem Lichtschalter um und fand auch gleich einen neben der Eingangstür. Ein Museumsstück, einen uralten schwarzen Knebeldrehschalter. Aber Sean schob schnell die Hand unter meine und hinderte mich daran, einzuschalten.

„Vorsicht! Diese alten, stoffummantelten Leitungen sind buchstäblich brandgefährlich."

„Bemüht euch nicht." Ray schüttelte den Kopf. „Deswegen ist der Strom ja abgeklemmt. Damit kein Feuer ausbricht. Wir könnten übrigens auch nicht löschen. Ich habe auch das Wasser abstellen lassen. Wenn du also kurz die Garderobe da drüben aufsuchen musst, findest du einen Eimer. Zum ... äh ... Spülen. Der Vorrat ist allerdings begrenzt." Er blickte Sean und Fenton bedeutsam an.

„Uns bleiben draußen die Büsche, verstehe schon." Sean grinste kurz. Fenton sagte nichts.

Ich wanderte langsam in die Mitte der Eingangshalle, die ein großer, in den Marmorboden eingelegter Stern markierte. Direkt darüber, etwa in drei Metern Höhe, baumelte eine einsame Glühbirne an einem langen Kabel von der Decke. Daneben hing eine schwere Kette, wie ich sie schon aus einigen der alten Hotels kannte, in denen ich gearbeitet hatte. Sie war mit einer Winde verbunden, mit der man den schweren Kronleuchter zum Putzen oder Anzünden absenken konnte, der einst an der Kette gehangen hatte. Doch der, der hier seinen Platz gehabt hatte, war offensichtlich genau wie die Kaminummantelung in den Antiquitätenhandel gewandert. Beides bewies, dass es um die Finanzen meines Großvaters demnach nicht zum Besten gestanden hatte. Jedenfalls nicht in den letzten Jahren.

Ray ging zum Ende der Halle und öffnete nacheinander alle vier Zimmertüren, die es dort gab. Falls er gehofft hatte, dass wir dadurch etwas mehr Licht bekamen, hatte er sich aber leider getäuscht. Es regnete inzwischen wie kurz vor dem Boarding der Arche Noah. Sean legte den Kopf schief und lauschte. Er zog ein finsteres Gesicht. Fenton schmunzelte.

„Keine Sorge, dass es hereinregnen könnte, Mrs McLean, Mr Drumont. Ihr Großvater hat das Dach vor vier Jahren mit Unterstützung der Trust Lotterie komplett sanieren und neu eindecken lassen. Im Zuge dieser Maßnahme haben wir auch Kopien der Originalbaupläne von Eldridge Hall erhalten. Sonst hätte ich gar nichts von der Existenz der heute verschwundenen Seitenflügel gewusst."

„Man sieht noch die Spuren im Wandputz." Sean meldete sich zu meiner Überraschung zu Wort. „Im Speisezimmer muss es einmal eine Verbindungstür gegeben haben."

Er ging voraus, um die Treppe herum, in das rechte Zimmer auf der Südseite. Seine Schritte hallten durch einen vollständig leeren Raum, wo er gegen die Außenwand klopfte.

„Hier, dieser Schatten verrät, wo sich ein Durchgang befunden hat. Man sieht es sogar deutlicher als früher. Bei meinem einzigen Besuch, im Sommer 1990 muss das gewesen sein, da stand ein Büffet an dieser Wand. Und in der Mitte ein ellenlanger Esstisch. Ich war neun, und ich habe mich immer gefragt, warum die McLeans keine Modelleisenbahn darauf laufen ließen. Bis die Speisen herumgereicht waren, waren sie immer schon kalt.“

„Ja, das war in vielen alten Häusern so.“ Fenton nickte.

Ich stellte ein paar Berechnungen an. Leere Räume täuschten immer mehr Platz vor, als tatsächlich vorhanden war. Aber ich schätzte, dass ich in diesem Speisezimmer mindestens sechs Tische für sechs Personen stellen konnte. Vier Plätze pro Tisch im Normalbetrieb, bei starker Auslastung am Kopf- und Fußende zusätzliche Stühle. Für Familienfeiern zwei lange Tafeln. Sie wurden heute schmaler gebaut als um 1900. Insgesamt war Eldridge Hall genau die Größe von Hotel, die ich mit zwei, drei Hilfen auf Stundenbasis gerade noch allein hätte bewältigen können. Wirklich, es war traurig. Mindestens so traurig, wie die Tatsache, dass mich Sean jetzt ignorierte. Er, Ray und Fenton öffneten die Tür in der linken Seitenwand des Speisezimmers. Sie führte in eine Art Durchgangszimmer und weiter in einen noch größeren, langgestreckten Raum. Alle drei waren genauso enttäuschend leer wie das Esszimmer.

Sean drehte sich zu mir um. „Und das war der Salon.“

„Nach den Bauplänen müsste es ursprünglich der Ballsaal gewesen sein“, sagte Fenton.

Bodentiefe Fenster, nein, verglaste Türen öffneten sich zum Wintergarten, den ich bei meinem ersten heimlichen Besuch mit meiner Grandmère von außen gesehen hatte. Staubschatten über den Türen verrieten, dass dort einst Schienen oder Stangen schwere Vorhänge getragen haben mussten. Ein großes Dreieck kleiner heller Flecken im Parkett deutete auf die Füße eines Konzertflügels hin und mehrere große rechteckige Flächen, die sich teils überlappten, auf verschiedene Teppiche. Dazu kamen andere verwaschene Rechtecke, die ich als Möbel interpretierte. Offenbar war im Salon mehrmals umgestellt worden. Aber das Parkett brauchte man nur abzuschleifen und neu zu versiegeln oder sogar nur zu wachsen. Obwohl das in einer Hotel-Lounge mehr Arbeit bedeutete. Ich sah den Salon schon fast wieder vor mir, mit Teppichen in warmen Farben, vielleicht sogar in einem traditionellen Persermuster, kleinen Sitzgruppen, dazu auf jedem Tisch ein Blumenarrangement. Am Flügel sollte ein Pianist leise Evergreens spielen, und in einer Ecke stellte ich mir eine Cocktailbar vor. Den Sundowner konnten Gäste gern auch im Wintergarten nehmen.

Im Augenblick herrschte dort allerdings die klinische Atmosphäre einer Schulaula in den großen Ferien. Ich hatte nicht erwartet, dass ausgerechnet die Pflanzen überlebt hätten, und sicher, Kübel mit verdorrtem Inhalt wären ein trauriger Anblick gewesen. Aber der kahle Wintergarten schmerzte mich fast genauso. Die von einem grauen Staubfilm überzogenen Wände und der stumpfe Marmorfußboden wirkten einfach nur schrecklich.

„Nach dem Fünf Uhr Tee wurden Mum und ich von deiner Großmutter in den ersten Stock geschickt. Zum Umkleiden vor dem Dinner. Ich weiß nicht, was sie dachte, was wir für ein Wochenende an Klamotten eingepackt hatten." Sean gesellte sich zu mir. „Auf jeden Fall fanden wir ein Geschenk von Lady Elinor vor. Sie hatte mir ein Anatomielehrbuch gekauft. Deine Großmutter wollte, dass ich später Medizin studiere. Beim Dinner kam es deswegen fast zum Streit. Du kannst dir denken, dass meine Mum ausgerastet ist. Sie hat sich jede Einmischung in mein Leben verbeten. Wir sind nie mehr hierher zurückgekommen."

„Kann ich verstehen. Wir sind in dem Herbst nach Glasgow umgezogen." Ich konnte heute nicht mehr sagen, wie viele Wochen wirklich zwischen der Beerdigung meines Grandpas und dem neuen Schuljahr gelegen hatten. Als Kind hat man einen anderen Begriff von Zeit. Aber wenn ich mich heute daran erinnerte, kam mir der Entschluss, alles in New Haven hinter uns zu lassen, immer noch wie eine Flucht vor. Ich hätte aber nicht sagen können, wovor.

„Damals waren oben übrigens die meisten Zimmer schon leer."

Ich zuckte zusammen, Sean stand immer noch neben mir.

„Habe ich dich erschreckt, Julia? Das tut mir leid."

„Schon gut. Bitte sprich weiter."

Es rührte mich, wie sehr er sich darum bemühte, wieder Normalität zwischen uns herzustellen. Ich war noch nicht bereit, alle meine Stacheln wieder einzuziehen. Aber ich hörte ihm gern zu.

„Sie hatte uns mit Alec in einer Art kleinem Apartment einquartiert, das noch möbliert war. Es lag auf der Südseite – ein Salon und ein Schlafzimmer. Das Schlafzimmer deiner Großeltern blickte nach Norden, also Richtung Gärtnerhaus."

„Das man aber von hier aus nicht sieht."

„Nein. Es liegt tiefer als das Haupthaus. Jedenfalls konnten uns die McLeans nachts nicht hören. Das ist es, was ich damit sagen wollte. Alec hat das Doppelbett Mum und mir überlassen und die Nacht auf dem Sofa im Salon verbracht."

„Es war also damals finanziell bereits eng."

Vielen alten Familien fehlten heute die Mittel, und wenn ich meine sogenannte Großmutter, Lady Elinor, auch nur halbwegs richtig einschätzte, hatte sie sich mit Händen und Füßen gegen die einzig vernünftige Lösung gesträubt.

„Sie hätten Eldridge Hall verkaufen sollen."

„Julia ... das, was ich vorhin gesagt habe ... ich will dich aus dem Projekt heraushaben, geht nicht gegen dich persönlich."

„Ach!"

„Bitte glaube mir das! Ich wünschte, wir könnten den alten Schuppen einfach vergessen. Aber ich brauche den Baugrund für mein Projekt. Das hier wieder aufzubauen, kann ich mir leider nicht leisten. Schau dich doch um, hier fehlt alles! Es ist ein Wunder, dass dein Großvater nicht auch noch die Türklinken verkauft hat." Er zeigte nach oben, zur Decke, von der, genau wie in der Eingangshalle, eine einzige Glühbirne hing. Ein schöner Stuckfries lief um den Raum, aber ich sah sogar bei dem schwachen Licht, das durch die Fenster fiel, überall Staub und Spinnweben. Hier musste eine komplette Hotelbrigade putzen. Und wenn sie hinten aufgehört hatten, konnten sie vorne wieder anfangen.

„Wir brauchen Straußenwedel. In New York, in einem ähnlich alten Haus, hatten wir außerdem spezielle, mit sehr niedrigen Wattzahlen arbeitende Staubsauger.“

„Und dort drüben fehlt die Ummantelung des Kamins.“

„Die habe ich vorhin in dem Antiquitätengeschäft gesehen. Mit Nachweis der Provenienz.“

Fenton räusperte sich neben uns. „Die haben meine Frau und ich Doktor McLean vor ein paar Jahren abgekauft. Wir wussten, dass wir wahrscheinlich niemanden finden, der sie haben will. Aber der alte Herr brauchte dringend eine Vollzeitpflegerin für seine hochbetagte Frau. Lady Elinor war geistig noch vollkommen fit, aber sehr, sehr schwach. Wie auch immer. Ich bin gerne bereit, Ihnen die Kaminummantelung für einen Freundschaftspreis zu überlassen. Schließlich käme sie damit wieder an ihren angestammten Ort.“

„Siehst du, Julia? Schon fangen die Kosten an! Ein Abriss wäre besser.“

Ich antwortete nicht. Auch ausgeräumt war das Haus ein Juwel. Aber ich sah auch, dass es ein Fass ohne Boden war. Wenn ich das hier allein versuchte, würde es mich auffressen.

„Kommt ihr bitte?“ Ray klopfte an die Tür der Salons. „Ich muss euch etwas zeigen.“

Er winkte uns zurück in die Eingangshalle und ging uns von dort in einen kleinen Raum auf der Nordseite des Hauses voraus. „Das muss ganz früher das Zimmer des Butlers gewesen sein."

Mein Großvater hatte es sich als Alterswohnung eingerichtet und einen Tisch mit zwei Stühlen, einen Schreibtisch und ein Bett hineingestellt. Verborgen in der Ecke neben der Tür stand ein altmodischer Waschtisch, komplett mit Platte aus Carrara-Marmor, Schüssel und Krug.

„Hat er etwa auch hier gekocht?" Sean entdeckte auf dem Tisch am Fenster einen Spirituskocher.

„Eher Speisen aufgewärmt. Meine Grandmère sagte, dass Rays Stiefmutter meinen Großvater zuletzt versorgt hat."

„Sie war Dads letzte Freundin, Linda." Ray sah nicht von dem Blatt Papier auf, das er in der Hand hielt.

„Warum ist der alte Herr nicht in ein Seniorenheim gegangen?"

„Wie ich das einschätze, wusste er, dass er bald sterben würde." Ray legte das Blatt in die Mappe zurück, die auf dem Schreibtisch meines Großvaters lag, und klappte sie sehr energisch zu. Er sah Sean und mich an.

„Mr Drumont, Julia, Mr Fenton – ich habe hier einen handschriftlichen Nachlass von Doktor McLean gefunden, der möglicherweise ein neues Licht auf den Erbgang wirft. Ich nehme den Inhalt dieser Mappe jetzt an mich. Mr Fenton, Sie sind Zeuge. Ich werde diese Papiere durchsehen und euch beide in einigen Tagen erneut in die Kanzlei einbestellen. Okay?"

Er runzelte die Stirn und sah Sean und mich an. Wir nickten fast gleichzeitig.

Mr. Fenton hüstelte. „Darf ich zusätzlich vorschlagen, dass Mrs McLean den Kamm und das Gebiss an sich nimmt, die dort drüben auf dem Waschtisch liegen? Vielleicht finden Sie im Schreibtisch des Doktors auch noch eine Locke von Alec."

„Nein, da liegt nur ein Medaillon, in dem aber tatsächlich Haare sind." Ray griff es vom Schreibtisch meines Großvaters. Er hielt es hoch. „Hoffen wir, dass sie nicht von Lady Elinors Lieblingspferd stammen."

„Ray! Lass die Scherze!"

„Schon gut, Julie. Leider ist auf der Rückseite nichts vermerkt. Vielleicht wenn man es öffnet." Er reichte mir das Medaillon. „Am besten schickst du alles zusammen zur Untersuchung ins Labor."

Kapitel 20

Julia: Eine Woche später, November 2019

Ein Standard-Vaterschaftstest dauerte heute nur noch vier Tage. Test-Kit kaufen, mit den beiliegenden Wattestäbchen Zellabstriche im Mund des Kindes und des mutmaßlichen Vaters nehmen, Proben in die Röhrchen zurückstecken, zukleben, abschicken, fertig. Aber die Dinge lagen in meinem Fall leider nicht so einfach. Alec McLean, der Mann, den ich mein ganzes Leben lang als meinen Vater betrachtet hatte, war seit zehn Jahren tot und begraben. Die Firma, mit der Ray zusammenarbeitete, meinte, sie könnten wahrscheinlich DNS auf dem Gebiss meines Großvaters finden. Aber der Fall sei schwierig. Um sie mit meinem genetischen Fingerabdruck vergleichen zu können, müsse das Material aufbereitet werden, und das werde sich hinziehen. Wir sollten uns auf sechs bis acht Wochen einstellen, bis sie uns ein Resultat mitteilen könnten.

Sean war nach London zurückgekehrt. Ich vermisste ihn. Warum nicht ehrlich sein, ich hatte es wieder einmal geschafft und mich in den einzigen Mann verliebt, der aus verschiedenen Gründen nicht infrage kam. Ich musste mich sogar darauf einstellen, dass mein lieber

Herr Stiefbruder die Drohung wahrmachte, die er bei der Begehung von Eldridge Hall ausgesprochen hatte. Vielleicht saß Drumont in diesem Augenblick bei einem Anwalt und bereitete mit diesem die Anfechtung des Testaments vor. Aber solange ich die Klageschrift nicht in Händen hielt, blieb mir nichts anderes übrig, als die Füße still zu halten, und das zehrte an meinen Nerven. Ich hatte all die Jahre im Hotelfach schnelle Entscheidungen treffen müssen. Wollte ich eine Saison anhängen oder bewarb ich mich auf eine neue Stelle? Konnte ich den Wunsch des Gastes erfüllen, oder ging das über meine Kompetenz hinaus? Ich hatte nie ein Problem damit gehabt, solche Fälle meinen Vorgesetzten zu berichten und auf ihre Entscheidung zu warten. Aber meine aktuelle Chefin war heute zu einem Vortrag nach Glasgow gefahren, und ich konnte Mrs und Miss Smith nicht zurückweisen.

Beide waren mir kurzfristig, sprich vor einer Viertelstunde, von Dr. Soames geschickt worden. Offenbar nach einem ernsten Gespräch. Patientin war die Tochter, Claire, doch so wie mir beide im Konferenzraum Zwei gegenübersaßen, sah ich wenig Chancen, dass die Mutter die Diagnose des Mediziners einsah und vor allem mittrug. Uncharmant ausgedrückt hätte jede der Damen einen breiteren Sessel gebraucht.

Aber ich hatte zu lange in der Gastronomie gearbeitet. Ich verstand sehr gut, dass sich manche Menschen beim Essen nicht beherrschen konnten. Köche und Restaurants, die ganze Lebensmittelindustrie lebten davon. Ich sah es gern, wenn sich wenigstens ein Teil meiner Gäste mit Genuss von der Vorspeise bis zum Dessert durch die Speisekarte futterte. Dann hatte ich alles richtig gemacht. Trotzdem musste ich meiner Chefin in einem Punkt zustimmen: Ein Body-Mass-Index von sichtlich mehr als dreißig, wie ihn beide Damen Smith mit sich schleppten, erhöhte das Risiko, an einer ganzen Reihe von Zivilisationskrankheiten zu erkranken leider monumental. Ich schenkte Mutter und Tochter Tee ein.

„Sie mögen sicher eine Tasse, bei diesem Wetter."

Ein Herbststurm hatte am Wochenende die letzten Blätter von den Bäumen gefegt. Es war ziemlich kalt geworden, grau und neblig. New Haven lag seit Tagen wie in feuchte Tücher gehüllt, und das drückte auf meine Stimmung. Es war drei Uhr, die Ebbe hatte schon vor über einer Stunde eingesetzt, doch leider hatte sie die dicke weiße Suppe auch heute wieder nicht mit auf See hinausgezogen. Musste am Klimawandel liegen. Wenn ich an früher dachte, konnte ich mich nicht daran erinnern, dass eine Inversionswetterlage je so lange angehalten hätte. Der Nebel schluckte sogar die gegenüberliegenden Häuser der Victoria Street. Die trübe Fläche Dunkelheit vor mir konnte theoretisch alles sein: ein Haus, ein Schiff, sogar ein Wal.

Bravo, Sherlock, völlig unwahrscheinlich, ich versetzte mir in Gedanken selbst einen Stoß. Was für ein abstruser Einfall!

Ich trank einen Schluck aus meiner Tasse. Der Tee duftete gut.

Wir bemühten uns gerade bei Erstgesprächen immer, eine entspannte Atmosphäre zu schaffen. Aus diesem Grund waren die Tische in den beiden Konferenzräumen auch rund. Damit nicht der Eindruck entstand, dies wäre eine Art Klassenzimmer und wir verteilten

Noten. Die Menschen, die Ärzte zu uns schickten, befanden sich ohnehin in der Defensive. Manchmal auch in Kampfstimmung wie Mrs Smith. Ich lächelte sie an.

„Schön, dass Sie sich die Zeit genommen haben, zu uns zu kommen."

„Eigentlich haben wir sie nicht." Mrs Smith nippte an ihrem Tee, verzog das Gesicht und setzte die Tasse wieder ab.

Dass ungesüßter Gute Laune-Tee aus Melisse, Verbene, Malve, Ringelblume und Rose nicht zu ihren Lieblingsgetränken zählte, hatte ich mir schon gedacht. Aber hier ging es ums Prinzip. Wir machten uns unglaubwürdig, wenn wir unseren Klienten Zucker servierten. In geringen Mengen war er okay, sobald sie einmal verstanden hatten, dass sie ihn wenigstens zu Beginn möglichst meiden mussten. Aber diesen Anfang mussten beide Damen erst einmal machen. Mrs Smiths Masse füllte den Sessel völlig aus und ihre Tochter, die auf dem Platz neben ihr fläzte, war auch nicht mehr weit davon entfernt. Claire Smith versuchte den Eindruck zu erwecken, sie sei gar nicht vorhanden. Sie hielt den Kopf gesenkt, spielte mit ihrem Smartphone und hatte mich noch nicht ein einziges Mal angesehen.

Ich verstand sie gut. Wenn mich meine Mutter in diesem Alter zu irgendeinem Beratungstermin geschleppt hätte, wäre ich ausgerastet. Miss Smith wählte eine andere Strategie – sie tat uninteressiert. Ihre Mutter schob die Tasse mit Leidensmiene von sich.

„Können wir zum Kern der Beratung kommen? Wir sollten jetzt eigentlich schon auf dem Weg nach Glasgow sein. Meine Schwester hat uns zum Essen eingeladen." Sie reckte das Kinn. „Außerdem muss ich sagen, dass ich es seltsam finde, uns diesen … Tee zu servieren. Er ist sicher sehr gesund, aber warum halten Sie nicht wenigstens für Claire Cola bereit? Sie trinkt nie Tee!“

Sie schob mir auch die zweite unberührte Tasse zu. Wahrscheinlich hatte sie noch nie versucht, Claire Tee anzubieten. Ihre Miene verriet Kampfbereitschaft, aber ich ließ mich mit Sicherheit nicht auf ein Hörnerstoßen mit ihr ein. Ich wollte ein heißes Fußbad, eine schöne Tasse Earl Grey, am frühen Abend durfte Tee zur Abwechslung gerne parfümiert sein, und eine Portion selbstgemachter Linguine in cremiger Ricottasoße mit Haselnüssen und gehacktem Spinat. Die Bambustapeten in meiner Wohnung entwickelten sich, verglichen mit dieser Sitzung, langsam zu einer echten Verlockung.

„Ich verspreche Ihnen, Sie werden rechtzeitig bei Ihrer Schwester ankommen.“

„Von wegen! Den Fünf Uhr Tee verpassen wir auf jeden Fall.“

„Das tut mir leid. Wir werden versuchen, die nächsten Termine früher zu legen.“

„Aber nicht vor zwei. Nach dem Lunch muss Claire ruhen.“

„Kein Problem. Jetzt, da ich das weiß, werde ich es in die Planung einbeziehen.“

Ein Mittagsschlaf? Bitte? Die junge Dame war fünfzehn oder sechzehn. Aber in den Augen ihrer Mutter sicher immer noch ihr Baby, das sie vor jedem Unbill beschützen musste. Mrs Smith war nicht die erste Klientin, die jeden Vorschlag abblockte. Dabei liefen alle im Kern nur darauf hinaus, Maß zu halten. Als wir alle noch in unseren Steinzeithöhlen gelebt hatten, war es völlig in Ordnung gewesen, sich den Bauch mit Mammut vollzustopfen. Unsere fernen Vorfahren mussten sich Fettreserven anfuttern, weil zwischen Jagderfolgen schlechtes Wetter, feindliche Überfälle oder schlicht lange Wege lagen. Diese Überlebensstrategie ging nur leider heute, in den Zeiten des Überflusses, bei manchen Menschen nach hinten los.

Ich drehte mich zu dem Regal um, das hinter meinem Platz an der Wand stand, und nahm ein Faltblatt vom Stapel. Es enthielt eine Reihe grundlegender Richtlinien zum gesunden Abnehmen. Ich legte sie vor Mrs Smith und ihre Tochter auf den Tisch.

„Bitte lesen Sie sich das zu Hause in Ruhe durch. Wenn Sie das nächste Mal kommen, können wir dann zusammen eine Strategie entwickeln, mit der Sie mühelos jeden Tag zwischen fünfhundert und achthundert Kalorien unter Ihrem Arbeitsumsatz bleiben.“

„Das braucht Claire nicht. Sie geht noch zur Schule!“

„Mit Arbeitsumsatz ist die Menge Nahrung gemeint, die jeder von uns täglich braucht, um den Motor am Laufen zu halten.

„Welchen Motor?“

„Der Körper funktioniert wie ein Auto. Wenn Sie es betanken und nur in die Garage stellen, verbrauchen Sie keinen Sprit.“

„Aber die Batterie wird mit der Zeit trotzdem leer. Vor allem im Winter.“

Das eine hatte mit dem anderen nichts zu tun, aber ich gab ihr Recht.

„Sie haben es verstanden. Während wir hier gemütlich im Warmen sitzen, verbrauchen Sie kaum Kalorien. Hacken Sie aber Holz, verbrennen Sie viele. Sie könnten zum Beispiel schon einen positiven Effekt erziehen, wenn Sie zu Fuß zur Arbeit gingen, statt mit dem Auto zu fahren. Auch so nimmt man ab."

Mrs Smith schüttelte den Kopf.

„*Ich* muss ganz gewiss nicht abnehmen! Sehen Sie, hier!" Sie zupfte an ihrem Kleid. „Das habe ich mir vor dreißig Jahren gekauft, und es passt mir immer noch wie angegossen. Ich habe mir nur einen neuen Gürtel kaufen müssen."

Verschobene Wahrnehmung, in meiner spannte sich das Kleid unvorteilhaft eng um ihre Gestalt. Ich schätzte, beim Kauf hatte es sie wahrscheinlich locker umspielt.

„Wir sind nur gekommen, weil der Arzt gesagt hat, er steckt meine arme Claire sonst in eine Klinik. Ich will nicht, dass die sie herunterhungern, bis sie nur noch aus Haut und Knochen besteht. Sie hat doch bloß ein bisschen Asthma!"

Und wahrscheinlich Herzprobleme.

„Nun, um das zu vermeiden, sind Sie ja hier, nicht? Wie steht es denn mit Sport?"

Es war gemein von mir, aber ich konnte nicht widerstehen. Mrs Smith riss die Augen auf.

„Um Gottes willen! Das geht nicht. Das können Sie nicht verantworten. Was glauben Sie, wie viele Unfälle Claire im Sportunterricht schon hatte. Sie hat schwache Gelenke."

Nein, ihre Gelenke mussten nur zu viel Gewicht tragen.

„Was essen Sie denn am liebsten zum Frühstück?"

„Das ist doch egal. Was muss ich mir eigentlich noch für Fragen von Ihnen anhören, bis Sie mir die Bescheinigung ausstellen?"

„Was meinen Sie?" Ich machte mir im Geiste eine Notiz. Am besten fertigte ich wahrscheinlich ein kurzes Gesprächsprotokoll an. Für alle Fälle. Mrs Smith sah erbost genug aus. Ich rechnete damit, dass sie sich bei meiner Chefin über mich beschwerte.

„Na, über die Schulung! Dr. Soames hat gesagt, wir könnten sie bei Ihnen machen."

„Ah, ich verstehe. Mrs Smith, dazu gehört mehr als dieses eine Treffen. Hat Ihnen Dr. Soames nicht gesagt, dass unser Programm mit dem einer Klinik vergleichbar ist?"

„Welcher Kanal ist das? Wir haben Satellit."

„Eine Ernährungsumstellung ist kein Programm, das man auf dem Bildschirm verfolgt. Spielen wir mit offenen Karten, Mrs Smith." Ich hasste es, über den Kopf der eigentlich Betroffenen hinweg mit der Mutter zu verhandeln. Aber sie hatte ihre Claire so fest im Griff, dass diese in ihrer Anwesenheit nie den Mund aufgemacht hätte.

„Ihre Tochter wird ihre Beschwerden nicht loswerden, wenn sie nicht abnimmt. Bis zu unserem nächsten Treffen wäre es sicher ein guter erster Schritt, wenn sie auf sämtliche Süßigkeiten verzichtet."

„Nein!" Endlich hob Miss Smith den Kopf vom Smartphone.

„Dann bleibt nur die Klinik."

Mrs Smith erhob sich trotz ihrer Körperfülle erstaunlich flink.

„Also, ich muss schon sagen! Mrs Fenton hat vollkommen recht! Werden Sie selbst erst einmal Mutter! Aber so dünn wie Sie sind, kriegen Sie sowieso keinen Mann. Komm Claire, wir gehen!“ Sie scheuchte ihre Tochter auf, die sich hochstemmte und mich angrinste.

„Wenn ich in einen von Ihren Kochkursen gehe, geben Sie mir dann auch ein Eis aus? Lennie sagte, es war extrem lecker. Ich bin aber nicht so blöd, dass ich mir dafür vorher die Zunge verbrenne.“

„Geht auch ohne.“

„Cool! Ciao, Mrs McLean, wir sehen uns!“

Eher nicht. Mrs Smith zog ihre Tochter am Arm in den Flur hinaus, wo beide beinahe mit Ray kollidierten.

„Passen Sie doch auf! Ich werde mich beschweren! Die Beratung ist unmöglich!“

„Ihnen auch einen guten Tag!“ Mein Sandkastenfreund trat ein. „Was war denn bei dir los?“

„Nichts weiter. Zwei von drei Erstgesprächen scheitern.“

„Mach dir nichts draus. Solchen Leuten kannst du nicht helfen. Meinst du, sie beschwert sich wirklich über dich?“

„Das kann sie gerne tun. Meine Chefin wird sich wortreich bei ihr entschuldigen und ihr dann schonend beibringen, dass ihrer Tochter genau die beiden Möglichkeiten bleiben, die ich ihr auch schon genannt habe. Abnehmen in eigener Regie zu Hause, mit Gerichten, die ihr wirklich schmecken, oder in der Klinik mit Standard-Reduktionsdiät und viel Sport. Aber deswegen bist du sicher nicht gekommen.“

„Nein. Hast du noch mehr Klienten vor dir? Sonst schlage ich vor, dass du für heute schließt und es dir zu

Hause gemütlich machst. Ich habe hier für dich zwei Briefe aus der Mappe auf dem Schreibtisch deines Großvaters, die du besser in Ruhe auf der Couch liest."

„Warum? Was steht drin?"

„Weiß ich nicht." Ray musterte mich, als hätte er mich noch nie gesehen. „Sie sind versiegelt. Mit der ausdrücklichen Anweisung, dass sie nur für deine Augen bestimmt sind. Das respektiere ich. Aber ich kann mir den Inhalt inzwischen ungefähr denken."

Er senkte den Kopf und räusperte sich. „Der Zusatz zum Testament, den Kenneth McLean für euch beide auf seinem Schreibtisch hinterlassen hat, ist eine Art Geständnis. Ich habe es mehrfach gelesen und zur Sicherheit sogar einen Graphologen zugezogen. Es ist echt, und ich muss dir sagen, es erschreckt mich immer noch."

„Guter Gott! So schlimm?"

„Oh ja. Es wirft ein völlig neues Licht auf verschiedene Dinge." Er zog zwei vergilbte Umschläge aus der Innentasche seines Jacketts. „Sean Drumont kommt nachher mit dem letzten Flug aus London. Ich hole ihn in Glasgow ab. Wenn du morgen nichts vorhast, treffen wir uns gleich am Vormittag zur Verlesung."

„Okay."

„Sehr gut, Julie. Wir sehen uns."

Er kam mir ungewöhnlich ernst vor, aber mein Smartphone klingelte. Ray winkte und ging, und ich nahm das Gespräch an.

„Ja?"

„Hallo, Julia. Drumont hier. Hat dich Carmichael schon erreicht? Ich bin in Heathrow."

„Ich weiß, Ray hat mir schon gesagt, dass du kommst.“

„Hör zu, wir müssen reden. Unabhängig davon, was das Zusatztestament enthüllt. So geht es nicht weiter.“

„Warum wartest du nicht einfach das Ergebnis des Gentests ab? Ich habe Ray schon gesagt, dass ...“

„Ob du Alecs Tochter bist oder nicht, spielt für mich keine Rolle. Darum geht es mir überhaupt nicht. Ich muss nun leider auflegen, das Boarding beginnt. Wir sehen uns morgen, Julia.“

Er beendete das Gespräch. Ich räumte den Konferenzraum auf und versuchte mich nicht aufzuregen. Das hätte sich Sean wirklich sparen können. Wir konnten uns morgen noch genug streiten. Ich brauchte zwei Tassen Tee, bis ich mich wieder beruhigt hatte. Es wäre auch schade gewesen, ihn wegzuschütten. Er schmeckte sehr fein nach Zitronenverbene und Rose, aber mir war natürlich klar, dass Mrs Smith die natürlichen Aromen der Mischung schlicht als fade empfand. Wenn man jahrelang löffelweise Zucker in jede Tasse Tee oder Kaffee gekippt hatte, brauchten Nase und Zunge erst einmal Training.

Zwanzig Minuten später saß ich vor einer anderen Kanne heißen Tees, in mein Plaid mit dem Raubkatzenmuster eingewickelt, auf der Couch meiner Vermieterin. An den Wänden stand reglos wie immer der Bambusdschungel. Ich brach das Siegel des ersten Briefes auf und faltete das innenliegende Blatt auf. Die Handschrift war mir fremd.

Hallo Kath, geliebtes Kätzchen,

wir müssen uns unbedingt wieder einmal liebhaben. Glaubst du, du kannst dich morgen

Nachmittag zum Teehaus hinunterstehlen? Mein alter Herr und dein Schwiegervater haben zusammen in der Stadt zu tun, und ich weiß ganz sicher, von Mrs Norton, dass Lady E. zum Reitclub fährt. Ich werde also im Untergarten arbeiten und für den Fall der Fälle den Kessel am Kochen halten. Ich habe wunderbaren Lapsang Souchon gekauft, den musst du unbedingt probieren.

Ich hielt inne. Dass mein Vater sehr gerne Tee getrunken hatte, war fast das Letzte gewesen, was mir meine Mutter auf ihrem Sterbebett noch hatte sagen können.

Wenn du es nicht zu mir schaffst, lege ich mich wenigstens auf die Tatamis und mache mir süße Gedanken. Danke noch einmal für unser letztes Mal. Du warst unglaublich, zärtlich und wild. Ich kann es kaum erwarten, bis wir wieder zusammen sind.

Dein Gärtner

Ich steckte den Brief zurück in den Umschlag und saß eine ganze Weile still. Es war nicht sehr schwer zu erraten, von wem er stammte: von Rays Vater. Robbie Carmichael und Alec McLean waren eng befreundet gewesen. Ich wusste von meiner Grandmère, dass sie sich um 1980 herum, als ich geboren worden war, ständig getroffen hatten. Entweder im Gärtnerhaus oder in *George's* Pub, in dem meine Eltern damals oft an den Samstagen mit der Band meines Vaters aufgetreten waren. Nein, von dem Gedanken musste ich mich endgültig verabschieden. Alec war nicht mein Vater. Er war nur eine Weile mit meiner Mutter verheiratet gewesen. Für mich bestand kaum mehr ein Zweifel daran, dass Sean recht hatte. Alec McLean war schwul gewesen. Er hatte die Ehe mit meiner Mutter als Schild gegen die öffentliche Meinung benutzt, und sie hatte, aus welchem Grund auch immer, eine Affäre mit seinem besten Freund angefangen. Der Gärtner war eindeutig Robbie Carmichael und mit *Kath, geliebtes Kätzchen* konnte er nur sie gemeint haben.

Wahnsinn! Raymond war wahrscheinlich mein Bruder. Oh du meine Güte, er war nur ein Dreivierteljahr älter als ich. Seine Mutter musste ihn gerade geboren haben, als sein Vater meine Mutter verführt hatte. Mir fielen spontan mehrere hässliche Worte für Robbie Carmichael ein. Betrog dieser Kerl seine Frau doch schon im Wochenbett! Meine Güte! Ich brach das zweite Siegel auf.

Wieder lag in dem Umschlag nur ein einziges Blatt.

Lieber,

dies ist ein Abschiedsbrief. Ich werde dich nie vergessen, es war wunderbar mit dir. Aber wir können uns nicht länger im Teehaus treffen. Sei ehrlich, du hast gewusst, dass wir uns die Zeit nur gestohlen haben. Es schmerzt mich, dir das sagen zu müssen, doch wir gehören nicht zusammen. Weder du noch ich können zwei Menschen gleichzeitig lieben. Ich werde mich bemühen, dir wie immer zu begegnen, wenn Alec am Wochenende kommt. Er soll nichts merken, ich habe ihm – und deiner Frau gegenüber – ohnehin ein schlechtes Gewissen. Sei gut zu ihr. Ihr habt einen kleinen Sohn.

Kath

Ich wühlte mich aus der Decke und rief Ray an. Dass ich die Nummer seiner Kanzlei erwischt hatte, kam mir in meiner Aufregung erst zu Bewusstsein, als er sich meldete.

„Notare *Connolly, White & Carmichael.* Raymond Carmichael am Apparat.“

„Ray? Oh Gott, warum bist du noch in der Kanzlei?“

„Sean ist bei mir. Ich nehme an, du hast die Briefe gelesen?“

„Oh ja. Wie es aussieht, haben wir wahrscheinlich
denselben Vater.“

„Ehrlich gesagt, Julie: Es freut mich wahnsinnig. Du
warst mir schon immer die Liebste von allen. Lieber als
meine Schwestern. Aber bist du wirklich sicher? Soll
ich Sean informieren? Oder willst du einen zweiten
Gentest, um sicherzugehen?“

Ich überlegte kurz. „Sei mir nicht böse, Ray, aber ja
und ja. Einfach, um endlich absolute Gewissheit zu haben.“

„Verstehe ich gut. Hör zu: Wir sitzen hier ohnehin zusammen. Warum kommst du nicht auch? Wir können
die Verlesung des neuen Testaments genauso gut gleich
heute Abend hinter uns bringen. Da alle Beteiligten tot
sind, bleibt sie strafrechtlich sowieso ohne Konsequen-
zen. Aber du könntest deine Großmutter fragen, ob sie
dich nicht begleitet. Ich kann mir nicht vorstellen, dass
sie jetzt schon schläft, und das Geständnis deines Großvaters McLean ist auch für sie von Interesse.“

„Jetzt machst du mich neugierig.“

Kapitel 21

Julia: Derselbe Freitag, gegen sieben Uhr abends

Meine Grandmère war natürlich noch wach, als ich sie anrief. Sie machte zwar gerne nach dem Lunch ein ausgedehntes Nickerchen, ging aber vermutlich gerade deswegen nie vor Mitternacht schlafen.

„Hallo, Liebes. Ich wollte dich auch gerade anrufen und dich etwas fragen. Aber zuerst du. Was hast du auf dem Herzen?"

„Ray hat ..." Mir ging so vieles durch den Kopf – Eldridge Hall, was ich gerade gelesen hatte. Ich wollte meiner Grandmère eigentlich nicht erzählen, dass meine Mutter während ihrer Ehe eine Affäre gehabt hatte. Es kam mir wie Verrat vor. Aber es half ja nichts. Ich holte tief Luft.

„Du, ich habe dir doch erzählt, dass wir letzte Woche bei der Besichtigung mit Fenton im Zimmer meines Großv..., äh von Kenneth McLean ... eine Art zweites Testament gefunden haben."

„Ich weiß, von wem du sprichst, Liebes. Du brauchst nicht extra zu erwähnen, dass er dein anderer Großvater war. Was willst du mir schonend beibringen?"

Mein üblicher Fehler – ich hatte ihr bisher weder von dem Streit mit Drumont erzählt noch davon, dass er gesagt hatte, mein Vater, oder besser gesagt Alec McLean, sei schwul gewesen und ich könne nicht seine Tochter sein. Mussten mir meine Versäumnisse immer auf die Füße fallen? Ich schluckte.

„Ray hat mir vorhin zwei Briefe gebracht, die speziell für mich bestimmt waren. Halte dich fest: Es sind … ja … Liebesbriefe. Einen hat Robbie Carmichael an meine Mutter geschrieben. Der zweite ist ihr Abschiedsbrief an ihn."

Mir pochte das Herz. Meine Mutter war tot. Es konnte sie nicht mehr treffen, dass ich ihr Geheimnis ausplauderte. Aber was musste meine Grandmère von meiner Mutter, ihrer einzigen Tochter denken! Ich hatte sie gerade als Ehebrecherin bloßgestellt.

Sie schwieg eine Zeit lang.

„Hallo? Mémère? Bist du noch da?"

„Natürlich. Ich habe nur nachgedacht." Meine Grandmère blieb gelassen. Mich dagegen wühlte die Neuigkeit nach wie vor auf. „Weißt du, es überrascht mich eigentlich nicht. Ich hatte schon immer den Verdacht, dass du ein Kuckuckskind bist."

„Was? Und warum hast du nie ein Wort gesagt?"

„Weil es bisher keine Rolle spielte."

„Und wie kamst du darauf?"

„Ach Liebes, weißt du, dein Vater Alec … er benahm sich immer sehr förmlich. Als hätte er einen Besenstiel verschluckt. Du merkst, wenn sich zwei Menschen zugetan sind. Aber bei ihm, auch bei deiner Mutter, hatte ich immer das Gefühl, sie spielen ihre Rolle als Ehepaar nur. Selbst für damalige Zeiten, als man seine Gefühle noch nicht ganz so offen zur Schau stellte wie heute, fehlte mir bei Alec immer die Leidenschaft. Nur wenn er Klarinette spielte, da erkanntest du ihn nicht wieder."

Sie seufzte ein bisschen. „Er ist nur ein einziges Mal richtig aufgetaut, an dem Silvesterabend, als Robbie Carmichael aus Japan zurückgekehrt war. Sie sind sich um den Hals gefallen wie ... also wie Liebende. Ich dachte, gleich küssen sie sich ab."

Oha! Ob mein richtiger Vater auf beiden Seites des Flusses gegrast hatte?

„Leider bist du mit ihm als Erzeuger aber kein Stück besser dran."

„Weil mich Drumont jetzt aus dem Testament klagen wird? Ehrlich gesagt, Mémère: Wenn ich nicht Alecs Tochter bin, will ich Eldridge Hall auch nicht."

„Das ehrt dich. Das meine ich aber nicht. Wo Alec der Fisch zu kalt war, war Robbie zu heißblütig. Ein Casanova ersten Ranges, und das ist noch höflich ausgedrückt. Er ist buchstäblich jedem Rock nachgerannt. Wenn es stimmt, hat er sogar in Japan eine Tochter hinterlassen."

„Echt?"

„Ja. Aber jetzt wissen wir wenigstens, von wem du deine Vorliebe für Tee geerbt hast. Und warum du als Kind jede freie Minute in der Gärtnerei verbracht hast."

„Was meiner Mutter nie gefiel."

„Natürlich nicht! Sie muss Angst gehabt haben, es kommt heraus. Als du ein Kind warst, haben mich mehrmals Leute gefragt, ob Ray und du Geschwister seid. Ihr habt beide Robbies spitzen Haaransatz."

Jetzt wo sie es sagte – das stimmte!

„Meinst du, Onkel Bob wusste, dass Robbie eine Affäre mit meiner Mutter hatte?"

„Schon möglich. Er kannte schließlich seinen Sohn. Aber jetzt etwas ganz anderes: Ruf bitte noch einmal bei Raymond an und schlage ihm vor, er soll für die Verlesung des zweiten Testaments mit deinem anderen Halbbruder, diesem Sean Drumont, lieber zu mir zu kommen. Du hast dich garantiert so aufgeregt, dass du noch nichts gegessen hast, und ich vermute, die Männer auch nicht. Ich lade euch ein. Der Kühlschrank der Teeküche ist voll. Ich plante eigentlich, morgen Abend meine Zimmernachbarn zu bewirten, und du solltest uns etwas Schönes kochen."

„Und wann dachtest du, das mir zu verraten?"

„Du weißt es jetzt. Du bist mir nur durch deinen Anruf zuvorgekommen. Ich wollte dich nämlich gerade anrufen und dich fragen." Sie machte eine winzige Pause. Ich sah sie förmlich mit den Schultern zucken.

„Wenn du keine Zeit gehabt hättest, hätte ich das Fleisch einfach eingefroren und das Gemüse der großen Küche unten geschenkt. Übrigens fällt mir ein, dass ich Raymond am besten selbst anrufe. Dann kannst du sofort losfahren und gewinnst hier ein paar Minuten für das *mise en place*! Bye, bis gleich."

Sie legte auf, und ich schüttelte den Kopf. Meine Grandmère saß noch nicht richtig mit im Boot, um das geplante Treffen mit Ray und Sean einmal so zu nennen, schon übernahm sie das Kommando.

Zehn Minuten später stand ich in der Teeküche der Seniorenresidenz, die zwar ein bisschen beengt war, aber sonst wirklich keine Wünsche offenließ. Es gab ein Ceranfeld mit vier Kochstellen, eine Spülmaschine und eine mannshohe Kühl-Gefrierkombination – mit Eiswürfelbereiter! Dazu Töpfe in drei Größen, einen Wok und zwei Pfannen, eine aus Gusseisen und eine mit Antihaftbeschichtung, einen Reis- und einen Wasserkocher und Geschirr für zwölf Personen.

„Wusste der Betreiber bei der Planung, dass du hier einziehst, Mémère?"

„Weil wir hier selbst kochen können, wenn wir wollen? Nein, das gehört zum Konzept. Die Leitung möchte, dass wir Alten möglichst lange fit bleiben, Liebes. Wer nur die Hände in den Schoß legt, fühlt sich nutzlos und wird schnell senil."

Sie öffnete den Tiefkühlschrank und zeigte mir ein schönes Stück Rinderhüfte. Es war zart marmoriert, genau richtig angefroren, um es in hauchdünne Scheibchen zu schneiden und mit Knoblauch, Sojasoße sowie Koriander, Ingwer und Chili zu marinieren. Ich suchte mir die Würzzutaten aus dem Kühlschrank zusammen.

„Mémère, du hast wirklich an alles gedacht! Damit kann ich uns Bulgogi machen."

Ich gab Basmati und Wasser in den Reiskocher und schnitt das Fleisch. Sie rührte die Marinade.

„Werden deine Nachbarn nicht enttäuscht sein, wenn wir ihnen das Essen wegfuttern?"

„Erstens wissen sie noch nichts von ihrem Glück, zweitens kann ich morgen früh noch einmal in die Stadt gehen und nachkaufen. Darf ich dann damit rechnen, dass du uns am Samstagabend etwas zauberst? Für mich und meine Freunde hier?"

„Selbstverständlich, Mémère."

„Aber wieder mit Fleisch. Zum Glück hast du dich bei deiner Chefin in der Ernährungsberatung nicht zur Hardcore-Veganerin entwickelt!“

„Alles, was ich erreichen möchte, ist, dass Menschen bewusster essen. Wenn wir alle unseren Fleischkonsum herunterfahren, geht es uns und der Umwelt besser.“

„Zweifellos. Es fällt mir nur schwer. Wir, meine Generation, hat im Krieg und danach auf genug verzichten müssen.“

„Gab es bei euch nicht wenigstens Fisch?“

„Wenn du glaubst, dass wir davon etwas gesehen haben, hast du dich geschnitten. Den kaufte zwischen 1945 und 1950 komplett die Army auf. Allerdings lernte ich so auch deinen Grandpa kennen.“

Sie seufzte, und ich legte das Gemüse und das Messer weg und umarmte sie. Sie lächelte.

„Ist schon wieder gut. Wir müssen weitermachen.“ Meine Grandmère öffnete eine Schublade und hielt eine Packung Mu-err Pilze hoch. „Kannst du die gebrauchen?“

„Natürlich! Sie passen wunderbar.“

Es war Trockenware, wir mussten sie einweichen. Ich schaltete den Wasserkocher ein und wollte die Pilze gerade überbrühen, als es klopfte.

„Oh, das riecht ja schon absolut fantastisch nach frischem Ingwer!“ Ray und Sean standen vor uns. Sean blickte mich so liebevoll an, als hätte er mir niemals angedroht, mich aus meinem Erbe zu kicken. „Gibt es Asiatisch oder Indisch?“

„Das ist vorläufig nur die Marinade.“

„Essen wir zuerst, bevor Ray das zweite Testament verliest? Ihr Männer könnt den Tisch decken."

Bevor Ray auch nur blinzeln konnte, drückte ihm meine Grandmère vier Teller in die Hand. Sean bekam das Besteck. Sie nahm Gläser und eine Flasche trockenen Sherry aus dem Schrank und verließ die Teeküche. „Mir nach, meine Herren!"

„Jawohl, Madam. Woher haben Sie gewusst, dass Sherry nach Whisky mein Lieblingsgetränk ist?" Sean folgte meiner Grandmère eilig, die ihm kerzengerade vorausschritt.

Ich lachte leise in mich hinein. Wie gut sie mich kannte! Ich kochte gern mit ihr zusammen, wir waren ein eingespieltes Team. Aber dass mir zwei ausgewachsene Männer im Weg standen, konnte ich in der engen Teeküche nicht vertragen. Ich schnappte mir ein Messer und putzte und schnitt Gemüse. In den Hotelküchen Asiens gab es große Dampfbehälter und nahezu vierundzwanzig Stunden täglich heißen, auf den Punkt gegarten Reis. Hier musste ich noch exakt acht Minuten darauf warten.

Ich nutzte die Zeit und schnitt Weißkohl, Möhren, Frühlingszwiebeln, milde Paprika, sehr wenig Chili und die eingeweichten Pilze in Streifen und bildete damit auf zwei Schneidbrettern saubere Häufchen. Bulgogi bedeutete übersetzt Feuerfleisch, das bezog sich aber auf den Bratvorgang auf offenem Feuer im Wok – hier einem Ceranfeld – und nicht auf die Menge Chili. Die Toleranzgrenze meiner Grandmère hatten wir an meinem Geburtstag ausgelotet, die von Sean kannte ich seit dem Samstag im Golfclub, die von Ray nur theoretisch. Er hatte Georgies Chili sin Carne gelobt, und ich wusste nicht, wo auf der Scoville-Skala ihre Schmerzgrenze begann. Daher zerrieb ich den Rest der kleinen scharfen Schoten im Mörser und verarbeitete sie mit einem Spritzer Weinessig und einer Prise Zucker zu einer Würzpaste, die ich mangels Schälchen in eine Tasse füllte. Teelöffel hinein, und jeder konnte sich so viel nehmen wie er wollte.

Der Timer des Reiskochers brummte. Ich schaltete ihn ab und rührte und schwang die einzelnen Zutaten des Bulgogi im Wok, dessen flacher Standboden mich irritierte, aber bei einem Ceranfeld natürlich geboten war. Das Gemüse zum Bulgogi war keine klassische Mischung – wobei es diese streng genommen gar nicht gab. Jeder Koch und jede Hausfrau in Korea kochten nach ihrem eigenen Geschmack, mit den Zutaten, die der Markt gerade anbot. Ich schaltete den Herd ab und füllte den Reis und Bulgogi mit dem Gemüse auf eine große Platte, die ich dampfend heiß in das Zimmer meiner Grandmère trug.

Dort saßen Ray, Sean und meine Grandmère schon um den Couchtisch. Ray stand auf und zog mir den zweiten freien Sessel neben seinem heraus. Ich setzte mich. Er selbst saß meiner Grandmère gegenüber, die ihren üblichen Platz auf dem Sofa eingenommen hatte. Neben ihr thronte Sean. Auf dem Platz meines Grandpas. Er war sich der Ehre sicher nicht bewusst. Meine Grandmère nickte uns freundlich zu.

„Bitte, greift zu."

Sean zögerte höflich, aber Ray kannte keine Hemmungen. Er drückte mir das Servierbesteck in die Hand und streckte mir seinen Teller entgegen, obwohl Sean die Stirn runzelte.

„Was? Einer muss anfangen, mein Freund. Außerdem muss ich mich für die Verlesung nachher stärken.“

„Bravo, Carmichael! Das war ein echter Stimmungskiller.“ Sean schüttelte den Kopf.

Er reichte mir den Teller meiner Grandmère über Rays hinweg. Ich bediente sie, Ray, Sean und mich, und eine Weile sprach niemand von uns. Ich hoffte, dass Sean und Ray das Bulgogi genossen. Ich hing meinen eigenen Gedanken nach. Sie blieben ziemlich konfus. Kenneth McLean hatte die Briefe zweifellos gelesen, bevor er sie versiegelt hatte. Er musste gewusst haben, dass ich nicht seine Enkelin war. Es betrübte mich, dass Eldridge Hall für mich in immer weitere Ferne rückte. Aber auf der anderen Seite war es nur ein altes Haus, und davon gab es in Schottland Dutzende. Irgendwo fand ich schon noch ein Nest.

„Kann ich bitte diese Tasse haben?“ Sean deutete auf die Chilipaste. Ich gab sie ihm.

„Danke.“ Er bediente sich mit einem guten Teelöffel voll, den er unter seine Portion Fleisch mischte, das er danach mit erkennbarem Behagen verspeiste. Danach herrschte wieder Stille, bis Ray mit einem tiefen Seufzen seinen Teller von sich schob.

„Julie, ich wiederhole mich: Dafür müsste man dir glatt einen Heiratsantrag machen.“ Er säuberte sich den Mund mit der Serviette.

„Hast du etwa? Tatsächlich?“ Sean beugte sich vor.

„Raymond Carmichael! Das finde ich nicht witzig!“ Meine Grandmère legte ihr Besteck weg.

Er grinste. „Keine Angst, sie hat noch jedes Mal Nein gesagt. Und unter diesem Umständen muss ich sowieso verzichten.“

„Dann ist es jetzt amtlich? Ist es das, was du nachher verlesen willst?" Sean blickte von Ray zu mir.

„Amtlich ist, dass Julie die Tochter von Alec McLean und Kathleen Hollander ist, Sean Drumont. Amtlich seid ihr Geschwister."

„Moment! Ich habe von Anfang an klargestellt, dass ich nur von Alec adoptiert wurde. Wir sind nicht blutsverwandt."

„Komm wieder herunter. Soll ich euch jetzt den Nachsatz zum Testament von Kenneth McLean verlesen oder nicht?"

Sean und ich sahen uns an. „Wenn Julia einverstanden ist … ja."

„Gut. Fangen wir gleich an. Lasst ruhig alles auf dem Tisch stehen."

Ray griff neben seinen Sessel und zog aus einer Dokumententasche eine Mappe und ein kleines Aufnahmegerät, das er neben seinen leer gegessenen Teller stellte. Er schaltete es ein, schlug die Mappe auf und lehnte sich zurück.

„Freitag, der achte November zwanzigneunzehn, zwanzig Uhr fünfzehn. Vor mir erschienen sind Julia McLean, Sean Drumont und Suzette Hollander. Die genannten Personen sind mir persönlich bekannt."

„Ich verlese nun den Inhalt des Dokuments, das Doktor Kenneth McLean, zuletzt wohnhaft auf Eldridge Hall, New Haven, dort für seine beiden Erben hinterlassen hat."

An meine beiden Enkel

Im Sommer 1981 fand meine Frau heraus, dass zu der Wohngemeinschaft, in der unser Sohn Alec in London mit seinem Geschäftspartner Finn

McDoughal zusammenlebte, auch Christine Drumont und ihr Baby gehörten. Ich möchte einfügen,
dass sowohl Alec als auch die Mutter des Kindes
uns beiden, mir und meiner Frau, im Verlaufe der
nächsten Monate und Jahre wieder und wieder
versicherten, dass Sean Drumont nicht Alecs Sohn
ist.

Unsere Schwiegertochter Kathleen hatte ihm leider nur ein Mädchen geschenkt, eine Tatsache, die
für mich niemals eine Rolle spielte. Aber meine
Frau entwickelte daraus die fixe Idee, dass Eldridge Hall einen männlichen Erben brauchte.

Ich werde hier nicht darauf eingehen, mit welchen
Methoden sie die Scheidung der Ehe unseres Sohnes Alec durchsetzte. Einer Ehe, in die sie Alec und
unsere Schwiegertochter vorher geradezu hinein-
getrieben hatte.

Ray blätterte um.

Ein berühmter Schriftsteller, Bulgakow, hat geschrieben, dass Feigheit die größte Sünde ist. Ich
bekenne mich ihr schuldig. Es schmerzte mich
sehr, dass Kathleen sich von Alec trennte und mit
unserer Enkelin zu ihren Eltern zurückkehrte. Ich
habe Julia seitdem nicht wiedergesehen. Aber ich
nahm es hin. Ich hielt es für das Beste. Kathleen
wollte nach der Scheidung nichts mehr mit uns zu
tun haben und weigerte sich auch, von Alec oder
mir Unterstützung anzunehmen. Außerdem hoffte
ich, meine Frau, die auch in jungen Jahren nur
schwer von einer einmal gefassten Meinung abzu-
bringen war, würde sich damit zufriedengeben,
was sie angerichtet hatte. Das stellte sich später
als mein größter Fehler heraus.

Alec ließ sich in der Folgezeit nur mehr selten bei uns auf Eldridge Hall blicken, und wenn er doch einmal kam, war er immer allein. Wie meine Frau daraus schließen konnte, Christine Drumonts Sohn Sean sei noch zu jung und zart für die Reise nach Schottland, entzieht sich meiner Kenntnis. Ich bemerkte nicht, wie dringend sie darauf wartete, endlich den Jungen kennenzulernen, den sie für ihren Enkel hielt. Ich verschloss davor genauso die Augen wie vor der wahren Natur von Alecs Partnerschaft mit Finn McDoughal. Wir haben uns kurz vor seinem Tod hier in diesem Zimmer darüber ausgesprochen. Mein Sohn hat mir verziehen, doch was wir ihm und seinem Lebensgefährten angetan haben, verfolgt mich bis zu diesem Tag.

Ich bin sehr traurig darüber und kann zu meiner Entlastung nur versichern, dass meine Frau ihren Wahnsinn perfekt vor mir verborgen hat. Sie belästigte Christine Drumont nach der Scheidung unseres Sohnes über Jahre hinweg, bis sich die junge Frau zu einem Besuch bei uns bereiterklärte. Wir hofften alle, sie würde dadurch die Wahrheit erkennen, aber dieses Wochenende bestärkte meine Frau nur in ihrer Überzeugung. Sie hat in Sean Drumont bis zu ihrem Ende den heiß ersehnten Enkel gesehen.

„Den Samstag und Sonntag vergesse ich in meinem ganzen Leben nicht!" Sean schoss neben meiner Grandmère hoch. „Sie hatte ihre Pläne mit mir längst fertig. Wenn es nach ihr gegangen wäre, hätte sie mich direkt von Eldridge Hall aus nach Eton geschickt. Sie wollte, dass ich im Internat Schliff komme!" Er schüttelte den Kopf und setzte sich wieder. „Bitte entschuldigen Sie, Madame! Aber mir läuft es heute noch kalt über den Rücken, wenn ich an die alte Hexe denke."

„Das verstehe ich gut. Ich konnte sie auch nicht leiden." Meine Grandmère streckte die Rechte aus, Sean schlug ein und sie schüttelten sich die Hände.

„Kann ich weiterlesen?" Ray wartete auf mein Nicken und fuhr fort.

Im Sommer 1990 war unsere Enkelin noch keine zehn Jahre alt. Ich weiß nicht warum, doch scheinbar glaubte meine Frau, ihr liefe die Zeit davon und sie müsse dem Schicksal auf die Sprünge helfen. Sie fuhr normalerweise nicht selbst in die Stadt. Trotzdem schöpfte ich leider keinen Verdacht, als sie mich im Juni um die Autoschlüssel bat, um bei den Carmichaels Blumen zu kaufen. Narr, der ich war, hoffte ich, sie hätte endlich ihren Groll darüber begraben, dass mein alter Freund Bob einen Teil der ehemaligen Arbeitergärten gepachtet hatte, die mir gehörten, um eine Gärtnerei darauf zu errichten. Ich erinnere mich, dass ich ihr noch dabei zusah und mich wunderte, warum sie ihre alte Werkzeugkiste aus dem Krieg im Wagen verstaute. Wir hatten beide unseren Beitrag zur Verteidigung unseres Landes geleistet. Ich als Arzt in Asien, sie in New Haven in der alten Fischfabrik, die in diesen Jahren zur Herstellung von Munition umgerüstet worden war. Sie besaß von damals wohl noch Sprengstoff.

Meine Grandmère stieß einen lauten Schrei aus und presste beide Hände auf den Mund. Auch mich traf diese Neuigkeit wie ein Keulenschlag. Ich wusste hinterher nicht, wie ich auf die Beine gekommen war. Aber ich scheuchte Sean von seinem Platz auf dem Sofa, glitt neben meine von Kopf bis Fuß zitternde Grandmère und nahm sie in die Arme. Sie hielt sich an mir fest und stöhnte. Ray senkte den Kopf und wartete.

Zuletzt sagte er sehr leise: „Entschuldigt bitte. Wenn es für euch zu viel wird, können wir die Verlesung auch verschieben."

„Nein!" Meine Grandmère richtete sich auf. „Ich habe es damals ertragen. Ich kann es auch heute!"

Ray verneigte sich.

Meine Frau kehrte zwei Stunden später sehr guter Laune mit zwei Kisten voller Sommerblumen aus der Gärtnerei zurück, die ich Wochen später verdorrt in einem Winkel des Kellers fand. Das Nächste, an das ich mich von dem bewussten Tag erinnere, ist ein lauter Knall. Wir saßen im Speisezimmer auf der Südseite, und alle Fensterscheiben von Eldridge Hall klirrten. Ich dachte sofort an eine Explosion, holte meine Arzttasche und fuhr hinunter. Die Gärtnerei bot ein Bild der Verwüstung. Überall lagen Scherben und das Gewächshaus, das dem verwilderten Teil der Arbeitergärten am nächsten lag, war völlig zerstört. Es sah aus, als sei darin eine Bombe explodiert. Der Coroner sagte mir später, die Tür sei mit einer Sprengfalle verbunden gewesen. William Hollander, der Vater unserer Ex-Schwiegertochter muss auf der Stelle tot gewesen sein. Ich konnte nichts mehr für ihn tun.

Meine Grandmère sagte mit ganz dünner Stimme: „Er wollte dich zum Essen holen, Liebes. Wir dachten, du und Ray hättet wieder einmal die Zeit vergessen. Wir wussten nicht, dass ihr beide von eurer Lehrerin in der Schule festgehalten worden wart."

Im nächsten Augenblick richtete sie sich auf und ballte die Fäuste. „Diese Bestie! Ich hoffe, sie schmort in der Hölle. Sie wollte dich aus dem Weg räumen. Und

Ray hätte sie bei der Gelegenheit auch gleich mit umgebracht!"

„Das nehme ich auch an." Mein Sandkastenfreund und Halbbruder nickte grimmig.

Sean blickte sehr blass von ihm zu mir.

„Mit anderen Worten: Hätte Alec damals meine Mutter nicht aufgenommen, als sie schwanger auf der Straße stand, wäre der Anschlag nie passiert."

„Nun mach nicht auch noch du auf Dramaqueen!" Ich wusste in der gleichen Sekunde, dass ich das nicht hätte sagen dürfen. Wie ungerecht es war. Mir wurde schlecht. Sean presste die Lippen zusammen und sah mich nicht mehr an.

Ray wartete eine Weile. Dann las er weiter.

Der Coroner ermittelte damals in alle Richtungen, auch gegen meine Frau. Doch ich war zu feige, um ihm meine Beobachtungen mitzuteilen. Ich war mir auch nicht völlig sicher, ob mein Verdacht stimmte. Und – ich gebe es zu – ich fürchtete, dass meine Frau einen Gefängnisaufenthalt oder auch nur die Einweisung in eine geschlossene Anstalt nicht überlebt hätte. Außerdem fürchtete ich den Skandal. Ich rang mich zuletzt aber durch, meinen Sohn anzurufen.

Der Rest ist schnell erzählt. Unsere Ex-Schwiegertochter war klug genug, mit ihrer Mutter und unserer Enkeltochter im Herbst dieses Jahres nach Glasgow umzuziehen und Julia außer Reichweite meiner Frau zu bringen. Ich selbst gab meine Praxis auf. Ich wusste, dass ich meine Frau keinen Augenblick mehr unbewacht lassen durfte. Das hat meine Einkünfte natürlich stark reduziert. Ich habe mich eingeschränkt und das Teehaus im Untergarten und die Pflege des Parks aufgegeben,

aber ich betrachte das als Teil meiner Buße. Es ist
klar meine Schuld, dass Julia, die ich bis heute als
meine Enkeltochter betrachte, als Scheidungskind
und ohne Großvater aufwachsen musste. Und es ist
genauso meine Schuld, dass ich den Wahn meiner
Frau erst erkannte, als es zu spät war. Mögen mir
meine beiden Enkel meine Schwäche bitte verzei-
hen.

Es ist mein letzter Wunsch, dass Julia McLean und
Sean Drumont Eldridge Hall gemeinsam besitzen.
Ich vermache den Besitz ausdrücklich beiden und
hoffe inständig, dass ich damit wenigstens einen
kleinen Teil des Unrechts abtragen kann, was ich
ihnen angetan habe.

Unterschrift: Doktor Kenneth McLean.

Ray legte das letzte Blatt weg.

Kapitel 22

Kathleen: Drei Wochen nach der Explosion, Sommer 1990

Robbie lehnte mit verschränkten Armen am mittleren Wandpfeiler der Eingangshalle der Schule und blickte sich suchend um. Er sah noch genauso aus wie früher: groß und schlank, fast schon ein bisschen hager. Ungewollte Bilder drängten sich ihr auf, Robbie und sie, jeder von ihnen im Kimono und nichts darunter. Sie erinnerte sich wie heute an den trockenen Grasgeruch der Tatami-Matten, die Hitze, die das Kohlebecken unter dem Teekessel ausströmte und daran, wie der ziemlich grobe Baumwollstoff des Kimonos an ihrem Rücken gerieben hatte, wenn sie unter ihm lag.

Er hatte sie noch nicht gesehen. Aber es war unvermeidlich, sie lief in den nächsten Sekunden genau in sein Blickfeld. Es gab nur diese eine Möglichkeit, die Schule zu verlassen. Kathleen ärgerte, dass er ausgerechnet jetzt hier auftauchte. Als ob sie nicht schon genug Kummer und Sorgen gehabt hätte! Sie konnte sich nicht vorstellen ... aber halt! Sie rief sich selbst zur Ordnung. Er hatte sich nach dem Abschiedsbrief nie mehr gemeldet, warum nahm sie eigentlich an, dass er sich noch für sie interessierte? Sie wusste, dass er nicht gerade wählerisch war. Er war zum zweiten Mal verheiratet, Vater einer weiteren Tochter und hatte den Gerüchten nach trotzdem noch einen ziemlichen Verschleiß an Freundinnen. Sie glaubte natürlich nicht alles. Erst recht nicht, wenn Pauls Mutter die Quelle war. Die *Ich-will-aber-nichts-gesagt-haben* trug keine Zeitungen mehr aus, drehte aber immer noch in ihrem alten Kundenkreis die Runde. Ihr verdankte Kathleen auch, dass sie über die neueste Gemeinheit ihrer Ex-Schwiegermutter Bescheid wusste. Lady Elinor verbreitete überall, dass ihre Julia und Robbies Raymond an dem Unglück die Schuld trugen.

Vielleicht war er deswegen hier, um seinem Ältesten auf dem Nachhauseweg Geleitschutz zu geben. Gut so, dann konnten die beiden Kinder wenigstens nicht zusammenstecken, wie sie es sonst immer taten. Sie liebten sich seit dem Kindergarten heiß und innig, aber es konnte nicht so weitergehen. Noch war diese Liebe unschuldig, aber in zehn Jahren konnte das ganz anders aussehen, und dann musste sie auch die Bosheiten bedenken, die Lady Elinor bereits überall verbreitete. Kathleen wollte nicht, dass Julia diese hörte. Wenn sie ihre Tochter begleitete, hielten sich die Leute Gott sei Dank zurück.

Sie hatte ja nicht geglaubt, dass sie noch einmal gezwungen sein würde, ihre ungeheuer selbstständige, fast Zehnjährige von der Schule nach Hause zu begleiten. Julia passte das natürlich nicht. Sie trödelte offensichtlich noch in der Mädchenumkleide herum, aber Kathleen konnte es ihrer Tochter nicht ersparen, dass sie sie abholte. Das arme Kind neigte seit dem Unglück verstärkt dazu, erst Stunden nach Unterrichtsschluss bei ihr und ihrer Maman aufzutauchen. Kathleen war ziemlich sicher, dass Raymond und Julia immer noch zusammen in der Wildnis der Arbeitergärten untertauchten. Sie wusste nicht, wie sie ihre Tochter dazu bringen sollte, pünktlich zu sein. Oder wenigstens Bescheid zu geben, wenn sie mit Ray unterwegs war und wo. Der Coroner sagte, weitere Anschläge seien nicht auszuschließen. Er ermittelte in alle Richtungen. Auch weil kein Grund zu erkennen war, warum jemand den Carmichaels schaden wollte. Dass es ihren Dad getroffen hatte, war nach allem, was sie bisher wusste, reiner blinder Zufall. Aber bis der oder die Täter gefasst waren, waren sie alle in Gefahr. Vor allem die Kinder. Vielleicht musste sie sogar tatsächlich mit Robbie reden, dass er auf seinen Sohn einwirkte.

Das Schlimmste war, dass ihr nicht mehr viel Zeit blieb, Julia zur Räson zu bringen. Sie musste in den nächsten Tagen in die Schule zurück. Ihr Direktor zeigte viel Verständnis. Er hatte ihr ohne Probleme Urlaub gewährt, bis sie und ihre Maman alles geregelt hatten. Sie mussten die Pacht für die Tankstelle kündigen, einen Mieter für die Werkstatt finden und natürlich darüber nachdenken, wie es für ihre Maman weitergehen sollte. Kathleens eigener Schmerz saß tief, aber sie konnte sich ablenken. Sie bereitete jetzt schon die ersten Lektionen für die Musikklassen vor, damit sie nach den Ferien wieder voll in Glasgow einsteigen konnte. Schade, dass Julia überhaupt kein Talent besaß.

Sie blickte starr voraus, aber Robbie hatte sie schon entdeckt. Er löste sich von seiner Säule und eilte ihr entgegen. Es hatte eine Zeit gegeben, da hatte sie nach diesem beschwingten Schritt Ausschau gehalten. Sie bereute nichts, aber sie konnte es gerade jetzt nicht gebrauchen, dass Robbie, der sich bisher nie um sie oder Julia gekümmert hatte, auf einmal damit anfing. Theoretisch musste er es zwar nicht wissen. Sie hatte ihm nie gesagt, dass sie von ihm schwanger geworden war. Aber er konnte schließlich rechnen, oder? Julia war am 30. Oktober geboren worden. Sie hatte in der Silvesternacht zum ersten Mal mit Robbie geschlafen, vielmehr hatte er sie verführt. Vermutlich aus einer Champagnerlaune heraus. So viel Alkohol wie in dieser Nacht hatte sie mit ihm seitdem nie wieder getrunken. Dafür Tee, im Teehaus ihres Schwiegervaters. Kathleen verstand sich jetzt, zehn Jahre später, selbst nicht mehr. Sie hatte die Affäre mit ihm wie selbstverständlich fortgesetzt. Ein-, zweimal die Woche, immer, wenn Lady Elinor mit Belfegor ausgeritten war. Von ihrem Schwiegervater hatten sie nichts zu befürchten gehabt. Der Doktor war Montag bis Freitag exakt um sieben Uhr dreißig in seine Praxis verschwunden und mit der Präzision eines Uhrwerks zum Tee um fünf zurückgekehrt.

„Hallo, Kathleen." Robbie hielt lächelnd vor ihr an.

Er war braungebrannt, immer noch Gärtner, nahm sie an. Die Fältchen um seine Augen hatten sich zu ausgeprägten Krähenfüßen entwickelt, aber er lächelte immer noch so charmant wie früher. Sie wollte es nicht, aber sie schmolz unter diesem Lächeln. Wenn sie damals nicht solche Angst bekommen hätte, als sie gemerkt hatte, dass sie schwanger war. Wer weiß, ob sie die Kraft gefunden hätte, ihn zum Teufel zu schicken. Warum hatten sie eigentlich nie verhütet? Manchmal, wenn sie an ihre unmögliche Ehe zurückdachte, fragte sie sich, ob ihn nicht überhaupt Alec zu ihr geschickt hatte. Mit dem klaren Auftrag, ihr das Kind zu machen, zu dessen Zeugung sich ihr schwuler Ehemann nicht imstande gefühlt hatte. Auch eine Art Freundschaftsdienst! Sie war damals so naiv gewesen.

„Was willst du, Robbie?“

Die Schulglocke läutete, aus allen Gängen der Primary School von New Haven strömten schreiende, lachende Klassen in die Halle. Fünf- bis Achtjährige, die über unerschöpfliche Energie verfügten. Kathleen war erleichtert. Was immer Robbie von ihr wollte, würde in der Geräuschkulisse der Halle völlig untergehen. Sie mussten näher zusammenrücken, zwangsläufig. Außerdem konnte sie hinterher immer noch behaupten, er hätte ihr kondoliert. Eine Sekunde mit ihm im selben Raum, und schon überlegte sie sich wieder passende Ausreden. Es war schrecklich.

„Geht es dir gut?“ Robbie berührte sehr sacht ihren Arm. „Das mit deinem Vater tut mir leid.“

„Danke. Aber deine Eltern sind selbst schwer getroffen.“

„Ja. Ich weiß nicht, ob wir die Gärtnerei wieder aufbauen können. Die Versicherung wird wohl erst zahlen, wenn der Schuldige feststeht.“

„Du denkst doch hoffentlich nicht auch ...“

Er schüttelte energisch den Kopf.

„Warum hast du es mir nie gesagt? Ich meine, die Kleine.“

„Robbie – du hast jetzt wie viele Kinder, neben Raymond und seinen beiden Halbschwestern? Noch mehr Alimente kannst du dir doch gar nicht leisten.“

Er zuckte mit den Schultern.

„Vielleicht wäre es nie dazu gekommen, wenn wir zusammengeblieben wären.“

„Wir waren nie zusammen. Das war ja das Problem. Aber du wolltest mir etwas sagen?“

„Ja.“ Er wurde mit einem Mal sehr ernst. „Kath, Alec hat mich angerufen.“

Sie wandte sich sofort ab, wollte gehen. „Mit dem habe ich nichts mehr zu tun!“

Robbie hielt sie am Ärmel fest. „Lass mich bitte ausreden. Du muss Julia in Sicherheit bringen! Das ist kein Scherz, Kathleen! Ich kann es nicht beweisen, aber nach dem, was mir Alec erzählt hat, besteht durchaus die Möglichkeit, dass der Anschlag nicht deinem Vater gegolten hat. Sondern ihr.“

Alles Blut wich ihr aus dem Gesicht. Kathleens Herz begann zu hämmern.

„Bist du sicher?“

„Nein. Natürlich nicht. Der Coroner hat die alte Hexe scheinbar überhaupt nicht in Verdacht. Aber willst du es darauf ankommen lassen? Schau, ich habe gehört, dass deine Mutter die Pacht der Tankstelle abgeben will, und die Werkstatt kann sie allein auch nicht weiterführen. Nehmt das als Ausrede. Zieht aus New Haven weg. Dann kann sie euch nichts mehr tun.“

„Ich habe mir sowieso schon überlegt, wie ich Ray und Julia am besten trennen kann. Robbie, sie hängen zusammen wie Pech und Schwefel. Das geht so nicht weiter!“

„Gleich und gleich gesellt sich eben gern.“

„Mach du auch noch ein Witz daraus! Du weißt genau, was ich meine!“

„Du könntest ihr auch einfach die Wahrheit sagen.“

„Welche denn? Dass der Mann, den ich geheiratet habe, nicht den Arsch in der Hose hatte, sich zu wehren, als seine Mutter für ihn die Scheidung einreichte? Dass ihr richtiger Va...“

Sie brach ab. Ihr wurde bewusst, dass es in der Halle still geworden war. Die meisten Schüler hatten sie längst verlassen. Kathleen blickte sich unruhig um.

„Wo bleibt sie nur?“

„Wer – deine Tochter?“

„Wenn sie nicht bald auftaucht, muss ich nach ihr suchen.“

Robbie war vielleicht ein Schuft, doch sie glaubte ihm. Sie hatte Lady Elinor seit damals nicht wiedergesehen, höchstens ab und zu in der Stadt, auf der anderen Straßenseite. Aber sie traute ihr jede Schlechtigkeit zu. Obwohl das alles irgendwie keinen Sinn ergab.

„Warum sollte sie versucht haben, Julia etwas zu tun?“

„Sie umzubringen, meinst du wohl! Ich weiß es nicht. Aber tu mir den Gefallen und nimm meine Warnung ernst! Julia ist meine Tochter, Gott verdammt! Ich will, dass sie in Frieden aufwachsen darf. Unbelastet von der ganzen Scheiße hier.“ Er wies fahrig gen Himmel.

Auf einmal hatte sie genug. Er hielt sie hier auf, und sie wusste nicht, wo Julia war!

„Du hast gar nichts zu wollen, Robert Carmichael! Was bildest du dir eigentlich ein? Julia heißt McLean.“ Kathleen atmete tief ein. „Ihr seid doch beide gleich, du und Alec. Ihr habt mich nur benutzt. Lass mich in Frieden, ich gehe jetzt meine Tochter suchen.“

Die kam in diesem Augenblick in Sicht. Julia bewegte sich langsam wie eine Schnecke, mit schleppenden

Schritten und gesenktem Kopf durch den Gang auf sie und Robbie zu.

„Du gehst jetzt!“ Kathleen war sich bewusst, dass sie zischte. „Ich will nicht, dass ihr aufeinandertrefft!“

Ihre Tochter brauchte im Augenblick nicht noch einen Vater. Sie hatte es schwer genug.

Kapitel 23

Julia: Der erste Samstag im November

Wir waren nach diesem Paukenschlag alle erschöpft. Deshalb schlug Ray vor, am nächsten Morgen in seiner Kanzlei weiterzumachen. Ich konnte mir zwar nicht denken womit, aber vielleicht brauchte er noch einmal unsere Unterschriften, mit denen wir bestätigten, dass wir das Zusatzdokument zur Kenntnis genommen hatten. Das Geständnis meines Großvaters änderte nur leider nichts an der Sachlage. Unabhängig davon, was es alles wieder aufgewühlt hatte, mussten sich mein lieber Herr Adoptivbruder und ich nach wie vor über die Nutzung von Eldridge Hall einigen. Aber wenn ich über gestern nachdachte, wurde ich überhaupt nicht mehr aus ihm schlau. Möglich, dass ihn Kenneth McLeans Botschaft an uns beide genauso erschüttert hatte wie mich. Doch sicher war ich mir nicht. Sean hatte sich sofort nach der Verlesung des Zusatztestaments ziemlich schnell verabschiedet und auch nur äußerst knapp für die Einladung zum Abendessen bedankt. Ich hoffte, dass er aus Rücksicht auf meine arme Grandmère gegangen war. Mit mir konnte er gerne umspringen, wie es ihm beliebte, und wenn er mir den Traum vom eigenen Hotel kaputtmachte, brachte mich das nicht um.

Aber wenn er sie verletzte, würde er mich kennenlernen.

Sie sah auch heute Morgen noch ziemlich mitgenommen aus. Ich überredete sie, sich das Frühstück ausnahmsweise aufs Zimmer bringen zu lassen und versprach ihr, später für sie einzukaufen, wenn sie die Einladung für ihre Mitbewohner trotz allem noch aufrechterhalten wollte.

„Der Termin bei Ray kann sich unmöglich so lange hinziehen, dass ich das nicht mehr schaffe. Und wenn du dich heute Nachmittag nicht besser fühlst, verlegen wir das Dinner für deine Zimmernachbarn einfach auf kommendes Wochenende.“

„Gut.“ Meine Grandmère setzte sich im Bett auf. „Dann gehe ich jetzt ins Bad. Bin gespannt, wie der Zimmerservice hier im Haus ist. Ich habe ihn nämlich bisher nie in Anspruch genommen, sondern bin immer nach unten in den Speisesaal gegangen. Gladys und Mr Northrop werden sich fragen, wo ich bleibe. Aber gut. Ich wasche mir das Zifferblatt, und du kannst schon einmal das Radio einschalten.“

„Welchen Sender?“

„Egal.“

Die Antwort bewies mir, wie erledigt sie in Wirklichkeit war. Ich erfüllte ihren Wunsch, wählte den Lokalsender und hoffte auf Kurznachrichten aus New Haven und eine Wettervorhersage, ob der Nebel auch heute noch hängen bleiben würde oder nicht. Aber ich durfte mir zunächst den augenblicklichen Nummer Eins-Hit anhören. Der Moderator freute sich, mir *South of the Border* von Ed Sheeran vorstellen zu dürfen. Er verriet mir auch, wer sonst noch mitsang. Die Namen sagten mir alle nichts. Ich rollte meine verspannten Schultern und machte Streckübungen. Das Sofa meiner Grandmère hatte ich auch bequemer in Erinnerung, aber ich hatte sie gestern nach der ganzen Aufregung nicht allein lassen wollen. Nun schmerzte mein Rücken. Und auch sonst noch dies und das.

Mitten in die Morgengymnastik hinein rumpelte etwas draußen gegen die Tür. Sie wurde ohne Anklopfen geöffnet, und Claire Smith, meine letzte, leider erfolglose Erstberatung, schob mit Schwung einen Servierwagen herein.

„Huch! Was machen Sie denn hier?"

„Ich besuche meine Großmutter."

Ich klärte sie nicht auf, dass ich auch hier geschlafen hatte, sondern half ihr nur, das Frühstück auf den Couchtisch zu stellen. Es war scheinbar für mehrere Bewohner auf diesem Gang gedacht. Meine Grandmère bekam eine von drei Tassen Tee. Damit blieb mir keine Chance, etwas von meinem Lieblingsgetränk zu schnorren, um langsam selbst auf Normalbetrieb zu kommen. Abgesehen davon trieben auf der dunklen Flüssigkeit verräterische Flecken Kalkhaut. Dieser Tee war mindestens schon vor einer Stunde aufgebrüht und seitdem warmgehalten worden. Brrr, das bot man keinem Pferd an!

Weiter stellte Claire Smith eines von mehreren sehr kleinen Gläsern Orangensaft auf den Tisch, ein weich gekochtes Ei in einem Coddler, ein Schälchen Apfelmus und einen mit einer Haube abgedeckten Suppenteller. Sie hob die Haube ab, und ich blickte in eine graue Masse.

„Ist das euer Ernst? Porridge?"

„Ja, das essen die Alten hier sehr gerne. Sie wissen schon: keine Zähne mehr und so."

In Claire Smiths Gesicht stand deutlich *Flucht!* Sie drehte sich um und zerrte den Servierwagen eilig wieder hinaus auf den Gang, ohne Gruß, ohne meine Grandmère auch nur zu bemerken, die direkt neben ihr in der offenen Badezimmertür erschien.

„Hast du Töne? Seit wann arbeitet die bei euch?"

„Die? Reg dich nicht auf, das ist nur eine Praktikantin. Sie will scheinbar hier die Ausbildung zur Altenpflegerin machen. Aber ich glaube nicht, dass ihr die Heimleitung einen Vertrag anbietet. Vielleicht, wenn sie zu Angehörigen wie dir ein bisschen freundlicher wäre ..."

Meine Grandmère zwinkerte mir zu. Die Tür stand noch offen, wir hörten es weiter unten im Gang klappern. Gut möglich, dass Claire Smith ihre Antwort verstanden hatte. Ich schloss die Tür.

„Ihre Mutter war neulich mit ihr bei mir in der Ernährungsberatung."

„Ohne Erfolg, nehme ich an. Gut, Liebes, ich werde sehen, was ich tun kann. Ich rede mit Claire über eure Angebote, wenn ich sie demnächst erwische."

„Mémère, danke. Aber mach dir keinen Stress. Es läuft nie, wenn es die Leute nicht selbst wollen. Sie ist alt genug, eigene Entscheidungen zu treffen. Kann ich dir noch etwas helfen?"

„Nein. Mir geht es gut. Mach du dich nur ruhig auf den Weg."

Ich verabschiedete mich und fuhr zurück zu meinem Bambusdschungel, wo ich duschte, mich umzog und meine Augenringe überschminkte. Für einen Broken Orange Pekoe reichte die Zeit aber leider nicht. Sean und ich waren um halb zehn mit Ray verabredet. Gut, ich hätte das Auto nehmen können, aber diese Umweltsünde hatte ich schon gestern begangen. Einmal pro Woche reichte. New Haven war eine Kleinstadt, ich erreichte fast alles fußläufig. Außerdem hoffte ich, dass der Spaziergang durch die Herbstkälte meinen Kopf klären würde. Ich konnte mir unterwegs einen Scone oder ein Croissant kaufen. Kalorien waren die zweitbeste Wahl, um meinen noch etwas unrund laufenden Motor auf Arbeitsleistung zu trimmen.

Es war immer noch sehr neblig und unverhältnismäßig still. Mir begegneten auf dem gesamten Weg durch die Innenstadt exakt zwei Autos. Man konnte sich wirklich fragen, wer auf die verschwenderische Idee gekommen war, alle drei Kreuzungen von New Haven mit Fußgängerampeln auszustatten. Aber ich blickte natürlich trotzdem sorgfältig nach rechts und links, bevor ich die an der Ecke Church- und Maple Street überquerte. Der Nebel hing hier besonders dicht, und es fehlte mir noch, dass unversehens ein Wagen aus dem Ungewissen herausschoss und mich auf die Hörner nahm.

Die Fahrradspezialisten im Erdgeschoss des Gebäudes, in dem Rays Kanzlei lag, hatten noch geschlossen. Ich blieb vor dem Schaufenster stehen und putzte über den Pelz winziger Nebelperlen, die meine Jacke wie feuchter Samt überzogen. Sie hingen auch in meinem Haar. Es kringelte sich wahrscheinlich wie wild. Ich hatte nach dem Duschen darauf verzichtet, mir einen Zopf zu flechten. Es war Samstag, und ich stand die nächsten Stunden nicht in einer Küche. Außerdem war ich hundemüde. Sobald ich wieder nach Hause kam, legte ich mich noch einmal hin.

Die Nacht hatte mir neben verspannten Muskeln auch lebhafte Albträume beschert. Hauptsächlich, wen wunderte das, war ich wieder einmal durch die Glasscherben des zerstörten Gewächshauses gewandert, in dem mein Grandpa gestorben war. Danach hatte er mitten in der Nacht in unserer alten Wohnung über der Garage aufgebahrt gelegen. Was in Wirklichkeit nie stattgefunden hatte. Der Beerdigungsunternehmer hatte uns geraten, ihn so in Erinnerung zu behalten, wie er im Leben gewesen war. Wir sollten uns den Anblick ersparen. Meine Grandmère hatte leise geschluchzt und ich war mir leider absolut nicht sicher, ob ich das wirklich nur geträumt hatte.

Ich klingelte unten am Türschild der Kanzlei, an das ich mich von meinem ersten Besuch her nicht erinnerte, und stieg hinauf in den ersten Stock. Ray öffnete mir selbst.

„Heute keine Vorzimmerdame?“

„Wir sind sozusagen privat hier. Geht es deiner Großmutter gut? Hör zu, Julie: Sean ist schon da. Vor zwei Minuten gekommen. Sei so gut und lass erst einmal mich reden.“ Er nahm mich beim Arm und zog mich energisch mit sich.

„He! Willst du einem Australian Shepherd Konkurrenz machen?“

„Ich sehe schon, du hast heute Morgen noch keinen Tee getrunken. Wie gut, dass ich vorgesorgt habe. Du kriegst auch Scones, Clotted Cream und kaltgerührte Moosbeerenmarmelade.“

„Eine ausgezeichnete Idee!“

Sean erhob sich, als wir Rays Büro betraten. Er sah schlecht aus, grau und müde, während Ray geradezu verdächtig gut aufgelegt war. Aber mein Sandkastenfreund, das heißt Halbbruder, hatte schon immer zu den frühen Vögeln gehört. Ich war eher eine Eule, auch wenn ich durch den Beruf gelernt hatte, notfalls schon weit vor Sonnenaufgang aufzustehen.

Ray schenkte mir Tee ein. Ich trank einen ersten Schluck, noch schwarz und bitter, und wartete, bis die Wärme meinen Magen füllte, bevor ich Milch und Zucker dazukippte.

„Julia, Sean: Ich habe gestern in aller Frühe, noch vor unserem Treffen, ausführlich mit Fenton über Eldridge Hall gesprochen."

„Ich auch. Am Donnerstag." Sean stellte seine Tasse wieder ab.

„Ja? Dann berichte zuerst du."

„Die liebe Julia hat uns mit ihrem Vorstoß ein gewaltiges Ei ins Nest gelegt. Nicht nur, dass wir gezwungen sind, Eldridge Hall zu erhalten, mindestens in seinem augenblicklichen Zustand. Der Denkmalschutz erstreckt sich auch auf den gesamten Park. Fenton spricht davon, ihn nach den Plänen von 1860 wiederherstellen zu wollen. Samt dieses Teegartens, der wohl erst kurz nach dem Zweiten Weltkrieg entstanden ist."

Ich runzelte die Stirn. Aber halt, nur ich wusste, was dort vorgegangen war. Ray hatte gesagt, er hätte die Briefe nicht gelesen, die mir Kenneth McLean hinterlassen hatte. Hatte ich mit Sean darüber gesprochen? Ich wusste es nicht mehr. Doch langsam interessierte mich, wo sich das Liebesnest meiner Eltern in dem verwilderten Park verbarg. Sean lehnte sich vor. Er blickte mich direkt an.

„Du hast meine gesamte Planung zum Platzen gebracht. Die Investoren hätten sich auf ein verkleinertes Projekt eingelassen, mit Eldridge Hall als Restaurant. Ihnen hätte sogar dein Konzept der Nachhaltigkeit und Regionalität zugesagt. Aber wenn der Denkmalschutz auf dem Park besteht, den wir als Baugrund gebraucht hätten, ist das gesamte Projekt gestorben. So wie er ist, hat der Landsitz für mich keinerlei Wert."

„Moment!" Ray hob den Zeigefinger. „Ihr dürft Bäume fällen. Wenn sie marode sind und eine Gefahr für Besucher darstellen. Fenton wird dir auch gesagt haben, dass ihr nicht gezwungen seid, die beiden Seitenflügel wieder aufzubauen, die heute verschwunden sind."

„Das nützt mir nichts! Ich habe es durchkalkuliert. Selbst wenn wir die Dreiflügelanlage neu errichten würden, müssten wir uns am Originalgrundriss orientieren. Du kannst zwar von den alten Gästezimmern jeweils ein paar Quadratmeter abzwacken und Badezimmer einbauen. Aber wir bekommen auf diese Weise höchstens zwölf Suiten. Das ist zu wenig!"

„Sechs in jedem Seitenflügel."

Mir hätten sie genügt. Diese Anzahl schaffte man gerade noch als Inhaberin/Köchin/Zimmermädchen. Ray faltete die Hände auf seinem nicht vorhandenen Bauch und lächelte wie ein Buddha. „Rede dir ruhig alles von der Seele, Sean."

„Ich hätte wirklich liebend gerne mit dir zusammengearbeitet, Julia."

Ich las zu meinem Erstaunen echten Schmerz aus seinem Blick. Er seufzte tief. „Wir wären ein wunderbares

Team geworden. Selbst, wenn ich nicht ... eine so unglaubliche Köchin wie dich lässt man nicht gehen! Dazu deine Expertise in der Hotellerie, und ich hätte mich als Architekt eingebracht."

„Du hast Architektur studiert?"

„Ich habe auch einen Master in Betriebswirtschaft. Ich hätte vielleicht sogar selbst das Management übernommen, stell dir vor. Aber wie es jetzt aussieht, können wir den alten Kasten nur noch dem National Trust in den Rachen werfen. Fenton ist sehr interessiert. Wie du schon sagtest, sie haben hier im Umkreis von dreißig Meilen an der Westküste noch kein solches Objekt. Das hilft jedoch uns nichts. Es ist mir egal, ob du eine echte McLean bist oder nicht. Wenn wir beide Pech haben, muss ich dich verklagen und deinen Erbanspruch abschmettern, damit die Versicherung für die Verluste einspringt. Das werden sie erst, wenn du Privatinsolvenz angemeldet hast, weil du meine Regressforderungen nicht bezahlen kannst. Ich würde dir das gerne ersparen, sehe aber im Augenblick keinen anderen Weg."

„Wie hoch wären diese denn?"

„Die gesamte Bausumme? Rechne mit rund drei Millionen."

Autsch! Er nahm mir jede Chance, dann wenigstens anderswo ein kleines Bio-Hotel zu eröffnen und verkaufte mir den Bankrott noch mit tiefem Bedauern. Unter diesen Umständen hatten wir uns wirklich nichts mehr zu sagen! Ich spannte die Muskeln, wollte aufzustehen und gehen. Ray legte mir die Hand auf den Arm.

„Julie, bleib! Lasst mich etwas aus langjähriger Erfahrung als Notar dazu bemerken." Er wirkte immer noch sehr entspannt. „Sean hat von seinem Standpunkt aus leider recht. Aber ich muss euch beide dringend warnen. Ich habe in meiner Praxis noch keinen einzigen Erbschaftsprozess erlebt, bei dem hinterher nicht alle Beteiligten vor einem Scherbenhaufen standen. Ihr hättet höchstens eine Chance, finanziell einigermaßen ungerupft aus der Sache herauszukommen, wenn ihr Eldridge Hall einem verrückten Amerikaner verkauften könntet, der ein Schloss in Schottland haben will. Was euch Doktor McLeans Testament verbietet. Aber ich habe euch einen anderen Vorschlag zu machen. Kommt, wir ziehen um. Setzt euch mir gegenüber."

Er stand auf, ging zu seinem Schreibtisch und breitete ein mehrfach gefaltetes Messtischblatt aus. „Helft mir bitte, dieses Teil ist verdammt unhandlich."

Die Karte bedeckte ausgebreitet Rays gesamten Schreibtisch. Sie zeigte Eldridge Hall und den Park, der zu meinem Erstaunen aus drei großen Terrassen bestanden hatte und bis an die Grenze des Golfplatzes hinunterreichte. Nordöstlich davon, im Tal hinter dem Hügel von Eldridge Hall, von der Stadt aus nicht einsehbar, war ein drittes Stück unbebautes Land mit einer roten Markierung umrandet. Es umfasste ungefähr einen Hektar.

„Dieses Grundstück ...", Ray folgte den roten Linien mit dem Zeigefinger, „... gehört mir. Ich habe es vor Jahren eurem Großvater Kenneth McLean abgekauft, als er wieder einmal in einem finanziellen Engpass steckte. Es ist von der Stadt für Mischbebauung ausgewiesen, Wohnhäuser und Gewerbe, aber der Bürgermeister hat mir versichert, dass sie Seans Hotelprojekt aus Doppelhäusern mit parkähnlichem Außenbereich genauso genehmigen würden. Es wäre sogar noch Platz für ein paar Ferienhäuser. Ich müsste als Eigentümer nur den Antrag stellen. Was ich auch tun werde. Vorausgesetzt natürlich, Sean, du schließt mit Julie und mir einen Vertrag und legst dich nicht quer, wenn sie Eldridge Hall mit Hilfe des National Trust zu altem Glanz verhilft und ein Bio-Hotel im Luxussegment daraus macht.“

Sean sah mich an, sah Ray an, und nickte langsam.

„Ihr werdet verstehen, dass ich diese neue Entwicklung in London kommunizieren muss. Einfach wird es nicht werden. Die meisten Investoren sind abgesprungen und haben sich anderweitig engagiert. Die werden nach der Hiobsbotschaft, die ich ihnen nach London zurückbrachte, auch nicht mehr mit mir reden. Aber ich verspreche, ich tue mein Möglichstes.“

„Sean, ich bin hier in der Gegend auch nicht ganz ohne Einfluss.“

Ray stand auf und wir folgten seinem Beispiel. Sean und er schüttelten sich die Hände, danach umschloss Sean meine Hand mit seinen beiden.

„Nichts für ungut, Julia. Ich habe nach wie vor die größte Hochachtung vor dir. Mehr sogar. Ich möchte jetzt nichts weiter sagen, als dass ich den Ärger nie wollte, der jetzt zwischen uns steht. Lass mich bitte über alles nachdenken. Wenn wir uns wiedersehen, reden wir in aller Ruhe. Kannst du dich darauf einlassen?“

Ich zuckte mit den Schultern. „Ja.“

Wenn ich wollte, dass aus Eldridge Hall ein Bio-Hotel wurde, brauchte ich Sean.

Außerdem, ach verdammt! Ich mochte ihn. Warum musste das Leben immer so kompliziert sein?

Kapitel 24

Julia: Fast vierzehn Tage später, Mittwoch

Der November blieb grau und verregnet, und das Warten drückte zusätzlich auf meine Stimmung. Ich sah und hörte nichts von Sean, dafür hatte mich gestern Fenton angerufen. Es war nun neun Uhr, und wir saßen an einem Studiertisch im Stadtarchiv und beugten uns über einen stark vergilbten Plan des Parks von Eldridge Hall. Die Linien waren so blass, dass teilweise nicht einmal mehr die Lupe half. Fenton legte sie zur Seite und massierte sich den Nasenrücken.

„Wie es aussieht, hat Ihr Vorfahr nur in unmittelbarer Nähe des Landsitzes Wege anlegen lassen. Scheinbar wollte er seinen Gästen die Möglichkeit geben, an lauschigen Abenden etwas zu flanieren. Damals wie heute waren Gartenpartys sehr modern. Aber der Rest sieht für mich danach aus, als habe man einfach die ursprüngliche – ja ich weiß auch nicht, wie ich das nennen soll ... vielleicht Vegetation? Man hat ihn jedenfalls nicht angerührt. Ich sollte dazu sagen, dass auf dem Hügel von Eldridge Hall ursprünglich kein Wald wuchs. Sie werden das Gelände systematisch durchkämmen müssen. Möglich, dass es noch mehr Wege gibt. Dass der Endzustand des Parks hier einfach nicht eingetragen wurde."

„Und dieser japanische Teegarten?" Ich wollte doch gerne wissen, wo sich meine Mutter mit meinem richtigen Vater getroffen hatte. Aber das erklärte ich Fenton natürlich nicht. Noch wusste außer Ray und Sean niemand in New Haven, dass ich keine echte McLean war. Das erfuhr die Stadt noch früh genug, falls er tatsächlich einen Erbschaftsprozess anstrebte. Ich hoffte nicht. Fenton tippte mit dem Stiel der Lupe auf den Bereich südlich des verwilderten Rasenparterres.

„Der Plan zeigt die Situation Ende des neunzehnten Jahrhunderts. Der Teegarten muss erst viel später entstanden sein." Er schüttelte den Kopf. „Man hat im Augenblick durch diesen Wall aus Brombeeren keinen Ausblick mehr ins Tal. Der Plan verrät wenig über das wahre Gefälle, aber wenn, kommt eigentlich nur der aufgelassene Steinbruch unterhalb des Rasenparterres in Frage. Ja, das wäre ein guter Platz. Sehen Sie, hier ..." Er wies auf zwei große Flächen, die in Richtung des heutigen Golfplatzes lagen, auf denen jedoch, abgesehen von einigen blauen Linien, nichts eingezeichnet war. „Gut möglich, dass sich der Teegarten dort unten verbirgt. Die Philosophie, die dahintersteht, verlangt Abgeschiedenheit. Sie verlangt im weitesten Sinne auch Wasser. Diese dünnen blauen Linien könnten ohne weiteres Bäche bedeuten. Wir wissen, dass auf dem Hügel von Eldridge Hall einige Quellen entspringen. Suchen Sie danach."

„Werde ich. Aber Sie sagten Steinbruch?"

„Ja, dort wurde bis Anfang des zwanzigsten Jahrhunderts Granit abgebaut. Man hat früher weise auf weite

Transportwege verzichtet und Material aus unmittelbarer Nähe verwendet. Auf jeden Fall wünsche ich Ihnen viel Glück für die Suche."

„Danke."

Ich verabschiedete mich und kehrte in die Ernährungsberatung zurück. Es war inzwischen fast zehn Uhr, und meine Chefin empfing mich etwas säuerlich. Ich hatte ihr letzte Woche notgedrungen gebeichtet, dass ich Eldridge Hall zusammen mit Sean Drumont geerbt hatte. Dass noch gar nichts entschieden sei, ich aber trotzdem – vielleicht, theoretisch – künftig den einen oder anderen Kochkurs absagen müsste. Es sah aus, als ob sie mir das immer noch nachtrug.

„Warum hast du mich nicht darüber informiert, dass du für heute Vormittag eine Beratung angesetzt hast? Drüben im Konferenzraum wartet eine Claire Smith auf dich. Sie will nur mit dir persönlich sprechen. Seit wann berätst du exklusiv?"

„Tue ich nicht. Ich habe keinen Termin mit ihr vereinbart. Außerdem hätte ich es dir gesagt."

„Aber sie hat mir versichert ..."

„Schon gut. Ich kläre das."

Ich klemmte mir das Notebook unter den Arm, verließ das Büro und stellte mich diesem neuen Problem. Claire Smith saß im Konferenzraum vor einem Glas Wasser und der aufgeschlagenen Broschüre mit den Richtlinien für gesundes Abnehmen und schmollte.

„Ich habe mir extra den Vormittag freigenommen, und nun tauchen Sie erst so spät auf!"

„Guten Morgen. Schön, dass Sie gekommen sind. Wenn Sie telefonisch einen Termin vereinbart hätten, hätte ich gewusst, dass Sie mit mir sprechen wollen."

„Konnte ich doch nicht." Sie platzte heraus: „Mama
hätte es nie erlaubt! Aber Ihre Grannie sagte, ich könnte
auch einfach so zu Ihnen kommen."

„Verstehe. Was kann ich für Sie tun?"

„Mir einen Ernährungsplan aufstellen. Ich will nicht
in diese Klinik."

„Gut." Es verlangte sehr viel Willenskraft, sich ohne
Unterstützung durch ständiges Monitoring wie in einer Klinik von ihrem massiven Übergewicht auf einen
Body Mass-Index von, sagen wir, siebenundzwanzig
herunterzukämpfen. Meine Chefin setzte Klienten
zwar strengere Ziele, aber ich fand, dass Claire ruhig
eine gewisse Molligkeit behalten durfte. Wir konnten
nicht alle gertenschlank werden. Ich startete das Notebook.

„Am besten beginnen wir damit, uns darüber zu unterhalten, was Sie gerne essen."

„Damit ich das künftig vermeide." Ihre Schultern
sackten.

„Nein. Abnehmen klappt nur mit Genuss. Wenn Sie
sich alles verbieten, das Ihnen schmeckt, halten Sie
nicht durch. Es kommt im Grunde lediglich auf die
Menge an. Die müssen Sie in den Griff kriegen. Und
stellen Sie sich auf einen langwierigen Prozess ein. Di-
äten, die Ihnen versprechen, dass sie in vier Wochen
dreißig Kilo verlieren, führen nur zu einem Jo-Jo-Ef-
fekt. Sie dürfen – Sie müssen – sich sogar satt essen!
Ständige Hungergefühle führen nur dazu, dass Sie irgendwann die Kontrolle verlieren."

„Beim Essen?"

„Genau." Ich öffnete den Browser und meine Book-
marks und drehte den Bildschirm, damit sie die Studie

der Gesellschaft für Ernährung selbst lesen konnte. Claire Smith bewegte dabei die Lippen mit und fuhr einzelne Zeilen sogar mit dem Finger nach.

„Da steht etwas von Rückfall. Und wie lange dauert das, bis man den kriegt?"

„Wenn Sie die Grundregeln einhalten, kommt er nie."

Ich rief die nächste Webseite für sie auf und fühlte mich ziemlich einsam, während ich darauf wartete, dass sie die Informationen verdaute. Meine Gedanken wanderten zu Sean. Die Ungewissheit war schlimm, richtig schlimm. Wenn ich seine Abschiedsworte richtig interpretierte, war er eindeutig an einem guten Verhältnis zu mir interessiert. Nur, wie sollte das unter diesen Umständen aussehen? Wollte er mich nur als Küchenchefin oder doch die ganze Julia McLean, also mich? Was wäre aus uns geworden, wenn Eldridge Hall nicht zwischen uns gestanden hätte? Aber alle Überlegungen führten zu nichts.

Ich mochte Sean, doch ich war kein kleines Mädchen mehr, das ihn wenigstens aus der Ferne anhimmeln wollte. Das brauchten wir beide nicht. Außerdem vergingen unerwiderte Gefühle irgendwann, oder sie schlugen sogar in Hass um. Ich war mir sowieso noch nicht im Klaren, was ich genau für ihn empfand. Dagegen konnte ich mir sehr gut vorstellen, wieder richtig am Herd zu stehen. Wenn ich bis an die Ellenbogen in gehackten Zwiebeln stand, tränenüberströmt, denn auch Profis liefen dabei noch gelegentlich die Augen über, fühlte ich mich weit glücklicher als hier an diesem Konferenztisch. Egal was noch geschah, ich musste mir wieder einen Job in einer Restaurantküche suchen. Die viele freie Zeit tat mir einfach nicht gut, sie brachte mich nur zum Grübeln.

„Ich glaube, ich habe es kapiert. Und jetzt?" Claire sah mich erwartungsvoll an.

„Wissen Sie was? Am besten speichern Sie sich den Link zu einem Kalorienrechner aufs Handy und addieren die nächsten Tage einfach auf, wie viele Kalorien Sie pro Tag normalerweise essen. Nächste Woche überlegen wir dann gemeinsam ein Ziel, einen Richtwert und wie Sie es schaffen, ihn einzuhalten, ohne dass sie auf etwas verzichten müssen."

„So einfach? Ich darf weiter Chips frittieren?" Ihre Miene hellte sich auf.

„In vernünftigen Maßen auf jeden Fall."

Moment ...

„Sie machen die Chips selbst, Claire?"

Ich musste sie nach und nach natürlich davon überzeugen, mehr Gemüse zu essen, Obst und Salat, und dass ohne Bewegung, Bewegung und noch einmal Bewegung langfristig kaum Erfolge zu erzielen waren. Aber das war erst ein Schritt für die Zukunft.

„Natürlich mache ich die selbst. Aus rohen Kartoffeln. Wissen Sie, wie gut selbstgemachte Chips schmecken? Da schmeißen Sie alle aus der Tüte weg! Oder Pizza – wenn ich den Teig vernünftig gehen lasse und dünn ausdrehe, wird er richtig schön knusprig. Ich habe einen Schamottestein für den Backofen, den heize ich stark auf. So viel Mamas Herd eben hergibt ... Aber was rede ich ... das wissen Sie doch selbst. Auf jeden Fall – wir sehen uns. Bye."

Claire Smith brach abrupt auf, und ich blieb noch einen Augenblick allein im Konferenzraum sitzen und genoss die Stille. Wenn ich jetzt schon ein Restaurant besessen hätte, hätte ich sie einfach als Azubine eingestellt. Der unvermeidliche Stress und die Schwere der Arbeit hätten ihr wahrscheinlich schneller beim Abnehmen geholfen als alles andere. Das Fatale an ihrer Situation war nur, dass Mrs Smith besser nichts vom Vorsatz ihrer Tochter erfahren durfte. Meine Chefin und ich hatten oft genug erlebt, dass Mütter Ernährungspläne mit den allerbesten Absichten torpedierten. Viele setzten ihrem eigentlich erwachsenen Kind zu, sich doch nicht auf die lächerlichen Portionen zu beschränken, von denen wir sie gerade erst mühsam überzeugt hatten. Ich hoffte wirklich, dass Claire nicht in diese Falle tappte.

Es klopfte, und die Tür ging auf. Meine Chefin steckte den Kopf in den Konferenzraum.

„Schaltest du bitte dein Smartphone wieder ein? Mr Carmichael hat bei mir angerufen, weil er dich nicht erreichen kann. Er möchte, dass du dich in zwanzig Minuten mit ihm und deinem Mr Drumont oben in Eldridge Hall triffst.“

Mein Herz fing an zu klopfen. Mein Mr Drumont klang gut. Aber dass er gekommen war, bedeutete leider noch gar nichts. Vielleicht sogar die bislang herbste Niederlage meines Lebens. Ich zögerte, doch meine Chefin winkte ab.

„Geh ruhig. Mit dem Bürokram werde ich auch alleine fertig. Dein Herz hängt an dem alten Kasten. Wenn du ihm tatsächlich wieder Leben einhauchst und dort ein Bio-Hotel eröffnest, hoffe ich doch, du bietest in Kooperation mit der Ernährungsberatung Kochkurse in sehr viel stilvollerem Rahmen an, als wir das hier tun können."

Huch – meine Träume standen mir scheinbar deutlich lesbar auf die Stirn geschrieben.

„Viel Glück. Julia ... ich drücke dir die Daumen und die großen Zehen noch dazu."

Es war ein bisschen Erpressung, aber eine, mit der ich gut leben konnte. Ein altes spanisches Sprichwort fiel mir ein:

Hoffnung, Mörder der Frauen.

Vielleicht, wenn man sich kampflos seinem Schicksal ergab.

Ich schlüpfte in meine Wetterjacke und lief zurück zu meinem Dschungelzuhause, von dem ich heute wegen der Verabredung mit Fenton sogar noch früher als sonst aufgebrochen war als sonst. Gefühlt mitten in der Nacht, Sonnenaufgang war heute sieben Uhr fünfundfünfzig gewesen, und es hatte mich richtig stolz gemacht, dass ich trotzdem auf das Auto verzichtet hatte.

Aber wenn ich das jetzt getan hätte, hätte ich Sean und Ray mindestens eine Dreiviertelstunde auf mich warten lassen. Ich ging zwar wieder regelmäßig joggen, aber ich war kein Hase. Außerdem wäre der auch nicht die ganze Strecke durch die Stadt und den Hügel von Eldridge Hall hinaufgerannt. Tiere waren nicht dumm, und ich hatte auch nur mäßig ein schlechtes Gewissen. Das Auto brachte mich innerhalb von zehn Minuten vor Ort und auch noch aus dem Nebel.

Eldridge Hall begrüßte mich mit Sonnenschein und strahlend blauem Himmel und Betriebsamkeit. Auf dem Parkplatz vor dem Gärtnerhaus standen fünf Fahrzeuge, darunter zwei Pickups, einer davon mit der

Aufschrift *Drumont Inc.* Ich konnte mein Auto gerade noch danebenquetschen. Das große schmiedeeiserne Tor stand offen, wurde aber durch eine Gruppe Vermessungstechniker blockiert. Sie hantierten mit einem Theodoliten und einer Messstange und ließen mich nur ungern durch. Doch ich hörte eine Motorsäge, und das brachte mich ins Sprinten. Sean holzte mir doch um Gottes willen nicht den schönen alten Liriodendron ab!

Der Baum stand noch. Er wirkte jetzt, nach dem Laubfall, sogar noch knorriger und imposanter. Aber der Stamm trug eine verdächtige grüne Markierung, und als ich mich umsah, entdeckte ich die gleiche rundum noch an etlichen anderen Bäumen. Das hohe Gras war an vielen Stellen niedergetrampelt und aus dem schmalen Pfad entlang der fensterlosen Schmalseite des Landsitzes, auf dem wir, meine Grandmère und ich, uns bei unserem ersten heimlichen Besuch noch mühsam zur Südseite von Eldridge Hall durchgezwängt hatten, war eine richtige Schneise entstanden. Aus der mir Ray winkend entgegenkam. Ich legte den nächsten Spurt ein.

„Ray! Ihr werdet doch um Gottes willen nicht den Liriodendron fällen wollen!" Ich stoppte atemlos vor ihm und zeigte hinter mich auf den Baum.

„Keine Sorge, Julie! Wir haben einen Experten aus dem botanischen Garten Glasgow hier. Das heißt, er ist im Auftrag des National Trust hier. Sie machen eine Bestandsaufnahme von Haus und Park. Unverbindlich, sie nehmen nämlich bei weitem nicht mehr jedes Haus. Die grünen Markierungen bedeuten übrigens *wertvoll, möglichst erhalten*, das hat mir Mr Selkirk erklärt.

Wenn Du hier jemanden mit einem Gandalf-Bart herumstiefeln und mit Bäumen sprechen siehst, das ist er."

„Und wer sägt hier?"

„Sean! Und bevor du fragst: Er hat mir nicht verraten, wie er sich entschieden hat. Aber er hat mich etwas gefragt, und das verrate ich nicht."

„Ray, ich bin heute nicht in Stimmung für Rätsel! Außerdem kenne ich dich! Du machst genau dasselbe Gesicht wie früher, wenn du jemandem einen Streich gespielt hattest und dich auf die Reaktion freutest. Mit mir nicht! Sag mir lieber, als was du dich verkleidet hast. Eine Golfausrüstung ist das ja wohl nicht."

Ray trug einen Helm, dessen Visier hochgeklappt war, und die Kleidung eines Forstarbeiters. Sie bestand aus dem speziellen Stoff, der, wenn sich eine Kettensäge festfraß, diese stoppte, bevor man sich versehentlich selbst ins Bein schnitt. Das Outfit vervollständigten Ohrenschützer, die Ray um den Hals hingen. Er grinste, aber bevor er mir noch antworten konnte, tauchte auch Sean in der Schneise auf. Er steckte ebenfalls in Sicherheitskleidung und trug einen weiteren Satz davon über dem Arm, den er mir zusammen mit einem Paar fester Stiefel überreichte. Sein Lächeln war warm.

„Hallo, Julia. Wir haben heute in aller Frühe den Park mit einer Drohne abgeflogen und dabei auf der nächsttieferen Landstufe etwas gesehen, das wir dir zeigen möchten."

„Sagt bloß, ihr habt den japanischen Garten entdeckt? Wo?"

„Zieh das bitte an. Wir müssen einen Weg freischneiden, und wenn du Ray und mir dabei helfen magst, wären wir dankbar."

„Gern.“

Sie begleiteten mich zum Haupteingang von Eldridge Hall, vor dem ein Stromgenerator von der Größe eines SUV stand. Kabel aus dem Gerät führten die Stufen der Freitreppe hinauf. Sean räusperte sich. „Am besten gehst du ins Zimmer deines Großvaters. Aber schalte bitte kein Licht ein. Ich traue den alten Leitungen nicht.“

„Danke, dass du dich um meine Sicherheit sorgst!“

„Immer.“

Wir stießen in der Eingangshalle auf eine ernste junge Frau, die auf dem Marmorboden herumrutschte und immer wieder mit einem Lasermessgerät den Abstand zwischen den Fliesen und der gewölbten Decke maß. Die Ergebnisse trug sie in eine Tabelle auf dem Bildschirm ihres Notebooks ein. Ich hörte auch aus den Zimmern Stimmen und lugte in das meines Großvaters darum erst einmal vorsichtig hinein.

„Kann einer von euch beiden bitte die Tür blockieren? Ich will nicht, dass jemand von den Trust-Leuten vor Schreck einen Herzinfarkt kriegt, wenn er mich in Unterwäsche sieht.“

„Ach, höchstens vor Freude …“ Sean legte den Kopf schief und lächelte mich an.

Ich schloss ihm und Ray die Tür vor der Nase zu und zog mich in Windeseile um. Die Stiefel waren mir zwei Nummern zu groß und sehr schwer, dazu war der Stoff der Sicherheitskleidung furchtbar steif. Aber ich zog den Gürtel aus meiner Jeans, schnürte die Hose damit zusammen und marschierte mit Frankensteintritten in die Halle zurück. Ich fror auch ein bisschen, aber ich war zu gespannt auf den Teegarten, um mich zu beklagen. Sean bemerkte meine Schwierigkeiten trotzdem, er nahm meinen Arm.

„Pass bitte unterwegs auf, Julie. Wir haben uns nur grob einen Weg freigeschnitten. Es hängen noch überall Brombeerranken." Er leitete mich, bis ich mich an die Stiefel gewöhnt hatte und gab mich dann frei.

Ich ging mit den Männern in die Schneise hinein und musterte dabei neugierig die Schmalseite des Landsitzes. Ohne all die Büsche sah man genau, wo der Torbogen zugemauert worden war, durch den man in den heute verschwundenen Seitentrakt gelangt war. Ich schaute und schaute. Plötzlich fiel etwas auf mich herab und biss mich in den Kopf.

Ich schrie, fuhr herum und hing in einer Brombeerranke.

Die Sicherheitsjacke bewahrte mich vor weiteren Verletzungen, aber ich hing fest und meine Stirn brannte wie Feuer. Etwas Warmes lief mir übers Gesicht. Ich wischte es fort und hatte die Hand voller Blut. Ray seufzte.

„Mensch, Julia. Sean hat dir doch gesagt, du sollst auf die Ranken achten."

„Pass auf, dass ich nicht dich hineinwerfe!", blaffte Sean. Er trat zu mir und befreite mich vorsichtig und geduldig aus den Dornen. „Lass sehen."

Er zog mir vorsichtig den Kopf herunter. Überraschend sanfte Finger teilten mein Haar.

„Es ist nur ein winziger Riss in der Haut. Kopfwunden bluten immer gleich stark."

Sean zog ein Päckchen Papiertaschentücher aus der Brusttasche und bot mir eines an. „Drück es fest gegen deine Stirn, das sollte die Blutung zu stoppen." Er streichelte meine Schulter. „Entschuldige, Julia. Dein Helm liegt auf dem Südrasen. Ich hätte ihn gleich mitbringen sollen."

„Ist schon okay."

Ich hielt mich für die restliche Strecke genau in der Mitte der Schneise. Die Heckenschere, deren Motorgeräusch mich bei meiner Ankunft in Alarmbereitschaft versetzt hatte, lag zu Füßen des Brombeerwalls. Er verwandelte den Südrasen trotz der Sonne in ein Schattenreich.

Sean gab mir den Helm, Ohrenschützer und dicke Lederhandschuhe. „Schließt bitte eure Jacken bis zum Hals. Du auch, Ray! Du hast gerade gesehen, wie gemein sich wilde Brombeeren in der Haut verhaken."

Kurz darauf glichen wir in den Monturen Marsmenschen. Sean klappte das Visier seines Helms herunter und startete die Heckenschere.

Wrumm! Eine erste Reihe Ranken fiel. Es war laut, dauerte lange und strengte mich an. Sean schnitt, und Ray und ich zerrten Ranken zum Wintergarten. Wir schichteten dort zuerst einen Haufen auf, der rasch zum Berg anwuchs, ohne dass das Brombeerdickicht nennenswert abnahm. Die Ranken besaßen Tochterranken und diese Seitentriebe noch einmal Kinder- und Kindeskindersprossen. Die Büsche waren dermaßen ineinander verhakt, dass ich mich zuletzt fragte, ob Dornröschens böse Fee Eldridge Hall vielleicht heimlich als Übungsgelände für die berühmte hundertjährige Dornenhecke benutzt hatte.

Sean schnitt den Wildwuchs erbarmungslos zusammen, doch es sah lange Zeit so aus, als würde die Hecke

Sieger bleiben. Dazu stach die Sonne immer mehr, und die ganze Welt knatterte. Wrumm! Wrumm!

Das Arbeitsgeräusch der Heckenschere drang mir langsam aber sicher durch Mark und Bein. Ich schwitzte, zerrte Ranken zum Wintergarten und stolperte an Ray vorbei zu Sean zurück. Als Sean plötzlich den Motor der Heckenschere abstellte, traf mich die Stille wie eine dicke Decke. Ich zog mir den Lärmschutz herunter, wackelte mit dem Unterkiefer, bis meine Ohren poppten und die Geräusche des Waldes wiederkehrten. Damit verstand ich auch, was Sean sagte.

„Kein Benzin mehr im Tank."

Er umrundete den Rankenberg vor dem Wintergarten und kehrte mit einem Treibstoffkanister zurück. Ray nahm den Helm ab und wischte sich die Stirn. Wir sahen Sean zu, der den Tank der Heckenschere auffüllte und den Kanister wieder sorgfältig verschraubte.

„Setzt ihr bitte den Ohrenschutz wieder auf? Es geht weiter."

Sean warf die Heckenschere an. Er arbeitete wie eine Maschine – unermüdlich. Er mähte Brombeerranken, wir schafften sie ihm aus dem Weg. Der Berg Schnittgut wuchs immer höher, und mit einem Mal, völlig unerwartet, gab die verfilzte Wand nach. Sean kippte nach vorne, in die Brombeeren hinein, und ich schrie. Ich rannte voller Angst zu ihm, warf mich neben ihm auf die Knie und zerrte an seinen Schultern.

„Um Gottes willen! Ist dir etwas passiert? Bist du verletzt?"

Die Heckenschere tuckerte im Leerlauf, und mir kam zu Bewusstsein, dass es nicht die hellste Idee gewesen war, dass ich mich ebenfalls in die Brombeeren gestürzt hatte. Aber Sean kam schon wieder auf die Beine und zog mich lächelnd mit auf die Füße. Ihm war überhaupt nichts geschehen. Ich war so erleichtert, dass ich ihn am liebsten geküsst hätte. Scheinbar dachten wir das Gleiche, er beugte sich zu mir ... und unsere Helmvisiere klackten gegeneinander.

Wir fingen beide an zu lachen. Ich hatte die Acrylscheiben vollkommen vergessen. Sean nahm Helm und Lärmschutz ab, befreite auch mich davon, und dann küsste er mich richtig.

„Danke. Es freut mich, dass du dich um mich sorgst."

„Was war denn?" Ray gesellte sich zu uns. Er bückte sich und schaltete endlich die immer noch tuckernde Heckenschere aus. Wir standen in vollem Sonnenschein, und Sean streichelte meinen Rücken. Ganz sanft.

„Klärt mich vielleicht mal einer von euch auf, was eigentlich war?"

„Wir sind durch, Ray." Sean wies, ohne mich loszulassen, mit dem Kinn auf den Brombeerwall, in dem sich jetzt tatsächlich eine schmale Bresche zeigte.

„Sieht aus, als ob ich die Kante einer Klippe oder eines Felsens freigeschnitten hätte. Vielleicht kommen wir von dort aus nach unten."

„Lass sehen." Ray ging in die Hocke. „Tatsächlich!"

Er legte sich auf den Bauch und robbte zwischen den Ranken durch.

„He! Du weißt nicht, wie tief es dahinter hinuntergeht!" Sean sah mich fassungslos an. „Ist der immer so vorschnell?"

„Schon immer. Zeig Ray einen Baum oder einen Felsen, und er muss ihn hinauf. Oder hier eher hinunter."

Mein Sandkastenfreund hatte sich in diesem Punkt scheinbar überhaupt nicht verändert.

Wir hörten Steine poltern. Nach kurzer Zeit rief Ray zu uns herauf. „Sean? Da ist eine ganze Klippe, aber ziemlich leicht zu durchklettern. Da kommt selbst ein Kind nach unten. Sag Julie, sie soll trotzdem oben warten. Ich glaube nämlich nicht, dass wir auf diesem Weg bis ganz nach unten kommen."

„Okay. Warte. Ich will das auch sehen!"

Sean kletterte Ray durch die Bresche nach. Nicht ohne Schwierigkeiten, die Ranken rechts und links des von ihm geschaffenen Durchschlupfs gerieten durch seine Bewegungen ins Zittern. Sie verloren den Halt. Wenn ich noch ein bisschen wartete, schloss sich die Bresche wieder. Ich packte die Heckenschere, die deutlich mehr wog als ich erwartet hatte, und zwängte mich Sean und Ray hinterher durch die Lücke. Nicht, dass sie auf dem Rückweg vor einer geschlossenen Wand standen, ohne eine Möglichkeit zu haben, sich den Weg freizuschneiden!

Ich fand mich auf einer Art Ausguckfelsen wieder, unter mir lag Wald. Die Bäume verhinderten, dass ich abschätzen konnte, ob ich wirklich auf einer Klippe des aufgelassenen Steinbruchs stand, von dem Fenton gesprochen hatte. Wahrscheinlich, ich entdeckte rechts von mir einen verrosteten Eisenturm. Das musste eine alte Förderanlage sein. Ich hörte die Männer reden. Sie waren also nicht sehr fern, und weil auf meinem Posten ziemlich der Wind pfiff, kehrte ich in den Schutz des Brombeerwalls zurück. Er trug auf dieser, seiner Südseite sogar noch einige späte Früchte. Sie waren klein und glänzend schwarz, und ich zog einen

Lederhandschuh aus, pflückte zwei, drei und kostete sie. Sie besaßen das typische Brombeeraroma, aber ich fand sie trotzdem etwas fade. Im Restaurant hätte ich sie zu Mus verarbeitet, durch ein Haarsieb gestrichen, um die Kerne loszuwerden und mit einem Hauch Zitronensaft verfeinert zu einer Mousse oder einem Parfait veredelt. Als Dessertsoße waren sie auch denkbar. Oder als Konfitüre.

„He, sieh dir das an, Sean! Da steht sie, völlig selbstvergessen und isst Brombeeren. Du hast uns hoffentlich welche übrig gelassen."

Ray und Sean tauchten am Rand des Ausguckfelsens auf. Ray setzte den Helm ab und wischte sich ein weiteres Mal den Schweiß von der Stirn. „Du kannst nun auch hinunterklettern, Julie. Die Felswand kennen wir. Du wirst dich erinnern, wenn du sie siehst. Ich war zwar ewig nicht mehr hier, aber wenn du dich mit Sean nach unten wagen willst, habt ihr meinen Segen. Viel Glück!"

Er fasste die Heckenschere. „Ich kann mich ja in der Zwischenzeit hier nützlich machen. Und wenn ihr bei Einbruch der Dunkelheit immer noch nicht zurückgekehrt seid, rufe ich die Ranger."

„Ray, es gibt in New Haven keine. Höchstens die Küstenwache."

„Tja, dann müsst ihr eben unten übernachten. Pass auf sie auf, Kumpel." Ray schlug Sean auf den Rücken, setzte Helm und Gehörschutz auf, klappte das Visier herunter und startete die Heckenschere. Wrumm!

Ihr Lärm blieb erstaunlich rasch hinter uns zurück. Der Einstieg in die Klippe war tatsächlich leicht zu finden. Wir brauchten uns nur vom linken, der Felswand zugewandten Rand des Ausgucks auf ein Felsenband hinunterzuschwingen, das höchstens einen Dreiviertelmeter tiefer begann.

Sean stieg als Erster ab, packte mich um die Taille und hob mich herunter. „Wir werden auch auf keinen Fall bis ganz nach unten klettern. Die Absätze in den Felsen sind teils wirklich abenteuerlich. Aber es gibt ungefähr auf halber Höhe einen breiten Vorsprung in der Wand, wo wir sicher stehen und alles ansehen können. Willst du?“

„Natürlich!“

Ich war als Kind mit Ray viel geklettert, zwar meistens auf Bäume, aber auch in einem Steinbruch. Es konnte sogar dieser gewesen sein, schließlich hatte das Gelände der alten Arbeitergärten bis an den Park von Eldridge Hall gereicht, wie ich jetzt wusste. Die Felswand kam mir nach und nach auch vage vertraut vor, und auf einmal wusste ich wieder, wo genau ich meine Füße hinsetzen musste. Wir waren als Kinder oft von der alten Förderanlage aus zu dem dunklen Teich hinuntergekraxelt.

An seinem Ufer stand ein kleines Haus.

Sean hustete. „Ray hat recht. Es muss ursprünglich einen anderen Weg hierher gegeben haben. Dein Großvater kann unmöglich jedes Mal durch die Klippe geklettert sein. Nun, schlimmstenfalls könnte man vielleicht den verrosteten Aufzug restaurieren, wenn der alte Weg verschüttet oder sonst wie nicht mehr zu restaurieren ist. Er steht weit genug am stadtseitigen Ende des Steinbruchs, dass er hier nicht den Gesamteindruck stört.“

„Das klingt, als ob du dich für Eldridge Hall entschieden hättest."

„Das kommt auf dich an."

Wir waren auf dem Felsen angekommen, den Sean mir als sicheren Standort angekündigt hatte. Er legte den Arm um mich. „Es muss dort unten natürlich wahnsinnig viel getan werden. Aber es würde sich lohnen."

„Oh ja!"

Die Natur hatte den japanischen Garten, der sich im Kessel des ehemaligen Steinbruchs unserem Blick darbot, zurückerobert und ihm damit fast noch mehr Zauber verliehen. Das dunkle Auge des Teichs in seinem Zentrum war halb von Binsen und Schilf überwuchert und die Seidenkiefer, die sich links über sein Ufer neigte, stand nun in einem ganzen Dickicht junger Birken. Erste Büsche wagten sich auch in die Steinsetzung aus großen Findlingen und mittleren bis kleinen Granitbrocken, die am gegenüberliegenden Ufer des Teichs in einem gewaltigen trockenen Wasserfall von der gegenüberliegenden, niedrigeren Wand des Steinbruchs herabstürzten. Es war sehr still, dennoch glaubte man, ihn rauschen zu hören. Objektiv betrachtet hörten wir aber wahrscheinlich den Wald.

„Ich bin mir nicht sicher, ob es eine gute Idee wäre, die Aussicht zum Golfplatz hinunter wieder freischlagen zu lassen."

„Nein, wahrscheinlich nicht." Sean hielt mich noch immer im Arm.

Er betrachtete versonnen das altersgraue Teehaus, das zusammengesunken im Schatten eines stattlichen Ahorns stand, dem der Herbst noch ein paar goldene

Blätter gelassen hatte. Dort hatten sich also Robbie Carmichael und meine Mutter getroffen. Bei ihrem heimlichen Liebesnest blühte auch noch ein Strauch.

„Oh sieh mal, Sean! Dort steht ein Duftschneeball, Viburnum bodnantense. Er öffnet seine kleinen zartrosa, intensiv nach Mandeln duftenden Blütentrauben schon jetzt und blüht an jedem sonnigen Wintertag unermüdlich weiter bis hinein in den März.“

„Du kennst alle Pflanzen, wie?“

„Ich bin die Tochter eines Gärtners.“ Ich drehte mich zu Sean um. „Japanische Gärten sind nie bunt. Aber ich möchte wetten, dass Robbie Carmichael diesen hier so geplant hat, dass zu jeder Jahreszeit ein Baum oder Strauch einen farbigen Akzent setzt. Halte mich von mir aus für verrückt, aber ich würde diesen Garten und das Teehaus sehr gerne reaktivieren, zusammen mit dem Landsitz. Wir könnten kaum eine schönere Hochzeits-Location finden, um sie mit Eldridge Hall zusammen Gästen anzubieten.“

„Das ist eine ausgezeichnete Idee.“ Sean zog mich noch ein wenig näher. „Ich hätte zwar nie gedacht, dass ich das eines Tages sagen würde, aber ich habe einen besseren Vorschlag, Julia. Was hältst du davon, wenn wir die Neueröffnung des Hotels und des japanischen Gartens mit unserer eigenen Hochzeit krönen? Mir gefällt es nicht mehr in London. Nicht ohne dich, und da du ja wahrscheinlich nicht davon zu überzeugen sein wirst, zu mir zu ziehen, komme ich eben nach New Haven, und wir machen dieses Bio-Hotel. Deine Großmutter ist auch einverstanden, dass sie mich als Schwiegerenkel bekommt. Ich habe sie gefragt.“

„Echt?“ Ich war fassungslos.

„Ray weiß auch Bescheid. Es kommt jetzt nur noch auf dich an. Bitte sag ja.“

„Ja! Wenn ihr alle dafür seid, bleibt mir ja schon gar nichts anderes übrig.“

„Also wenn du mich nur deshalb nimmst ...“ Die Hoffnung erlosch in Seans Gesicht.

Ich umarmte ihn schnell und küsste ihn. „Um Gottes willen, Sean! Jetzt hast du mich falsch verstanden. Das war ein Scherz! Himmel, warum hast du mich nicht gleich selbst gefragt? Diese ganzen Rückversicherungen hast du doch gar nicht nötig.“

„Oh doch! Du musst wissen, dass die Drumonts nur einmal im Leben heiraten.“

„Wenn überhaupt ...“

„Ja natürlich, wenn überhaupt. Willst du mich wohl ausreden lassen, Julia? Wenn ich etwas oder jemanden haben will, will ich ihn auch behalten. Und ich will dich. Stell dich darauf ein. Wenn du jetzt nicht auf der Stelle flüchtest, wirst du mich nie wieder los!“

„Ich? Flüchten? Ich denke ja gar nicht daran!“

„Fein. Es gibt nur ein Problem. Du wirst dein Hochzeitsmenü selbst kochen müssen. Mit zweitklassig gebe ich mich nicht zufrieden.“ Er küsste mich noch einmal. Sehr zärtlich.

Die Bäume rauschten. Wir standen in der Sonne, unter blauem Himmel, und ich war glücklich. Es war November, doch der Tag war schön wie im Frühling. Der Wind trug süßen Mandelduft zu uns.

ENDE